中外文论

CHINESE JOURNAL OF LITERARY THEORIES

2021年

第1期

名誉主编 ■ 钱中文

主　编 ■ 高建平　执行主编 ■ 丁国旗

主办

中国中外文艺理论学会

中国社会科学出版社

图书在版编目(CIP)数据

中外文论.2021年.第1期/高建平,丁国旗主编.—北京:中国社会科学出版社,2022.5
ISBN 978-7-5227-0043-4

Ⅰ.①中… Ⅱ.①高…②丁… Ⅲ.①文学理论—世界—文集
Ⅳ.①I0-53

中国版本图书馆CIP数据核字(2022)第057095号

出 版 人 赵剑英
责任编辑 郭晓鸿
特约编辑 杜若佳
责任校对 师敏革
责任印制 戴 宽

出 版 中国社会科学出版社
社 址 北京鼓楼西大街甲158号
邮 编 100720
网 址 http://www.csspw.cn
发 行 部 010-84083685
门 市 部 010-84029450
经 销 新华书店及其他书店

印 刷 北京明恒达印务有限公司
装 订 廊坊市广阳区广增装订厂
版 次 2022年5月第1版
印 次 2022年5月第1次印刷

开 本 787×1092 1/16
印 张 11.75
插 页 2
字 数 259千字
定 价 69.00元

编 委 会

目　录

20世纪中国文艺理论家思想研究

当代文艺美学前沿问题研究

中国文艺美学研究

东亚文艺理论研究

专栏:新媒介文艺批评

访谈与书评

附 录

20 世纪中国文艺理论家思想研究

守正创新

——论陈传才文艺理论思想的独特贡献

邢建昌*

（河北师范大学文学院　河北省石家庄　050024）

摘要：陈传才是一位与新时期以来文学理论发展同步，并以独特的理论运思汇入时代潮流并引领文学理论观念变革的文学理论家。他对新时期以来文学理论的独特贡献，就是在回应时代问题的挑战中，不断调整、更新文学理论的知识讲述。创新，是陈传才文艺理论研究的理想境界与不懈追求。陈传才坚持马克思主义历史唯物主义和辩证唯物主义的指导地位，又主张通过“历史的与美学的观点”（也即“美学的中介”）来使马克思主义哲学与对于文学独特对象、内容和形式的研究结合起来，从而获得关于文学艺术的本质、特征的理论概括。陈传才从来没有停止过探索的脚步，他总是直面问题，以极大的理论勇气在参证、体悟文学艺术实践的基础上提炼、升华出文艺理论命题，提升文艺理论作为理论的建构力量。同时，又格外警惕理论在解释文学艺术现象时的限度，力求对文艺现象得出公允客观的结论，避免偏执一方而陷入盲见。

关键词：陈传才；文艺理论；讲述；创新；思潮

从新时期到新时代，40年来文学理论的研究走过了一段极不平凡的历程。一代学人筚路蓝缕，不懈探索，留下了坚实的足迹。人们逐渐意识到，文学理论的知识演进是渐进的、累积性的，而不是一个范式替代另一个范式的革命性变革，在总体上呈现“过去”和“现代”的“你中有我”“我中有你”的关系。以这种立场看待40年来文学理论的发展，我们认为，新时期以来的文学理论，仍然是一个没有得到有效清理的“学术个案”。如果我们带着“了解之同情”走进这片学术丛林，如果我们以“互为镜像”的视角发现彼此，那么，“新时期”以来文学理论的知识讲述，还有另外一番风景。在这里，我们以陈传才新时期以来的文艺理论研究为个案，试作分析。

---

* 作者简介：邢建昌（1963—），男，河北石家庄人，河北师范大学文学院教授，博士生导师。主要研究方向：文学理论、文艺美学、当代文化批评等。本文系国家社科基金一般项目“近40年文学理论知识生成机制的反思性研究与文献整理”（项目批准号：19BZW002）的中期成果。

一 在回应时代问题的挑战中不断调整、更新文学理论的知识讲述

陈传才（1936—2018 年）是一位与新时期以来文学理论发展同步，以独特的理论运思汇入时代潮流并引领文学理论观念变革的文学理论家。他对新时期以来文学理论的独到贡献，就是在回应时代问题的挑战中不断调整、更新文学理论的知识讲述。陈传才在新时期之初就参与了文学理论教材的编写工作。他和郑国铨、周文柏合著的《文学理论》（1981 年）是这一时期文学理论教材编写的代表性著作。毋庸讳言，这部教材还带有旧教材的痕迹，其表征文学理论知识的主要词语是形象、典型、真实性、倾向性、阶级性、人民性、党性、形式、内容、题材、主题、形象思维、现实主义、浪漫主义等。但是，这部教材诞生在思想解放运动发生的冰雪消融时期，在缺乏中西方文论资源支持的背景下，还是体现出执着的探索精神，而在表述上已经有了新意。教材前言强调："三十多年来，我们的文学理论教学和研究工作经历了曲折的道路。总结正反两方面的经验，我们认为最根本的一点，就是要坚持和发扬马克思列宁主义的学风，把文学理论作为一门科学来学习和研究。"[①]《文学理论》特别强调在马克思主义指导下，把文学理论作为一门科学去建设，这就意味着文学理论的讲述，不是杂乱无章的"个人意见"，也不是某种外在力量（例如特定时期的政治或政策）影响下的观点，而是要"以文学的历史和现状为研究对象，反映文学的规律"[②]。即是说，文学理论讲述的是一种基于对文学的历史和现状的研究基础上的"反映文学的规律"的知识。"反映文学的规律"的知识，在后现代知识观看来似乎不合时宜，因为后现代知识观不相信有不以人的意志为转移的所谓文学的规律。但是，如果结合冰雪消融时期的国家思想文化状况来分析，不难发现这个观点在当时具有抵制权力僭越、回归文学研究本位的理论创新意义。因为，只有有规律的知识，才是体现学科特性的知识。否则，文学理论所讲述的，只能是被僭越的"各种意见"。从这一立场出发，文学研究以及文学理论教材建设才会向着文学创作实践的问题开放。实践证明，这是文学理论知识生产的正途。在解决了文学理论来源及其科学性问题之后，教材特别强调马克思主义经典文论为文学理论研究所带来的立场、观点和方法的变革。但教材并不"唯马首是瞻"，固化马克思主义的含义，而是特别强调马克思主义"在实践中发展理论"[③] 的思想，强调："决不把马克思的理论看做某种一成不变的和神圣不可侵犯的东西"（教材引列宁语），鼓励大家"在马克思主义的指导下，从历史上和当代的文学实践出发，独立地讨论文学理论，努力做出新的理论建树"。[④] 在以后几十年文学理论教学的编写和讲述中，

① 郑国铨、周文柏、陈传才编著：《前言》，《文学理论》，中国人民大学出版社 1981 年版，第 1 页。
② 郑国铨、周文柏、陈传才编著：《前言》，《文学理论》，中国人民大学出版社 1981 年版，第 1 页。
③ 郑国铨、周文柏、陈传才编著：《前言》，《文学理论》，中国人民大学出版社 1981 年版，第 2 页。
④ 郑国铨、周文柏、陈传才编著：《前言》，《文学理论》，中国人民大学出版社 1981 年版，第 2 页。

陈传才一直是这样努力的。

《艺术本质特征新论》出版于1986年，是陈传才集中探讨文学艺术本质特征的理论专著，也是一部个性鲜明的文学理论教材。专著的一些内容被本科生、研究生讲授过，并以单篇论文的形式发表在专业刊物上，引起了较大的反响。这部著作最鲜明的特色在于对文学艺术本质特征的思考，达到了时代的高度。以其独特的观点，汇入审美文论之理论建构的潮流中。20世纪80年代，对文艺本质特征的思考是一个贯穿始终的主旋律。现在一些人把对“文学是什么”这类提问视为本质主义而放弃了，然而，放弃的问题仍然是问题。因为，无论哪种研究，其动力都根源于对“对象是什么”的追问。重要的不在于问“对象是什么”，而在于在怎样的思维和知识系统里呈现问题。“文学是什么”是文学理论的一个基源性问题，文学理论无论在怎样的层面展开自身的探索，都离不开对“文学是什么”这个问题的回答。正因为如此，30年前认为文学根本没有什么本质的英国文艺理论家伊格尔顿，在晚近的著作《文学事件》中竟然重启“文学是什么”的提问，这是偶然的吗？

“本质论”在20世纪80年代的文学理论研究中占据重要地位，还有更深层次的理由。这一时期文学理论研究正处在观念变革的关键时期。人们通过文学问题的重新提问，寻找文学观念的现代变革，以对抗1949年以来形成的占据主导地位的政治功利论和狭隘认识论的文学解释模式，“审美”作为文学的内在规定成为这一时期许多学者解释文学问题的自觉选择。本质论不是孤立的，直接体现着一个时代的文学观念，蕴含着文学价值评判的根基，最具有意识形态性质。文学本质论提供给我们的与其说是关于文学的知识，不如说是一定时代的人们对于文学的身份认定和价值期望。从这个意义上说，本质论在整个文学理论知识系统中带有牵一发而动全身的性质。时下理论界失去了对于文学本质讨论的兴趣，但是历史地看，如果没有这一时期围绕文学本质的探讨，我们怎么能够展开文学理论研究的范式转变和话语更新？

较之《文学理论》，《艺术本质特征新论》在文学艺术本质特征的讲述上发生了明显的变化。《文学理论》认为“文学是社会生活的形象的反映”，这还是新时期之初的文学本质论。《艺术本质特征新论》则认为“艺术是一种具有社会审美属性的意识形态”。[①] 这个观点延续了文学是一种社会意识形态的观点，但更侧重对文学艺术特殊性的强调。其实，文学艺术是一种社会意识形态，这本来是马克思主义经典文论的应有之义，我们不应该轻易丢弃。丢弃了，还谈什么坚持马克思主义的指导？而且，意识形态也是一个内涵丰富的概念，具有很大的解释空间。例如伊格尔顿和詹姆逊都强调，文学艺术的意识形态性，是通过形式的中介实现的。文学形式的特征决定了文学艺术是自成一体、具有自我指涉性的。循着这个思路思考下去，我们的文学理论很可能会发展出一套类似伊格尔顿或詹姆逊一样的“形式”与“意识形态”关系的理论，从而

① 陈传才：《艺术本质特征新论》，中国人民大学出版社1986年版，第41页。

大大丰富我们对文学作为意识形态的独特性质的理解。我们不能求全责备，因为 20 世纪 80 年代理论的知识储备里还没有类似的表述，新时期文论的倡导者们只能从既有的思想基础和学术资源上开启对文学艺术本质的探寻。

与同时代重视文学艺术审美维度探索的其他学者比较，陈传才并不一味执念于文学艺术的审美特征。他批评文学理论界对于文学艺术本质特征的论争，要么强调文学艺术的社会本质特征，要么强调艺术家审美创造的本质特征，因各执一端而不能求得全面而深刻的结论。他希望对文学艺术的本质特征作“多方面、多层次的有机整体”[①]的把握。正因如此，陈传才关于文学艺术本质特征的探讨是从文学艺术的社会本质开始的。在约略考察了历史上几种流行的关于文学艺术本质特征——即“客观宇宙精神的表现”说、“人的主观精神的抒发”说和“现实的模仿、再现”说等的基础上，作者从马克思主义唯物史观与美学思想的建立出发，探讨文学艺术的本质特征。重点强调了三点：第一，艺术不仅是人对自然的能动关系的精神显现，而且必须成为美的规律的最高、最充分的表现；第二，艺术作为一种精神生产，既已从物质生产分化出来，也就取得了由它自身的内部辩证法所规定的特殊本质，也是它的社会审美本质；第三，艺术家作为特殊的审美主体，可以在一定程度上摆脱物质的束缚，而把自己作为一个“全面的人”加以表现。[②] 显然，陈传才对于文学艺术本质特征的理解，是有着马克思主义经典文论（艺术生产论、自由的生命表现、人的自我实现等）的支持的，形成了一个多角度、多层次的理论视野，也隐含着马克思艺术本体论的思想，这与一些学者单纯从认识论解释文学艺术审美特征的观点还是有区别的。

《艺术本质特征新论》在“艺术是一种具有社会审美属性的意识形态”这一命题的前提下，重点阐述了艺术审美创造的本质，提出了“艺术是充满主体生命的审美创造”[③] 的观点。作者重点指出，艺术的对象、内容和形式，艺术的思维特性和方式，艺术的目标和标尺等，都具有不同于哲学与科学的特点。因此不能把哲学和科学的一般法则应用到对文学艺术的分析上。特别是不能像别林斯基那样，认为艺术和哲学的区别不在对象（内容），而只在“处理一定内容时所用的方法”（即“文学艺术用形象反映生活”）。作家虽说是反映生活，但作家所反映的生活，“不是广泛意义上的生活，而是他（她）在实践中深切感受的生活，因而他（她）所着力表现的，当然是那些曾经强烈地激动过自己，并且深刻理解了的，属于自己独特发现和具有审美价值的生活形象或意境”。[④] 这些观点呼应了这一时期对“文学是社会生活形象的认识”观点反思的潮流，是有思想解放意义的。

《文学理论新编》（初版 1994 年，修订版 1999 年），是一部系统阐释文学艺术本质

---

① 陈传才：《艺术本质特征新论》，中国人民大学出版社 1986 年版，第 9 页。

② 陈传才：《艺术本质特征新论》，中国人民大学出版社 1986 年版，第 35—36 页。

③ 陈传才：《艺术本质特征新论》，中国人民大学出版社 1986 年版，第 100 页。

④ 陈传才：《艺术本质特征新论》，中国人民大学出版社 1986 年版，第 104 页。

特征和活动规律的研究型教材，是关于文学理论知识讲述的又一次探索。这部教材被指定为普通高等教育“九五”国家教委重点教材。诚如陈传才所言，《文学理论新编》“是我们探求文学理论教学改革的又一次尝试，反映了我们对文学实践认识及对新观念、新方法的理解和思考，因而全书的结构、体例、主要观点及论述方式，都有一些迥异于以往文学理论教科书的新特点，受到了各地用书单位教师、学生的欢迎”。[①] 教材面向理论界讨论的前沿话题，充分吸纳最新成果，又积极回应文学实践挑战，从而在文学理论教材的体例、结构、主要观点和论述方式上做了大胆的探索。教材以“文学活动论”为基石，以马克思《1844年经济学哲学手稿》关于生产劳动的宏观分析为切入点，确认“人的感性生命存在及其审美实践”是人类文学艺术发生发展“最基本、最生动的历史事实”，也是“社会—文化大系统中的一个子系统”。坚信“文学理论研究惟有以文学活动为逻辑起点，并通过中介范畴的展开和论证，才能循着马克思主义关于‘从抽象规定再上升到具体理性’的科学思维的路径，逐渐完成对文学艺术理论范畴及其本质规律的论述，最终达到终点范畴，建构合乎历史—逻辑方法原则的理论体系”。[②] 这些内容，正是教材在回应学术界关于文学主体论、文学本体论、文学价值论以及与文学反映论的各种观点的基础上形成的。陈传才自己也积极参与这一时期的文学论争，先后撰写了《马克思主义与艺术主体性问题》《文艺本体论论纲》《论文学活动的特性》等论文。特别是《文艺本体论论纲》，是一篇系统而全面地回应文学理论界关于主体论、反映论和本体论论争，阐述自己核心观点的论文。论文明确提出，新的文艺理论体系建构的突破口，“不仅需要在认识论方面进行主体深层的拓展，更需要从本体论方面打破传统哲学、美学的局限，确立以人的感性存在及审美实践活动为本体的观念”。[③] 从这一立论出发，作者审视了传统再现论和表现论各自的局限和问题，作者认为，传统再现论文艺学建构尽管在文艺理论史上有其不可否认的意义和价值，但由于它借以建构的哲学、美学的局限，影响了它在认识论方面的深化，也失落了文艺本性的特性。而近、现代出现的表现论的文艺学建构，重视个人在世界本体中的位置，却又把人的社会实践与个体生命的表现相割裂，视文艺为个体生命的外在表现，而相应忽视人的社会、历史活动。基于此，作者认为：“文艺学的当代形态的理论结构，尤须立足于马克思主义哲学、美学的根本观点即实践的观点，在重视主体心灵世界拓展的同时，不可忽视和割裂同客观现实世界的联系；在加强人类学本体视角研究的同时，不可忽视和脱离社会、历史批评的视角，使文艺本体的研究，奠定于人的感性存在及审美实践活动的‘实践唯物主义’基石，形成合乎文艺特性的多角度、多层次的科学综合与理性整合的理论形态”。[④]

① 陈传才、周文柏：《导言》，《文学理论新编》（修订本），中国人民大学出版社1999年版，第1页。

② 陈传才、周文柏：《文学理论新编》（修订本），中国人民大学出版社1999年版，第10—11页。

③ 陈传才：《当代审美实践文学论》，暨南大学出版社2002年版，第66页。

④ 陈传才：《当代审美实践文学论》，暨南大学出版社2002年版，第69页。

作为《文学理论新编》内容展开的基石，“文学活动论”承载了文学“审美反映论”和“文学审美意识形态论”的内容，又具有自身的规律和定性。首先，文学活动论包含文学反映论但不是文学反映论，因为活动不是认识，尽管活动包含认识，活动也不仅仅是观念运动，而是人的感性存在本身。犹如工人做工、农民种地、科学家科研活动一样，是人的感性存在本身。其次，活动作为存在，是人的实践性生产，文学审美意识形态性质是由这种实践活动的性质所决定的。这样，文学活动论就包含了理解文学讯息的全部内容。《文学理论新编》始终围绕文学活动探讨文学的本性，文学活动不仅是人类实践活动的特殊形式，也是文学作品和文学现象得以彰显的本体存在。把文学活动设定为文学理论研究的逻辑起点和核心范畴，并从解剖文学活动出发，去寻觅文学区别于人类其他活动的特质、品性和规律，建构起以文学活动为中心的文学研究机制，这是本书最为鲜明的理论特色。作者把作为人类特殊的精神活动的文学活动界定为“以人的审美体验为特质，以满足审美自由感为价值导向的对象性活动”。[①] 这个见解，显然是在吸收了新时期审美文论的合理成分，并保持了对文学活动的特殊性的充分体认和尊重的基础上形成的。在此基础上所进行的人与世界的关系、作家与作品的关系、作品与形式的关系、作品与读者的关系等的分析，才有了可靠的立足点，其结论才会令人信服。这些思想，是 20 世纪 90 年代以来文学理论研究中文学观念深化、研究空间拓展和理论思维成熟的结果，也体现了作者以开放的眼光接纳人类一切优秀的文学理论成果，又绝不盲目崇拜某种理论、步人后尘的大家风范。

二 创新，作为文艺理论研究的理想境界与不懈追求

几十年的文学理论研究，生动诠释了一位真正理论家对于创新的不懈追求。《当代文艺理论探寻集——陈传才自选集》扉页有这样一段话：

> 在我的心中，文艺理论同哲学、美学一样，犹如一座迷人而遥远的奇峰。
>
> 当你经过一段时间的艰难跋涉而接近她时，她又向着更高更远的天际延伸，使你感到仰之弥高，面临新的难题。正所谓“欲渡黄河冰塞川，将登太行雪满山。”李白的诗道出了探险之艰难，也坚定了人们继续攀登的信念。[②]

这是陈传才学术心路历程的生动写照。在先生的眼里，文艺理论犹如“迷人而遥远的奇峰”，引导着人不断为之趋赴。但越是看似逼近了它，它越是再一次“向着更高更远的天际延伸”。这是思想者的宿命。西方哲学家认为，哲学研究始于惊异。这一惊异，开启了哲学之思。文学理论研究同样如此。问题诱惑如此之大，使人欲罢不能。

① 陈传才、周文柏：《文学理论新编》（修订本），中国人民大学出版社 1999 年版，第 49 页。
② 陈传才：“扉页”，《当代文艺理论探寻录——陈传才自选集》，中国广播电视出版社 2008 年版。

看似掌握了某种真理，很快，这种真理在握的豪情土崩瓦解。这一智者的自觉，推动着人们在真理求索的道路上“咬定青山不放松”“一心攀登不问高”。

陈传才的文学理论研究与文学批评生涯始于1957年考入中国人民大学新闻系的大学时代。大学四年，在前辈和老师的指导下，他就在《文艺报》《读书》等报纸杂志发表了16篇理论和评论文章。之后政治动荡，中国人民大学停办，不得不中断研究和教学。陈传才真正意义上的学术研究实际始于改革开放的新时期里，这其实也是一代学人学术研究的起点。当下文学理论已经具备了不同于新时期文论的特点，文学理论资源之丰富，研究队伍之庞大，学科体制之完备，这些都是新时期文论研究所无法比拟的。陈传才他们这一代学人就是在理论资源十分贫乏的精神废墟上开始文学理论重建工作的。他们硬是凭借着豪情、责任和担当意识，为文学艺术及其理论的发展廓清了前进的道路。没有这一代学人的集体贡献，我们怎么能够不断更新文学观念，开拓文学空间，自由地进行理论研究和人文探讨？今天回过头来再看这一段历史，不禁感慨系之。

从新时期开始，在几十年的学术生涯中，陈传才在不算等身的著述里，给我们留下了十分宝贵的精神财富。他的文学理论研究是真正意义上的理论研究——滤去了现象、表象，而深入事物的内在逻辑，以独有的概念命名而展开理论的运思。他懂得，满足于现象和经验的总结，不能形成真正意义上的理论，而只能导致浅薄理论的流行。同时，理论也不是象牙塔里的谈玄思辨，而应该与历史的方向保持某种平衡感。这是理论面临的挑战，也是理论的魅力之所在。

创新，是理论研究的基本品质，也是陈传才文艺理论思考追求的理想境界。创新源于理论的自觉，理论的自觉表现为理论对于自身的“有所不能”保持清醒的认识。文学理论的创新不是名词术语的横向移植或变相表达，更不是异域理论的简单套用。创新是要解决问题的，正是层出不穷的问题，带来了理论创新的动力。陈传才文艺理论研究的创新主要表现在以下两方面。

首先是观念的创新。知识社会学认为，理论创新主要是一种知识学模式的创新。知识学模式是一套特定的看待世界的方式，包括观念、原则、方法以及话语模式，其中观念占据核心地位。因此，理论创新的关键在于观念的创新。较之新方法论的引进和使用，陈传才更加重视观念的创新。1985年前后，正值文学研究新方法论的热烈讨论期，陈传才却写出了《文学的反思与观念的更新》一文，他认为：“当前，文学研究工作者正逐渐从文艺学新方法论的探讨，进入到对多年来形成的文学基本理论观念及思维方式的重新审视。这是对文学自身的具有批判性和建设性的反思。这种历史反思的深刻程度，将决定着文学基本理论观念和思维方式在何等程度上取得突破和发展”。[①] 在陈传才看来，以

---

① 原文以《对文学基本理论观念的更新的思考》为题发表于《中州学刊》1986年第2期，收入陈传才《当代审美实践文学论》时更名为《文学的反思与观念的更新》。见陈传才《当代审美实践文学论》，暨南大学出版社2002年版，第1页。

往围绕文学基本理论问题的研究存在着“观念陈旧，理论阐释简单化和艺术教条主义等弊端”，导致这种现象的原因，除了极“左”思潮的影响与干扰外，“在理论指导方面，未能真正把马克思主义的基本原理与文学的本体研究及价值评析有机结合起来，也是一个不可忽视的原因”。[①] 这段话暗含着陈传才文学理论研究对两个维度的强调：一是坚持马克思主义历史唯物主义和辩证唯物主义对于文学理论研究的指导地位，把历史唯物主义和辩证唯物主义作为观察文艺问题的世界观和方法论，始终坚持马克思主义哲学的指导地位不动摇；二是克服用马克思主义基本原理或个别观点、结论来简单、机械地演绎文学理论知识的弊端，把马克思主义的“内在精神”具体化为文学研究以及理论思考的灵魂与血肉。唯有如此，对于文学历史和现状的规律性把握才能既高屋建瓴，又微观具体，显示出与文学事实并行不悖的历史感。这种清醒的理论自觉，给予陈传才直面问题的巨大勇气。在以后几十年的文学理论教学与研究生涯中，始终做到守正创新，与时俱进。

陈传才文学理论研究的观念创新是一种真正意义上的守正创新。守正，即守马克思主义哲学的一般原理与文艺理论的经典论述之正；创新，即在马克思主义科学世界观和方法论的指导下深入文学实践的创新。马克思主义创始人的经典著作例如《1844年经济学哲学手稿》《〈政治经济学批判〉导言》《詹姆斯·穆勒〈政治经济学原理〉一书摘要》《资本论》《德意志意识形态》等，是在陈传才文学理论研究中经常出现的理论资源。他的一些重要文学理论思想的提出，都得益于对这些经典著作的深刻理解，是马克思主义基本原理与中国文艺问题的结合。例如，他对艺术本质特征这个“历史之谜”的探讨，就是从马克思关于人类历史发展的一般规律出发，进而在人类物质生产和精神生产的漫长实践中所结成的生产关系的角度来论述的，把艺术活动视为“人的生命表现的对象化”，是“掌握世界”与“肯定自身”的统一。因为，正是实践以及在实践过程中形成的人的本质力量的形成和发展，蕴含着“文学作为人所特有的审美本质的精义和妙谛”。[②] 既然艺术活动是人的生命表现的对象化，那么，“感受——体验人在对象化中的复杂、丰富的情感世界，就成了文艺的特殊对象和内容”。[③] 人在对象化过程中所形成的复杂、丰富的情感世界，是文学艺术家对于与自己心灵相契合的生活的一种独特发现的发现，是心灵对生活的呼应，体现艺术家主体“心灵结构的独特性质”。[④] 显然，陈传才对于文学艺术本质的探讨，是自觉从马克思主义经典文论的著述里寻找答案的。当否定文艺意识形态性质的声浪甚嚣尘上的时候，陈传才敢于坚持马克思主义文论的基本观点，肯定文学艺术的意识形态性质，这看似理论的保守，其实正是陈传才在思考文学理论问题时所表现出来的理论自信的体现。因为他

---

① 陈传才：《当代审美实践文学论》，暨南大学出版社2002年版，第1页。

② 陈传才、周文柏：《文学理论新编》（修订本），中国人民大学出版社1999年版，第47页。

③ 陈传才、周文柏：《文学理论新编》（修订本），中国人民大学出版社1999年版，第49页。

④ 陈传才、周文柏：《文学理论新编》（修订本），中国人民大学出版社1999年版，第53页。

懂得，所谓理论创新，绝不是推翻一切重来，而是要在坚持马克思主义基本观点的基础上守正创新："文艺理论与其他学术研究一样，都是立足对象的现实与历史，参照前人或他人的既定成果，进行超越前人或他人的研究，实现从已知到新知的理论飞跃"。[①]

其次，是方法论的创新。方法论的创新在陈传才文艺理论研究中同样占据特殊的地位。陈传才文艺理论的独特魅力，与这种方法论创新意识的自觉是有密切关系的。按照黑格尔的观点，方法不是孤立的，是由对象的特征和研究者的选择所决定的。即是说，方法既体现研究者的方法论自觉，也体现对象对方法选择的制约性。陈传才文艺理论研究在方法论上的创新表现为方法的系统性和层次性的设定：在方法论上，坚持马克思主义历史唯物主义和辩证唯物主义的指导地位不动摇。马克思主义哲学的这种指导地位，在陈传才看来，可以赋予文艺理论工作者"以科学的思维及指点潮流的胆识和气魄，使我们在分析研究作家作品及一切文学现象时，具有一种宏观审视与微观剖析结合起来的整体多维的眼光，从而获得一种历史纵深感和'制高点'，避免一般化、片面化或主观随意性的分析研究"。[②] 陈传才坚决反对对于马克思主义哲学的机械化、简单化的理解，他绝不一味固守马克思主义经典著作里的个别观点，或者以自己的马克思主义者的身份自居，只此一家，别无分店。他努力追求的境界是把马克思主义哲学的基本原理和具体的文学实践结合起来，实现马克思主义哲学基本原理"在文学科学领域的具体化"，[③] 他批评那种把马克思主义哲学世界观的指导与文学特殊对象的本质规律相分离，习惯于用马克思主义哲学的基本原理或个别观点、结论，进行简单、机械的演绎推理，而不能真正融入我们对于文学的奥秘和规律的深入探求之中的倾向，主张通过"历史的与美学的观点"即"美学的中介"来使马克思主义哲学与文学本体的研究结合起来，与对于文学独特对象、内容和形式的研究结合起来，从而获得对于文学艺术的本质、特征的理论概括。在具体理论研究中，陈传才追求宏观审视与微观分析相结合的方法。陈传才认为："文学理论研究所面对的，是一幅幅整体多维的艺术图画，是一个充满复杂情感与幻想、矛盾与纠葛的心灵世界，因此，必须进行多角度的综合观照和多方法的审美剖析，才能对文学的多侧面、多层次的本质特征及其价值、功能，做出符合文学本性的科学阐释与概括。"[④] 文艺理论研究所以需要宏观审视与微观分析相结合的方法，说到底根源于文艺理论的研究对象的丰富性和复杂性。我们既要微观具体地深入文学文本之中，在细读文本的过程中发现、提炼具有意义和征候的文学理论命题，又要在历史、社会和文化的宏观背景下厘定每一种文学观念、理论主张的特点和价值，恰当归属这种文论在整个文论系统中的位置。唯有宏观审视

---

① 陈传才：《自序》，《当代文艺理论探寻录——陈传才自选集》，中国广播电视出版社 2008 年版，第 3 页。

② 陈传才：《当代审美实践文学论》，暨南大学出版社 2002 年版，第 2 页。

③ 陈传才：《当代审美实践文学论》，暨南大学出版社 2002 年版，第 1 页。

④ 陈传才：《当代审美实践文学论》，暨南大学出版社 2002 年版，第 11 页。

与微观分析的结合，我们对文学的把握才会形成“合乎文艺特性的多维度、多层次的科学综合与理性整合的观念形态”。① 由于坚持马克思主义历史唯物主义和辩证唯物主义指导，做到了宏观审视与微观分析相结合，所以，陈传才在对具体的文艺理论问题的分析时，总是能够做到综合辩证，持论公允。文学活动中所谓客观世界和主观世界实际是一个整体，作家和艺术家不可能只写人们接触的某种客观现实，而不写这种客观事物在人们心灵上引起的思绪和情感，这就决定了理论对文学的把握必须要做到综合辩证、持论公允。对于再现论和表现论各执一词的状况，陈传才指出：“文学活动的特性，既不表现为单纯的再现或反映，也不表现为单纯的表现和抒发，通常所谓再现与表现的差别，实际上只是表面形态的差别，在深层意义上，两者是相互渗透，同根共源的。因为再现（反映）实质上也是主体审美心理、审美价值选择的表现；反过来，表现也是再现，是客观社会生活和某种社会心理情绪在个体主观意识层面上的反映。在这个过程中，文学追求着主体与客体相融合的审美规范和形式”。② 所以，陈传才提醒论争各方，在加强对主体心灵世界拓展的同时，切莫忽视和割裂同客观现实的联系；在重视人类本体视角研究的同时，更不可忽视和脱离社会、历史的基本方法。而一旦将文艺活动视为审美主客体的交互生成，则文学艺术作为一种审美意识形态的特殊性一下子就被揭示出来：“艺术家在审美主客体双向交流中所追求的审美自由感与超越性，正是它区别于其他意识形态的特殊本质”。③ 陈传才善于吸纳前人文艺理论思想中一切合理的观点而纳入自己的文艺理论体系的建构当中，同时也善于持论公允地指出这种观点的意义与局限。如果说，学术研究在特定阶段需要以“深刻的片面”推动研究向纵深发展，那么，到了一定阶段则必然表现出辩证综合的理论整合倾向。当一些人坚持文艺的意识形态性质而不愿再进一步深化对文学本质认识的时候，陈传才指出，“文学的本质，既具有意识形态所共有的社会本质，更包含着它特殊的审美本质”。④ 而当一些学者过分强调文艺的审美本质，乃至把审美本质规定为文学艺术“唯一的”本质的时候，陈传才就特别强调“文学是一个多层次、多方面构成的整体系统，包括语言符号、艺术审美、文化蕴含、精神价值和人性拷问等，忽视任何一个维度或者夸大一个方面的理论阐述，都不能科学地论述文学的基本理论问题”。⑤

这样一种奠基于马克思主义哲学基础上的宏观审视与微观分析相结合，综合辩证的理论立场与研究方法，使陈传才文艺理论研究超越了对文学问题现象的、经验的、直观唯物主义的描述而具有一种理性、智慧，视野宏阔、思维辩证的魅力，以“别是一家”的风姿引领着理论研究与文学批评的风向。这其实也是那一代学人身上体现出

① 陈传才、周文柏：《文学理论新编》（修订本），中国人民大学出版社1999年版，第47页。
② 陈传才、周文柏：《文学理论新编》（修订本），中国人民大学出版社1999年版，第60—61页。
③ 陈传才：《当代审美实践文学论》，暨南大学出版社2002年版，第25页。
④ 陈传才：《当代审美实践文学论》，暨南大学出版社2002年版，第7页。
⑤ 陈传才：《自序》，《当代文艺理论探寻录——陈传才自选集》，中国广播电视出版社2008年版，第5页。

来的共同特点。钱中文、童庆炳、陆贵山、王元骧、杜书瀛等一代学人也都是在这样的时代潮流里以各自的方式完成了新时期文学理论讲述的。钱中文不满足于从经济基础与上层建筑的关系中揭示文学审美意识形态的性质，而努力从历史的实践的维度把审美意识形式的历史生成视为文学审美意识形态的基础；童庆炳在向西方最新文论、中国当下本土文论开放的同时，格外看重文学理论对审美维度的强调；陆贵山总是以宏观辩证的视角考量每一种理论、学说，大道理、小道理的合理性与不合理性，从而恰当定位这种理论、学说、大道理、小道理在其建构的宏观文艺学的位置；王元骧深耕文学理论基本问题，从审美反映论到艺术实践论和审美人生论，形成了中气派的文学理论的知识体系和理论框架；杜书瀛不为理论时尚所动，旧话新说，老树开花，为当代文论的最新发展提供了一串踏实的脚印……这种坚定的理论自信和学术自信，来源于他们这一代学人对马克思主义经典文论的深刻理解以及运用马克思主义的立场、观点和方法研究文学问题的深刻自觉，来源于他们将哲学家的思维与智慧创造性地融入文学及其理论研究时所释放出来的思想锋芒和精神能量。这些年来，受后现代主义文化思潮的影响，很多从事理论研究的人，没有兴趣和耐心关注文学基本理论问题，对现实所引发的文化问题缺乏应有的理论思考，乐意追逐被制造出来的“文学事件”，在一个又一个动人的“文学景观”和“前沿话题”面前，理论以及理论所携带的思考被浅表化了——不是我们的时代不再需要理论以及理论思考，而是我们越来越缺乏理论思考的能力以及表述理论的能力。在这样的氛围里，钱中文、童庆炳、陆贵山、王元骧、陈传才、杜书瀛等一代学人的理论贡献就显得十分珍贵了。

三　面向文学艺术实践这个文艺理论创新的“源头活水”

陈传才文艺理论研究从来没有停止过脚步，他总是直面问题而不是回避问题，向未来开放而不是固守成见，以极大的理论勇气不断开辟新的领域，展开新的探索。他相信文艺理论的创新总是与时代提出的问题联系在一起的，只有在不断回应问题的挑战，并在合理吸纳前人观点的基础上，才会找到对于当下文艺实践的富有阐释效力的说明，而文艺理论的体系建构和内容更新才会做到有的放矢、与时俱进。为此，他主要在两个领域拓展深化自己的研究。一是始终聚焦在文学理论基本问题如文学艺术的本质、本体，价值追求、心理意识、语言符号、形式意味等的研究。因为，没有对这些问题的不懈探讨，文学理论的基础就不会牢靠。所以，文艺理论在拓展理论研究关切面的同时，不可忽视对文学基本理论问题的研究。二是始终不离开文学艺术实践这个理论创新的“源头活水”。陈传才努力达到的境界是，在参证、体悟文学艺术实践的基础上提炼、升华出文艺理论命题，提升文艺理论作为理论的高屋建瓴、宏观辩证的力量；同时又格外看重理论在解释文学艺术现象时的方法论指导意义，力求对文艺现象得出公允客观的结论，避免偏执一方而陷入盲见。例如，面对 20 世纪 90 年代以后出现的文学创作的个人化写作与宏大历史叙事之间的关系问题，面对文学在雅、俗互动中所形成的“化大众”与“大众化”话语并置问题，以及面对西方文论思潮的不断涌入出现的文艺观念和批评范型日益主体化、多样化等问题，陈传才特别强调，如果“能以马克思主义的辩证思维为基础结合运用和而不同的传统思维或当代多元共生的思想，就会形成亦此亦彼、双向逆反的阐释机制，从而揭示出宏大的历史叙事必须通过作家的个人体验和独特的艺术表现，才不至于成为千篇一律的社会批判和历史反思的主题；同样，如果作家独特的艺术表现不是旨在关注民生疾苦和民族命运，只是追求一己的悲欢，就将成为缺乏深广的大众情怀的个人化叙述或欲望化写作。文艺理论批评应以两极兼容的思维方式引导作家形成个人与社会化悖立、互动的创作机制，避免因彼此失重而造成艺术之缺失”。① 陈传才还专门撰写系列文章，结合对莫言、张炜、李锐等一批青年作家作品的阅读，强调指出：“作家在创作中呈现的潜意识、直觉、生命激情、灵感等非自觉意识，始终为理性和自觉意识所统摄。作家正是在自觉意识与非自觉意识、理性与非理性、有限与无限、实与虚、时间与空间的交叉点上，发现多样而又生生不息的美，从而凝聚为具有主体审美理想追求的艺术世界”。② 这是在充分肯定20世纪90年代以后文学艺术创作中出现的身体写作合理性的基础上，试图对于潜意识、直觉、灵感以及写作的生命体征的说明。正是因为不断面向新的文学艺术现实，陈传才在探讨文学理论问题时才会做到从不拘泥于细枝末节，也不会走向纯概念的推演，变成自说自话的“独白”，而是力求成为“视野宏阔、思维辩证、直击问题本质的理论探险者，不断以新的研究成果回应文艺实践提出的问题”。③

陈传才在几十年的理论探究中，之所以能够不断深化对文艺理论基本问题的看法，是与作者不断调整理论视野，聚焦文学实践问题，从而不断拓展研究领域的追求密切相关的。陈传才坚信，文艺理论不能只是在概念的圈子里打转转，不能只是从理论到理论，而要密切追踪发展变化了的文学艺术实践。在《文学理论新编》（修订本）里，陈传才就尖锐指出：“既有的文学知识，已无法涵盖当今方兴未艾的文学创新实践及所生成的新文体、新形态。比如现代小说、通俗文学、神话故事、影视文学所创造的叙事模式，就不是我国传统叙事理论所能充分阐释得了的，而应吸纳和借鉴西方现代叙事学的理论知识”。④ 他希望理论界“在中西的对话与汇通中，尤须重视对我国传统小说文本与理论资料的搜集、整理、钩沉与分析，从而为探究叙事传统的现代转型提供坚实的基础。同时，还要对叙事媒介、技巧、母体和阅读接受诸方面进行具体探析，揭示文体嬗变与当代社会、文化、语言与艺术的深层关系，从而为建设超越西方现代

① 陈传才：《自序》，《当代文艺理论探寻录——陈传才自选集》，中国广播电视出版社2008年版，第4页。

② 《以问题为导向推进文论创新——文艺理论家陈传才访谈》，《文艺报》2017年4月24日。

③ 《以问题为导向推进文论创新——文艺理论家陈传才访谈》，《文艺报》2017年4月24日。

④ 陈传才、周文柏：《文学理论新编》（修订本），中国人民大学出版社1999年版，第5页。

叙事学和中国传统叙事理论的当代叙事学提供新思路”。[①] 这是陈传才面对 20 世纪 90 年代以后文艺实践新状况所做出的理论思考，其理论触角已经从基础理论伸向文艺学学术史、叙事媒介、文本理论、阅读接受等领域。继《文学理论新编》（修订本）出版之后，陈传才以极大的热情投入百年文艺学学术史和当下文艺思潮的研究，出版了《文艺学百年》（北京出版社 1999 年版）和《中国 20 世纪后 20 年文学思潮》（中国人民大学出版社 2001 年版）。这两部著作一则回归历史，一则立足于当下，而贯穿其中的则是建构以审美为中介的文学价值体系的努力——立足于人的现实感性欲求但又不止于人的现实感性欲求，而努力探寻和表现人的生命意义和理想价值，在感性与理性的融合中深化艺术形象的审美意蕴。

陈传才就是以这个价值理想为坐标去回应文学艺术的现实问题的。他认为，新写实小说虽然有较强的现代感和一定的可读性，但却缺乏对普通人的追求与期待的深入探寻，因而不能给人以更多的人文精神、价值的提升。“新体验”“新状态”小说，虽然缺乏厚重的历史感和现代审美意识的深度，但在消弭现象与本质、表层与深层、非真实与真实的对立过程中给人以新的现实、人生的触动。同样，20 世纪 90 年代女性小说的“私人化”写作在突破公共叙事的宏大主题及其普泛性意义中拓展了个人生活的表现空间，重视对个体生命意识的开掘，具有不可否弃的独特价值。然而，过于“私人化”的写作或对个人隐秘经验的过分自恋，又会把文学创作的审美追求引入误区，甚至走向以“肉身”叙事的媚俗歧途上去。以王朔为代表的后先锋写作虽然由于平面化写作而导致了自身的解构，但另一方面，却又因为拆除文学雅俗二元对立的旧格局，进行“雅”“俗”变奏的文体试验，为文学走向大众，实现“雅”“俗”互动，提供了新的艺术经验。这一系列理论概括，在悄然地改变着旧的文学理念、思维方式，搭建起了言说文学艺术存在的新格局。

陈传才坦言自己的理论探索虽然提出了一些触及当今文艺实践变化发展的观点，但并未真正形成“超越性”的创新理论。这既是先生的谦逊所在，也是理论的复杂性特点所致。因为“创新理论的形成必须经历信息的不断增大，思维空间的不断拓展，直至引发各种文论观点的交锋的复杂过程，绝非是一次性的实践与认知所能达到的”。[②] 他希望当今中国文艺理论研究走向严谨、深邃、开放、创新的良性发展。我想，这是先生对于理论的憧憬，也是对于后辈学者的期望。我们唯有全身心地投入，孜孜以求地耕耘，不断克服来自研究者主观的思想障碍和客观上的诱惑与困扰，方能无愧于先生的嘱托，有可能洞见维纳斯那神秘的面纱。

---

① 陈传才、周文柏：《文学理论新编》（修订本），中国人民大学出版社 1999 年版，第 5 页。

② 《以问题为导向推进文论创新——文艺理论家陈传才访谈》，《文艺报》2017 年 4 月 24 日。

许杰《鲁迅小说讲话》中的小说人称论

杜寒风*

（中国传媒大学　北京　100024）

摘要：鲁迅小说大多使用第三人称，也有使用第一人称的作品，在小说叙事方面有创新，成为中国现代文学史上的经典之作。著名作家、学者和文学教育家许杰教授著有《鲁迅小说讲话》一书，发表了他的小说人称论，是结合鲁迅的具体小说进行论述的。其主张肯定了人称承担介绍者或报告者的任务，人称运用上存在着辩证的关系，作品发表以后人称不是可以随便换掉的，区分了主观的抒情的第一人称与客观的冷酷的第一人称两种情况、以为鲁迅日记体小说主人翁遗留材料有意义，对比了人的观点、神的观点和半人半神（半神半人）的观点。许杰的小说人称论对于我们今天探讨小说理论与小说作法，进一步学习与研究鲁迅小说，乃至从事小说创作、评论都是有益的。

关键词：许杰；鲁迅；小说人称论；第一人称

著名作家、学者和文学教育家——华东师范大学教授许杰（1901—1993 年）在他的名著《鲁迅小说讲话》一书中，对中国新文化旗手、大文豪鲁迅的若干小说作品进行了评论，牵涉小说理论、小说作法问题。该书目录除新版序、自序外，专文读解了鲁迅小说《药》、《明天》、《故乡》、《狂人日记》、《孔乙己》、《祝福》、《离婚》和《阿Q正传》（他所写《重读鲁迅先生的〈狂人日记〉——为纪念五四运动六十周年而作》《论鲁迅的历史小说》两篇文章收入《许杰文学论文集》一书）。本文主要探讨许杰在《鲁迅小说讲话》中发表的小说人称论，其主张是结合鲁迅的具体小说进行论述。该书中，许杰多用“人称”，也有用“身称”处，所指义同。本文除引文保留“身称”外，正文统一用“人称”。

---

* 作者简介：杜寒风（1964— ），男，河北石家庄人，哲学博士，中国传媒大学人文学院文学系教授、文艺理论教研室主任、《语言文学前沿》辑刊主编。主要研究方向：文艺学、美学。

一

人称作为人物的称谓无外乎三种，第一人称——我、第二人称——你、第三人称——他，还应有三种人称的复数。中国传统小说运用第三人称是最多的，鲁迅小说运用最多的也是第三人称，许杰除对鲁迅运用第三人称写作的小说《药》、《明天》和《离婚》写过专文外，对鲁迅的历史小说也写过一篇文章，文章中谈及《故事新编》里的《理水》《补天》。鲁迅小说也有一些用的是第一人称写的，没有运用第二人称写的小说作品。

许杰讲到过用笔介绍你所熟悉的朋友给读者，跟当面向别人介绍你的朋友的区别。当面介绍，有的不一定都介绍，如被介绍的这个人的外表、衣着，别人能看得到，就不需要用语言介绍；如果被介绍的人不在别人面前出现，别人对被介绍人又不了解，关于被介绍人的外表、衣着等就不能省略，需要用语言说出来，诉诸小说创作，那就要用文学语言写出来。许杰以鲁迅《药》中写人的例子谈到大体有写人物的外表、人物的动作、人物的心理、人物的语言这四种方法。许杰的小说人称论中，强调了作者运用人称，或为小说中的主要人物，或为小说中的次要人物，无非起到了介绍者或报告者（也可把许杰分析鲁迅《祝福》中提到的目击者、述说者这两个概念囊括进介绍者或报告者中）的作用。

原来，作品中人称的运用乃配合着作品中内容的要求，要他有一个适宜的表现的基调，使读者看来，觉得的确是入情入理的方好。从小说的原理上说，小说的作者，只是承担介绍者或报告者的任务。假定小说中的人物原来就是作者的熟人或朋友，因而他非常熟悉这个人物的身世、性格、学养与其所发生、所遭遇的故事，因此，他在某一个场合，对着他另一些朋友，把这一位朋友的种种，都向他们介绍了。在这种时候，作者的语气，总是说他，或是某某人，怎么样怎么样的，这就自然成为第三人称的形式了。

> 有些时候，这个作者所要向读者或他的朋友报告的，竟然就是他自己的为人与遭遇，他自然得说是“我”，是怎么样怎么样的；这时，这小说的形式，又自然成为第一人称的了。用第二人称来写作的小说，事实上之所以比较稀少的缘故，他的理由也就在此；因为既然是你的为人和你的遭遇，你自然就比我知道得更加清楚，你也不必等着我来报告或述说了。[①]

作品中人称的运用可以确定作品的基调，是为作品中内容服务的，具体到运用第一人称、第二人称还是第三人称，取决于作者的选择和考虑，采用不同的人称是否有

① 许杰：《鲁迅小说讲话》，陕西人民出版社 1981 年版，第 143 页。

利于作品的表现，是否与小说故事内容等相匹配。从读者来看似乎有被动之处，作品中的人称不是由读者决定的。作者创作安排得周到，设计得巧妙，合乎情理，无懈可击，运用第一人称，还是第二人称，还是第三人称，抑或是同一作品，运用两种人称，或运用三种人称，读者都是能够接受作者在作品中所选择的人称的。作品似不容读者质疑，就是真的，就显示出了作者的匠心独运，证明其写作技巧的高超，创作手法的娴熟。既然“我”的为人和“我”的遭遇，“我”是清楚的，就用不着用第二人称去说了，但第二人称也有存在的必要。第二人称也是小说中的一种人称，“在小说中的运用有两种情况：部分地或一时地运用‘你’的称谓。通篇小说用‘你’贯穿到底。……此外，还有的‘你’是作者对读者的直接呼唤，使读者以‘你’的身分置身于作品所描绘的环境里，设身处地地感受作品描绘的情景、氛围，与主人公同呼吸、共命运”。[①]这种直接呼唤，无非让读者参与进来，不做旁观者，在“你”中看到了自己。第二人称作为一种表现手段，写得好的话，也能够引起读者对作品的喜爱，获得读者对作品的垂青。

如果给小说下个定义的话，应该不止一种，但要承认讲故事是小说应有之义。故事讲得如何，取决于故事的讲述者。“一切关于这故事的系列的始末，都由这故事的讲述者说出来。有时，这故事讲述者，他以第三身称的身分，源源本本的向读者介绍别人的故事与其遭遇，有时，他也用第一身称的身分，向读者报告他自身的经历；——虽然他所介绍别人的故事，不一定就是别人的故事，他所报告的自身的经历，不一定是他自身的经历。”[②] 许杰认为，“有些时候，我们明明说的是别人的事情；但是，别人的故事，你又怎么知道得这么清楚？这时，你如果要一点手腕（就说是艺术的手腕吧!）？把别人的事情，都转化成为自己的事情——你说你自己的事情，一切都是你自己亲身经历的，你自己的遭遇，你自己的感情，你一时说来活灵活现，历历如绘，那就要比较好得许多。因此，写第一人称的作品，我们可不能就这样的直觉，说某人写的作品，他说的是‘我怎么样，我怎么样’，这一个‘我’一定就是他自己，因而就肯定的说，某人在某一篇作品里所写的人物和故事，就是他自己和他自己的故事了”。[③]说别人的事，人家可以怀疑你的消息来源，别人不告诉你，你又是怎么知道的，即便别人告诉了你的事，这事是真实的吗？这种议论别人的事，作者难免有不便申辩之处。而一旦把别人的事说成自己的事，如你说别人的事，那种情况下怀疑你的人在此种情况下就无法怀疑，因为“我”说的不是别人的事而是“我”的事，“我”自然知道“我”的事，不用别人告诉“我”别人的事，“我”的人生、“我”的故事“我”做主，就掌握了述说的主动权，减少了麻烦的环节，“我”能够把“我”的故事说得比“我”说别人的故事更好。

---

① 王庆生主编：《文艺创作知识词典》，长江文艺出版社 1987 年版，第 154 页。

② 许杰：《鲁迅小说讲话》，陕西人民出版社 1981 年版，第 119 页。

③ 许杰：《鲁迅小说讲话》，陕西人民出版社 1981 年版，第 143—144 页。

反过来说，有些作家的有些作品，他所写的的确是他自己的为人与遭遇，但恐怕真是这样的如实的写来，难免不接触到一些现实的人事问题；这个时候，他如果假托一个第三者，说这人的事情，原来就不是我自己的，因而读者也就会一时被他的掩眼法掩过去的。而这，还只是指普通的事情，仅是涉到一些现实的人事关系的。如果一个作家，他写的竟然是自己的丑恶的一面，但在情理上，自己当然还有自己的身分和地位，他要合情合理的说明，他就绝对不会把自己的丑恶在人前赤裸裸的暴露出来。——他如果真的这样做，就觉得他的真实，反有些不近人情。因此，他就自然而然的会找出一个替身来，说是某人某人的事情了。①

许杰指出，在人称的运用上是存在着一种辩证的关系的。这种辩证的关系有两个对立。小说中的人物与故事最好是自己和自己的事，若说成别人和别人的事，不如自己和自己的事说来方便，让读者觉得真实。这是一个对立。自己和自己的事因身份地位关系或现实人事关系不方便直说，反可说成别人和别人的事，读者也可接受。这是另一个对立。这两个对立，又能够在艺术的完形或完形的艺术中得到统一。在许杰看来，一切题材的来源，大体上本也不出自己的经历或是别人的遭遇两条线索，而一个作家他那一切的设计与安排，都得服从于艺术的统一与和谐。这种艺术的完形或完形的艺术是一个整体。有对立没有统一，有统一没有对立，都谈不上形成了辩证的关系。

在这里，我们就发现了人称的运用的一种辩证的关系，依常理讲，小说中的人物与故事，最好就是自己和自己的事，这样方能说来头头是道，历历如绘，也只有这样，才能打动别人，使他发生一些社会效能；如果你说这是别人的事情，别人的事，你就怎么知道得这样清楚？就凭着你的舌妙莲花，根本你就是胡说瞎道，真实性早已失去，谁还高兴吃了饭没事做，听着你来嚼烂舌根，凭空扯淡？这是一个对立。但是，自己的事，有时又因自己的身分与地位的关系，有时也因为一些现实的人事关系，你不便这样的直说（就是说的别人的事，但你用第一人称写，总该作这样的推论）。因此，你倒觉得，反是说的别人的事，你加油加醋，任意渲染，读者倒可以将就原谅了。这又是一个对立。②

自己写自己和自己的事，自己了解自己，写起来不会陌生，容易打动读者，使读者感觉到与作者距离拉近，相信了作者的叙述，增强了作品的真实性。如果把自己和自己的事，说成别人和别人的事，那就不能运用第一人称了。虽然自己和自己的事好写，但并不是说自己和自己的事什么都可以不加选择地写。作家生活在现实社会里，或由于自己的身份地位，或因为人事关系，不便采取直说方式的就不采取直说的方式。

① 许杰：《鲁迅小说讲话》，陕西人民出版社 1981 年版，第 144 页。

② 许杰：《鲁迅小说讲话》，陕西人民出版社 1981 年版，第 144—145 页。

把自己的事说成别人的事，作家就不用顾虑自己的身份地位或人事关系，读者在此不一定都能够了解作家创作的实际，也就不再计较到底是作家自己的事还是别人的事了。自己不好的事、对自己形象不利的事，一般来说作家不愿在作品中说是自己和自己的事的，敢于暴露自己的错误，解剖自己人性的缺点的作家也不是没有，但这样的作家是需要勇气的，不看重自己的身份地位，不顾及现实人事关系才能做到。作家不一定都要“实话实说”，借助别人和别人的事可以写出来。人称之间的联系不是不变的，作家可以在人称上有改换。别人的事可以用第一人称写，自己的事可以用第三人称写。别人的事用第一人称写，有可能让读者认定作品中的某个人物是作家本人，某个人物身上发生的事是作家身上发生的事，运用第一人称有吸引读者去联想的可能性。如果读者都能够认为小说是作家虚构的作品，与运用人称无关，倒不必非要认定是作家的事还是别人的事了。由于小说中的人物原型来自生活中的人物，一些成功的小说人物形象具有比生活中的人物还要真实的艺术真实，不管写的是正面人物、反面人物，还是中间人物，读者看完小说后，把小说人物与现实人物“对号入座”的事就难以杜绝。

许杰在研究鲁迅作品时，强调一旦作家选用了不同的人称，作品发表以后，人称不是可以随便换掉的，因为作品完成后就是一个有组织的、有结构的整体。许杰认为小说《故乡》主观的、抒情的东西指这篇作品的内容，他的形式，就不能用第三人称的表现技巧。“假定他的内容仍旧是主观的抒情，但他的形式，却用的第三人称的表现技巧，我们试想，这将发生怎样的一种不和谐的现象，可能得到一些什么效果”①？“如果把作品中的‘我’，改用一个‘他’字，或是另外加上一个某某人的名字，这小说的生命，根本就可以说是没有了”②。运用第一人称的主观的抒情基调，才好表现“我”对故乡的否定与肯定，向往与疏离的矛盾，第一人称的表现技巧，要适合内容的表现。《孔乙己》中运用的第一人称也不能换成第三人称。“我们晓得，如果从作者自己写作时的见地出发，固然也可对孔乙己下批判，但那一种批判，却可能加浓了主观的成分，而改低了客观评价的效果”③。“非有一个第三者作一回客观的综合的叙述不可；但是，如果真的用上了第三人称的所谓‘他’，那又无法勉强他，再作这样的声口述说了”④。这个第三者不能用第三人称，用第一人称才能有这样的声口述说。许杰还提到，比方在《狂人日记》第三节中，大哥引着一个医生来看病的这一个场景，许杰把原文的第一人称换作第三人称改写后说，这便是从观察得来的客观的描写，但这有什么用呢，能够写出一些什么东西呢；比方当狂人听了医生的吩咐以后，接下去写，许杰把原文的第一人称换作第三人称改写后说，这又有什么力量呢。鲁迅的小说不是随便可以替

---

① 许杰：《鲁迅小说讲话》，陕西人民出版社1981年版，第142页。

② 许杰：《鲁迅小说讲话》，陕西人民出版社1981年版，第145页。

③ 许杰：《鲁迅小说讲话》，陕西人民出版社1981年版，第155页。

④ 许杰：《鲁迅小说讲话》，陕西人民出版社1981年版，第156页。

换人称的。除了作品内容与形式不可分割这一点外，还有一点，鲁迅作品成为经典后，为不同时代的读者所熟知，再把作品中的人称更换，不符合接受习惯，替换人称的结果，绝无原来所用人称的妙处，对作品机体起到的是“破坏”作用。

二

许杰十分看重作品是一个有机的整体，强调小说的表现形式和它的表现内容要配合。为了对作品进行解释，进行研究，才划分内容与形式，实际上作品作为整体两者是不可分割的。许杰结合鲁迅小说的具体作品，分析了鲁迅运用不同的人称的情况，既看内容，也看形式，阐明了作品的表现主题与表现方法是内在统一的观点。

许杰评论《祝福》，强调了“我”在小说中的角色，承担的是介绍者或报告者的任务，作为目击者、述说者，“我”参与到小说故事发展中，与小说主要人物祥林嫂的命运有过交集。“这小说的开端，也写出了一个我来，使这一个我，成为故事的目击者，也成为故事的述说者，但主要的，却是要这个我负起对这故事的批判的责任。”[①] “我”同情祥林嫂的遭遇，为她声诉，是以目击者的身份介入的，有“我”的主观批判的声口。“如果不在开始时给这个‘我’的身分有所说明，那末，这下文的一切生发便无从依附，没有根据、也就生发不出下文的整个故事来了”[②]。“我”是故事开展的依附、根据，“我”是不可缺少的。“作者的‘我’，亲身见到的，——这便给予读者一个不可否认的真实感了。……‘我’，作这故事的述说者，来同情、声诉，甚至安排着批判的张本，为作品中的主人翁争取更大的同情”[③]。许杰还把《祝福》的“我”与《孔乙己》的先写一个“我”的用途作了区别。《孔乙己》的“我”目睹耳闻了孔乙己的故事，“我”所不知道就没写，而《祝福》这个“我”虽然也回忆了祥林嫂的整个故事，但有些故事，他却是经过了融合，故事的述说者与主人翁的关系，却隔离得比较远。孔乙己中的“我”与主人翁的关系相对较近。《孔乙己》写“我”在酒店与孔乙己直接对话一回，与孔乙己没有对话、但有动作关联一回，《祝福》里只写“我”河边遇见讨饭的祥林嫂直接对话一回。

许杰所提出主观抒情的第一人称与冷酷无情的第一人称的观点，让人印象鲜明。这种第一人称两对比的解释，突出了鲁迅小说第一人称抒情的不同特点。许杰认为，《故乡》让我们完全看见了作者的“真我”，作者坦白的心胸与怀抱。《故乡》运用第一人称的写法，写的是鲁迅和许杰自己的遭遇与感想。这主观的、抒情的风格、情调与内容有明显不同于鲁迅其他作品的地方，它的风格与情调，十分别致。许杰认为，鲁迅的《故乡》，写的是鲁迅自己的亲身经历，也是鲁迅自己的主观感想。虽然在这部作

① 许杰：《鲁迅小说讲话》，陕西人民出版社 1981 年版，第 167 页。

② 许杰：《鲁迅小说讲话》，陕西人民出版社 1981 年版，第 168 页。

③ 许杰：《鲁迅小说讲话》，陕西人民出版社 1981 年版，第 169 页。

品中，也写到客观的人物与故事。但这些人物与故事，却是通过他的主观感想、渲染上他的感情而存在——在他的作品中存在，也在现实世界存在；而且作为他主观的激动情绪要素而出现的——在他的作品当中出现。由于许杰重视感情外露的“我”回故乡的经历与遭遇，而《孔乙己》中的“我”与孔乙己交往的相对内敛疏远，“我”失去了“真我”，自亦不是鲁迅的“真我”。《故乡》中，“我”通过返回故乡处理卖给别姓的老屋，见过母亲、闰土、豆腐西施、水生、宏儿等人物的事，把对故乡的爱与恨都写进去了。作者的“真我”有所思、有所感，有他纠结与矛盾之处。小说中童年时的闰土是“我”崇拜的人物，到了成年的闰土反差又那么大，宏儿与水生又是“我”童年时的影子，他们之后的生活也会出现“我”与闰土身上的隔绝吗？“我”没有回答，希望未来的子女辈应当有一种新生活，这种新生活虽没有描述出来，也许子女辈的新生活不是父辈能够具体描述的，但是“我”可以去憧憬。“这作品完全是作者的主观的抒情，他的回忆过去，歌咏自然，都是用这种惘然的主观的抒情贯串起来的。”[①] 应该说，小说中的“我”，并不能完全等同于作者鲁迅，但确有鲁迅的经历，鲁迅的遭遇。《故乡》跟自传体小说是有区别的。即使是自传体小说，除基本的人物、事件等要属实外，带上了作者的主观色彩。属实不是所写对象的纯粹照搬。这个“我”是艺术的创造，是艺术形态的“我”，而不是自然形态的作者或与作者相同阶层的人物。

许杰十分肯定鲁迅用的这一个“我”，一定不是鲁迅自己。许杰发问道，既然鲁迅没有在十二岁以后的几年生活中，当过酒店的学徒的事，那么，鲁迅在这篇小说中，一定要造出这样一个“我”来做什么呢？无非服从于艺术的要求，或是统一在艺术的完形或完形的艺术之中。鲁迅的构思是缜密的，所选酒僮，且用第一人称，让读者无法质疑，合乎情理。

> 从作者的见地想来，他在未动笔之前，一定有过一度这样的设想。用第一人称声口的述说，自然一切的见闻，得局限于第一人称；但如果用孔乙己自述——固然他是一个知识分子，他是可以写自传或是回忆录的；但孔乙己却早死了，这一个被人们淡忘了的结局，是无法叙写的。（《狂人日记》是采第一人称的表现法的，作品中的主人翁虽然没有死去，但已赴远地候补去了。而作品的交代，非有一位老兄，出示日记不可。）同时，以孔乙己为中心，他对他自己的批判，也不能这样客观；而且，这个办法，文字上也容易枝蔓，不会这样的简要。我们得设想着有一位第三者目击一切的人，但这人却得合于他的职业和身分。在鲁迅的童年时代，可能有这样的现实的人，但鲁迅却不一定就是一个酒僮。他可能根据传说，根据一两次的见面，因而在自己心里留着相当深刻的印象。……鲁迅在童年时候，可能见过孔乙己一次两次，他如果回忆起当时的实情，而加以具体的刻划，自然也可以

① 许杰：《鲁迅小说讲话》，陕西人民出版社 1981 年版，第 98 页。

抓住了小说进行的中心线索，而且不至于不够形象。但是，鲁迅的职业与身分，又将怎样的安排？如果仍旧还是一个读书人吧，这读书人为什么老站在街上或是酒店里的呢？如果他说他是偶然的碰见的吧，那末，这偶然的因素既无法减除，小说的真实性就近于勉强。[①]

许杰以为鲁迅的职业与身份不适合成为第一人称的述说者。这个读书人老是在街上站，或到酒店站，都经不起推敲。到了酒店站着喝酒穿长衫的读书人是孔乙己，如果是到店面隔壁房子里坐着喝酒穿长衫的读书人，势必影响对不在同一空间的孔乙己的观察。不管是在路上还是在酒店，抑或是在其他场合，偶然碰见孔乙己，若是这位读书人没有跟孔乙己打过交道的话，两个读书人的关系也不好处理，喧宾夺主的话，就影响孔乙己这个人物形象的塑造。设想出这么一个酒僮来，他天天在酒店里工作，就可能看到到酒店来喝酒的孔乙己及喝酒的短衣帮、掌柜等人对孔乙己的现场反应。而酒僮不是读书人，见识没有读书人高，用酒僮的身份写最合适，由他的述说，写出这客观社会的冷酷、无情，更让读者无法释怀。“全文的第一段……全段的语气，都用第一人称叙述的声口，这些题材的来源，则完全根据作品中的我的见闻概括起来的。第二段，提出了‘我’字，先作了一番自我的介绍，……第三段，说出自己职业的无聊，教人却活泼不得，反衬对于孔乙己的磨灭不了的记忆。……这三段是全文的开端，背景、人物、气氛，都完全交代了。特别是，这个酒僮的我。他也如同一般人一样，孔乙己为人之值得他回忆的地方，也只是在他无聊中可以发几声笑声，教他暂时忘记了掌柜的凶脸和主顾们的恶声恶气。我们想，这气氛是何等的冷酷的；而同时，也就显出了鲁迅的现实主义手法和作风。”[②] 酒僮是用第一人称写的，孔乙己的形象，一切都从第三者眼中看出，都是从“我”的眼中看出。由于有酒僮这样一个人物聚焦叙述者，“才能使小说将它描述的焦点集中在主人公孔乙己身上”。[③] 读者会对孔乙己这一弱者同情，对代表封建势力的丁举人憎恨，对嘲讽、耍弄孔乙己的短衣帮、邻居孩子、掌柜、酒僮等人对孔乙己的欺辱言行进行否定。

许杰对《狂人日记》也有评论，有对鲁迅日记体的形式进行分析。同样是反对封建、反对礼教、抨击旧社会题材的小说，鲁迅在创作中运用过日记体的形式进行探求，只有《狂人日记》这一篇，小说《伤逝》为涓生日记，亦近于日记体。“一个作家在写作作品的时候，每每因为要使人家相信他所讲述的故事的真，他除了刻画出具体的环境与活着的人物之外，他还时常喜欢引用直接的材料，譬如作品中人物的语言，甚至他的信札或日记等，以证明这人物确实的存在。”[④] 作者要读者相信他讲的故事是真的，

① 许杰：《鲁迅小说讲话》，陕西人民出版社 1981 年版，第 156—157 页。

② 许杰：《鲁迅小说讲话》，陕西人民出版社 1981 年版，第 160 页。

③ 谭君强：《叙述的力量：鲁迅小说叙事研究》，云南大学出版社 2014 年版，第 179 页。

④ 许杰：《鲁迅小说讲话》，陕西人民出版社 1981 年版，第 119—120 页。

就要采取“艺术的手腕”来实现，让读者相信自己写的东西为真，为实在的东西。“若有其事”比“实有其事”更加重要，更加逼真。也就是说，“若有其事”的真高于“实有其事”的真。为什么许多小说当中，要引用作品中主人翁所遗留下来的具体材料（如信札、日记等）呢？许杰看到了是有其意义所在。信札、日记等好像比语言更可靠，好像是属于客观的事实，易让读者相信。信札、日记等不便于小说作者轻易捏造，故在读者看来，有了信札、日记，“这小说的真实的成分是加浓了”。[①] 其实，信札、日记等与人物的语言一样，是作者创作出来的。无疑，《狂人日记》用十来则没写月、日的日记形式，以狂人的视角写出，使读者增进了对狂人的了解，小说的可信性大大增强。许杰看到了日记体的小说与普通小说的创作有不同，具体到这篇小说，他觉得小说的结构、脉络与其顶点，也不能如普通小说一样由第三人称的作者给予有意的安排。所以读者不能按照阅读普通形式的小说那样阅读此小说，要接受新的事物，不能过于强调特别是受中国小说传统的章回小说影响的读者看重故事的联系性，而也要注重小说对人物的心理和意识等的刻画，狂人所患盖“迫害狂”之类，异于常人的心理和意识等，使狂人独具了特殊性，其所发的议论恰有常人讲不出来的深刻。

三

许杰还对小说作者观点进行了解释。他所触及的是小说原理中作者的立场，或是所谓观点问题。他说的所谓观点和普通所说的主观观点、客观观点，有些不同，所说的仍旧指作者对于作品中人物与故事的立足点与看法。他讲的立足点与看法无外乎是要找到写人物与故事下笔的恰当位置、合适的视角，有作者自己的看法。写人离不开写事，写事离不开写人。“作家对于作品中人物与故事的看法，普通也就有三种不同的观点，那就是一、人的观点，二、神的观点，和三、半神半人的观点”[②]。许杰对这三种观点依次进行了解释。

“所谓人的观点，是说作品中一切人物与故事的来源，都受了人的感官，也即是耳目闻见的限制。因为人毕竟只是人，你所述说出来的这人这事，你究竟怎么知道的呢？假定你所述说的，一切都是你自己亲身的经历，都是你自己目击耳闻的，那就没有话说；如果你的见闻，说要不受耳目的限制，什么你都能知道，这就有些不合情理，也不合于真实的现实了。……——自然，不是你亲身经历，不是你耳闻目击的事情，你要知道也可以的；这就得靠着间接的经验，而且也得受到你的耳目和各种物质条件的限制的。这就是所谓人的态度”[③]。许杰打了个比方，你现在坐在你自己的房间里，你房间里究竟有几个人，以及他们有些什么动作，讲些什么话语，发生些什么事情，你

① 许杰：《鲁迅小说讲话》，陕西人民出版社1981年版，第120页。
② 许杰：《鲁迅小说讲话》，陕西人民出版社1981年版，第146页。
③ 许杰：《鲁迅小说讲话》，陕西人民出版社1981年版，第146—147页。

是可能知道的。但是，就在这个同时，如果在你房间外面发生些什么事情，你就不能看见了。可见，人的视觉受到了限制，不能看到你房间外面发生些什么事情，若能够听到房间外面的声音，说明听觉还能起到一定的作用。你在上海自己的房间，不知道南京路上发生的事情，更不要说在南京、北京发生的事情了，这就是说除了时间上有限制外，空间上也有限制。距离你所住地越远的地方，你就越难知道发生的事情。现在由于互联网发达，信息传播快捷，若是具有上网条件，你可能知道外面发生的事情的时间不会过于迟缓，甚至是同步的，如媒体提前告知你直播的时间，你及时收看的话就是同步的，但自己不能在现场耳闻目击的实质并没有发生改变，自己还是没有在现场的亲身经历。即使靠着间接的经验知道了外面发生的事情，也不能做到现场能够耳闻目击那样有那时那地直接的感受、直接的体会。在许杰看来，鲁迅《孔乙己》的写作，是用第一人称，也是用人的观点的。大体上说来，既然用第一人称，就不得不用人的观点；因为我既是人，那么，超乎人力以上的神的态度，就有些不能想象。所以说人的观点脱离不了人的感觉器官，而人的感觉器官是有时间、空间的限制的，不能做到事事亲历，事事亲见。在自己不能亲历亲见、受到各种物质条件限制的情况下，如何做到对人的知晓，对事的了解呢，那就要借助于神的观点了。

“神的观点，就和这个不同，他是正如天上的神，高高的站在云端，非但可以眼看九州，而且可以晓得古往今来。别人的隐秘，他能知道，别人的阴私，他也能够知道。所以，这也同时叫做无所不知的态度”①。他认为，神不受任何时间、空间的限制，不受人的感觉器官的限制，可以解决人的观点出现的窘境。第三人称的使用比第一人称单个人物的使用在时间、空间上都开阔了，虽然在对人物心理微妙变化的述说上可能不如第一人称那样述说得更自然，但也可以进入“我”之外人物的内心世界，也能够从这个人物或其他人物对此人物的反映上写出相关心理微妙变化。鲁迅使用第三人称的小说占有很大的比例。许杰对鲁迅使用第三人称的小说《药》、《明天》和《离婚》写过专文，对于鲁迅历史小说写过专文，在小说内容与形式的分析上，有自己的认识，都能够给人以启发。

“至于半人半神的观点，却是介于神与人的中间的，有时也称法庭的态度。所谓法庭的态度，作者的观点和视听的限制，是并不局限于某一个人的。这譬如法官，他可以把各造及见证人物之所陈述，都给他综合起来，而后加以述说的。他的观点，自无不受某一个人的限制，但在同时，却又不如神的观点那么广泛，所以是介于人与神两者的中间的”②。介于人与神中间的就是半人半神的观点，也可解作“法庭的观点”。法庭上被告与原告两方都在维护自己的观点，各说各的，法官不能只听一方的陈述，可以把庭上各造及见证人物的陈述综合起来进行分析，得出自己的看法，不必受到一方观点的限制，但又不是全知全觉，所以这种观点既有神的观点，也有人的观点，所以

① 许杰：《鲁迅小说讲话》，陕西人民出版社 1981 年版，第 147 页。

② 许杰：《鲁迅小说讲话》，陕西人民出版社 1981 年版，第 147 页。

称为半人半神的观点。法官比起原告、被告来，他就不是只站在一方的角度看问题。以事实为依据，以法律为准绳，秉公执法是法院办案人员的职业道德。法官要人证物证，兼听则明，方能较好地断案判案。作家如法官一样，在半人半神的观点中，做不到全知全觉，但也能够有一定的知、一定的觉的功能发挥，较为全面地熟悉各个人物，对事情的发展能有好的预设，使所写的人物和事情为自己的创作意图服务，以完成自己的创作计划。“鲁迅写《阿Q正传》，在第一章的序里，开头虽说出一个‘我’字，但是，到了正文以下，这个‘我’字，就无法安排进去了。不过，鲁迅在《阿Q正传》中所处的态度，却也不是神的态度，因为他要给阿Q写《正传》，只是如同法官一般的收藏了许多材料，而后给他归纳出来。这比方阿Q到了城里去，究竟他的生活是怎样的，因为没有详细的材料，知道的人也很少，所以就不写了。这种态度，自然还不是无所不知的。但是，阿Q在未庄的一切遭遇，作者却又知道得非常清楚。假定作者是一个人，也就得受了他的见闻的局限，究竟这许多事情，你又从何处得知呢？——这样一问，我们知道，这《阿Q正传》的写作态度，又不全是采的人的态度了”[①]。就是说，《阿Q正传》采用的是半人半神的观点。作者并不是对阿Q全知全觉的，如第一章的序对阿Q姓什么、名字是怎么写的等都是不知道的，该小说所写“我”不知道阿Q的地方，也给了读者更多的发挥空间，让读者去思考人物的悲剧及造成悲剧的社会原因。

许杰谈到，这三种观点，在理论上说来，自然各有优劣，我们也不必硬下判断，但在有经验的作家，他自然会选取最适合于题材和表现方法的观点，而在同时，他也一定能前后一贯，自相一致的。就是说，没有必要硬说哪种观点好、哪种观点不好，三种观点有长有短。《孔乙己》就未采用神的观点，“如果用无所不知的态度，一直渗透到孔乙己的内心，则孔乙己的优点和缺点，就不能表现得那么鲜明，所谓客观的清醒的批判的现实主义，就不一定执行得如此彻底”。[②] 采取哪种观点，完全要尊重作家自己创作的需要。但关键是作家在自己的一部作品中在观点上要保持一致，也就是要能够自圆其说，不给读者以怀疑、指责的口实。“视角的变化可能丰富故事内容，使故事充实起来，变得精细巧妙，神秘模糊，从而赋予故事一种多方面的含义；但也有可能使故事窒息而死或者破坏故事的统一性，假如这些技术性的炫耀、这种情况下的技术性不让生活体会——生活的理想——在故事里生根发芽，那就会变成不连贯性或者破坏故事的可信性，在读者面前暴露了作品纯粹技巧性的一堆廉价和矫揉造作的乱麻。”[③] 马里奥的看法可与许杰的看法相对照。在对于小说中人物与故事的立足点与看法上，作者不能自己头脑不清楚，思绪混乱，写的人物与故事不可信，漏洞百出，好

① 许杰：《鲁迅小说讲话》，陕西人民出版社1981年版，第148页。

② 许杰：《鲁迅小说讲话》，陕西人民出版社1981年版，第155页。

③ ［秘鲁］马里奥·巴尔加斯·略萨：《给青年小说家的信》，赵德明译，人民文学出版社2017年版，第64—65页。

的虚构的人物与故事也要能够让读者信以为真，在艺术表现手法的探求上，有所创新，有所发展。“不过，我们可以说，过去的时候，一些浪漫传奇的作家，总是采取无所不知的态度的居多，而现在的写实主义的作家，则比较的接近于人的观点。——但这也只是说得一个大概，并不是绝然如此”[①]。写实也好，创造也好；靠耳目的经验也好，凭空的想象也好，都是作家的创作自由。由于许杰本人是作家，在对鲁迅作品的理解上、在对小说理论的理解上是有他自己创作实践支撑的，在实践与理论的融通上是具有自己的所长的。许杰在三种观点的对比上，没有把三种观点之一种定为一尊，这是难能可贵的。

许杰的小说人称论肯定了人称承担介绍者或报告者的任务，人称运用上存在着辩证的关系，作品发表以后人称不是可以随便换掉的，区分了主观的抒情的第一人称与客观的冷酷的第一人称两种情况，以为鲁迅日记体小说主人翁遗留材料有意义，对比了人的观点、神的观点和半人半神（或半神半人）的观点。许杰的小说人称论深入浅出，做到了有的放矢，对于我们今天探讨小说理论与小说作法，进一步学习与研究鲁迅小说，乃至从事小说创作、评论都是有益的。

① 许杰：《鲁迅小说讲话》，陕西人民出版社 1981 年版，第 147 页。

李泽厚实践美学的艺术符号学视角再解读

雷　澜*

（中央民族大学　北京　100081）

摘要：李泽厚的实践美学思想与恩斯特·卡西尔的文化符号学以及苏珊·朗格的艺术符号学思想之间存在着密切联系，这种联系既体现在文本的直接关联上，也隐晦地反映在李泽厚实践美学思想的转变之中。李泽厚论述文化心理结构的形成时强调了人类符号活动不可或缺的作用，并在论及艺术中的情感与形式的问题时强调了情感的作用，将艺术视为对人类情感心理本体建构和确认的符号系统。这些蕴含在李泽厚实践美学中的符号学思想恰好与恩斯特·卡西尔、苏珊·朗格的新康德主义符号学思想有着相通之处。

关键词：艺术符号学；实践美学；李泽厚；恩斯特·卡西尔；苏珊·朗格

李泽厚作为中国当代最具影响力的哲学家、美学家，其美学思想深刻地影响着中国当代美学的发展，关于李泽厚美学思想理论的研究也一直层出不穷。李泽厚融会贯通了中西古今的理论思想，构建起个人色彩鲜明的实践美学，在探究李泽厚所接受的理论资源时，以恩斯特·卡西尔和苏珊·朗格为代表的新康德主义符号学在李泽厚美学理论构建的历程中留下了明显的踪迹。李泽厚实践美学理论关注到人类符号活动的重要性，并且将符号活动与生产实践活动联系起来，在马克思主义实践观的基础上对符号活动进行阐释，承认符号对人性的形成与发展的重要作用。同时，在李泽厚实践美学思想后期的转变过程中，苏珊·朗格的艺术符号学中对于人类普遍情感的强调对李泽厚美学思想产生了一定的影响。李泽厚关于“形象思维”论述的转变，在后期转向关注感性、个体的“情本体”理论中，都可以看到他对于朗格艺术符号学中关于“情感的逻辑”“生命形式”“直觉”理论的接受和运用。

---

* 作者简介：雷澜（1994— ），女，广西钦州人，中央民族大学文学院硕士研究生。主要研究方向：文艺美学与艺术符号学。文本系国家社科基金项目“艺术符号学的本土化与自主创新研究”（项目批准号：18BZX143）阶段性成果。

一 李泽厚实践美学基本概念之发展脉络

在20世纪五六十年代的第一次美学大讨论中，李泽厚最早引用马克思《1844年经济学哲学手稿》中的观点来论证其美学观点，以马克思的历史唯物主义实践观来探讨美的本质，将美定义成社会性与客观性的统一，开启了其实践美学理论构建的历程。马克思在《1844年经济学哲学手稿》中提出了“自然的人化”的观点，通过实践，人作为实践主体与实践对象之间产生了关系上的变化。一方面人在实践过程中改造了自然，使自然具有了人的属性；另一方面，人通过实践得到了自身本质力量的确认，自然是人的对象化了的本质力量。李泽厚吸收了马克思的实践观来展开对美和美感的论述，从第一个层面来看，人所面对的客观世界并不是纯粹天然的客观世界，而是经由人的实践改造后的世界，人的实践创造了美，因而美是不依赖于社会意识存在的客观存在，但并不是“一成不变绝对的自然尺度的脱离人类的先天的客观存在”①，而是人类社会生活的产物。从第二层面来看，实践活动改造了人的身心结构，使人在历史实践过程中形成了具有社会历史属性的五官感受和审美能力。由此李泽厚提出“人类的审美感是世界历史的成果，是人类文化和精神面貌的标志”。② 人类的审美能力是人类在长期的社会生活中潜移默化地受到社会文化浸润的结果。在第一次美学大讨论中，李泽厚从马克思的历史唯物主义实践观出发，将人类社会生活中功利的实用的内容与个人感性的美感直觉联系起来，而理性与感性、社会与个体之间如何转化或者说二者如何得到统一，对此问题的解答则贯穿在李泽厚整个实践美学的构建和发展历程之中。

在20世纪50年代李泽厚论证“美感是长期社会生活的历史产物”的观点时已经可以看见“积淀说”的雏形，1963年在《审美意识与创作方法》一文中又再次论述了在审美活动中人的感性感受与社会理性内容意识之间的关系：“在审美感受，理解（知性）沉淀为知觉，成为感性的方面；在审美理想，情感沉淀为理想，成为理性的方面”。③ 可以看出这个时期与早期偏重强调人的审美感受中外在的“客观社会性”的略微不同之处在于，李泽厚开始将个体的、感性的主体心理作为解释美感的路径。这一思想的转变与李泽厚对西方美学资源的接受有所关系，这一时期李泽厚对现代英美美学有了系统的研究，尤其是对贝尔、弗莱、苏珊·朗格等人着重艺术的感性形式的美学理论有了深入的探索，先后撰写了《英美现代美学述略》《帕克美学思想批判》等文章。1979年在《批判哲学的批判：康德述评》中，李泽厚正式使用了“积淀”一词，“积淀说”理论开始走向系统化。在这一时期李泽厚更注重从“自然向人生成”这一角度来看社会历史文化对主体审美心理形成的影响，将重心转向了探索个体内在的心理

① 李泽厚：《美学论集》，上海文艺出版社1980年版，第24页。

② 李泽厚：《美学论集》，上海文艺出版社1980年版，第24页。

③ 李泽厚：《美学论集》，上海文艺出版社1980年版，第362页。

结构如何形成："感性之中渗透了理性，个性之中具有了历史，自然之中充满了社会；在感性而不只是感性，在形式而不只是形式，这就是自然的人化作为美的基础的深刻含义，即总体、社会、理性最终落实在个体、自然和感性之上"。[①]

"自然的人化"与"人的自然化"是李泽厚实践美学中另一组核心概念。"自然的人化"体现了"积淀"形成的具体过程，"人的自然化"则是实践美学最终落脚之处，从普遍的心理结构形成回归到人的个体、感性和偶然。"自然的人化"包括"外在自然的人化"和"内在自然的人化"两个层面，前者指人类在实践活动中改造了自然，使自然具有了人（社会）的属性，后者则体现了社会化为心理、理性化为感性的积淀过程，即人类文化心理结构的形成。李泽厚认为从"自然的人化"到"人的自然化"是从工具本体建立转向人的情感心理本体的建立。"人的自然化"的提出是为了防止理性形式结构的泛滥从而主宰了人个体的感性存在，提倡已经"社会化"的人要重新回到自然、重新建构感性，从形式理性、工具理性的极度演化中脱身。从"自然的人化"到"人的自然化"的演变，体现了李泽厚从关注人类普遍的心理结构的形成到关注个体的感性生存和心理，从由理性主宰感性的伦理学和理性塑造感性的认识论，转到情理相互渗透交融、个体创造性充分开放的美学。

"积淀说""人化的自然""人的自然化"是李泽厚实践美学思想的核心概念，这些概念内涵的变化发展体现了李泽厚实践美学思想的发展脉络。从李泽厚实践美学理论建构的过程来看，在前期他所侧重的是论证美的客观性和社会性，美从根本来源上看，是社会历史实践的产物。在中后期构建"积淀说"的过程中，李泽厚开始侧重人的心理感性形式的建构，在实践中个人身心的感性形式如何与社会文化的理性内容相互交融渗透，从而讨论人类的情感（心理）本体、审美心理结构是怎么形成的。李泽厚实践美学的发展是对马克思思想资源的继承，同时也批判地吸收了其他西方理论资源的有益成分，尤其是在对感性、个体、主观的心理情感结构心理形式的把握上影响更为明显。由外在自然的人化到内在自然的人化，再到人的自然化的侧重的转变，体现了李泽厚围绕着"社会实践"这一中心点不变，从对美的外在的客观性、社会性的强调，逐步到对由理性向感性、社会向个体的积淀而形成的心理结构的角度转变，再到"新感性""情本体"理论中强调"情感"的力量。在李泽厚这一思想转变当中，蕴含着与恩斯特·卡西尔、苏珊·朗格所创建的新康德主义符号学的内在的深层联系，在论述人的情感积淀和文化心理结构形成过程时，李泽厚强调了人类符号思维、符号活动的重要作用，这与卡西尔文化符号学存在着一些共通之处，而在李泽厚从20世纪50年代到80年代对形象思维认识的转变，与"情本体""新感性"理论中，则可以看到他对于朗格艺术符号学中关于"情感的逻辑""生命形式""直觉"理论的接受和运用。从文化心理结构形成与人类符号活动的关联、艺术中形式与情感的统一等几方面，可

① 李泽厚：《批判哲学的批判：康德述评》，人民出版社1979年版，第413页。

以看到李泽厚的实践美学思想与恩斯特·卡西尔、苏珊·朗格的符号学思想存在着一致性与相通性。

二　恩斯特·卡西尔文化符号学与人类“文化心理结构”的形成

以恩斯特·卡西尔与苏珊·朗格为代表的新康德主义符号学是符号学流派中的重要一支。卡西尔以“符号”来诠释人和人的文化活动，以“符号形式的哲学”作为中介将其“哲学人类学”与“文化哲学”联系起来建立了一个有机的哲学体系。在卡西尔的哲学体系中，符号活动是人与文化之间的联结纽带，人运用符号创造了文化，通过符号活动人类建立起了自身的主体性，符号活动的实现则最终体现为文化世界。语言、艺术、宗教和科学都体现了符号再现的基本功能，人建立了自己概念和符号的世界——人类文化。由此卡西尔用符号重新定义了人：“我们应当把人定义为符号的动物来取代把人定义成理性的动物。只有这样，我们才能指明人的独特之处，也才能理解对人开放的新路——通向文化之路。”①

卡西尔认为人是符号的动物，符号表现是人类意识的基本功能。人在面对世界的实践活动中，通过制造符号，既反映世界，又解释世界、把握世界，也就是说符号不仅反映了客观世界并且构成了客观世界。因此人们所面对的不再是单纯的直观实在而是由自己制造出的符号宇宙，人在面对世界时是在不断地与自身打交道而不是在应付事物本身。在某种意义上说，这与马克思主义实践观中所提出的人面对的是经过实践活动改造后的“人化的自然”、人在实践活动中确证的是自己的本质力量的观点有相通之处，二者都认可了人的主体力量，有所不同的是卡西尔所认可的是人的符号生产能力，而马克思主义所肯定的是人物质实践生产活动的根本性作用。

对于人的符号思维和符号活动的认识，李泽厚的美学思想与卡西尔的文化符号学思想有着共通之处。首先，李泽厚承认人对世界的认识和把握离不开符号化思维：“文化给人类的生存、生活、意识以符号的形式，将原始的混沌经验秩序化、形式化”，在原始社会中，人通过符号活动给予了群体以秩序和组织，符号活动规范了群体行为，使个体感性意识具有了理性的社会内容，形成了人类共同的“文化心理结构”。从这方面看，李泽厚是认同卡西尔“人是符号的动物”这一基本观点的。他以原始文化中神秘的巫术礼仪即图腾活动为例来说明符号生产对于人心理结构构建的作用，首先巫术礼仪活动是以制造工具的物质生产活动为根本基础的。

其次这是一种系统性的符号活动，不同于动物性的条件反射或信号活动，而是人类最早的精神文明和符号生产。其作用于人的观念与意识，使群体行为有了秩序、程式和方向，同时这类活动由个体身心直接参与，具有生物学基础的动物游戏本能，因

① ［德］卡西尔：《人论》，甘阳译，上海译文出版社2003年版，第45页。

而“参与的个体在意识上日益被组织在一种超生物族类的文化社会中，使动物性的身体活动（如游戏）和动物性的心理形式（如各种情感）具有了超动物性的‘社会’内容”[①]。也就是说，个体在具有规范性、交往性、符号性的群体活动中，个人身心的感性形式与社会文化的理性内容交融到了一起，形成了“文化心理结构”。人通过符号活动接受了社会意识文化渗透的需求，已经与纯动物性的反应产生了区别，这也是李泽厚所说的“巫术礼仪和图腾活动在培育、发展人的心理功能方面，比物质生产更为重要和直接”。在符号活动中人性得到了培育和发展，同时人类在其中发展出了自己的文化。这与卡西尔所说的“人类的文化的全部发展都依赖于符号思维和符号行为”相一致，李泽厚承认符号对人性发展的重要作用，通过符号活动人类逐渐脱离动物性而成了“人”，在符号思维与活动中，形成和发展了人类文化，人类的情感积淀过程与符号活动有着紧密的联系。

其次，李泽厚认为人类最初的美感来源和艺术创作是出于人对世界符号化的把握，这与卡西尔所说的“艺术则在对可见、可触、可听的外观之把握中给予我们以秩序”有着相通之处。李泽厚在《美学四讲》中论述“原始积淀”中提到，最早的审美感受并不是对具体艺术作品的感受，而是对形式规律的把握，对自然秩序的感受。在对实践对象的把握中，人与实践对象逐渐产生了形式、规律、秩序方面的感应与联系，由于这种对自然秩序的感受、熟悉与掌握，人们在具体的艺术创作中不自觉地要朝着某种方向，遵循某种规律，这就是因为原始积淀在起作用。人们在劳动实践中，赋予物质世界以形式，对形式的把握已经作为原始积淀存在于人们心中，在进行审美或艺术活动时，这种形式就发挥着作用，比如原始陶器上的动物纹饰，从具体的动物如何转化到抽象的线条时，就是人们对世界形式、秩序的把握发挥着作用。艺术体现了人们是以何种形式把握世界的，而美感则产生于自由的形式与必然的自然世界的某种契合与对应，使人们在艺术中感受到了人对于世界的掌握与感受。

卡西尔符号学思想对于李泽厚实践美学影响的体现在于，李泽厚在承认物质生产实践活动对于人本质力量的形成具有决定性作用的基础上，将符号性活动在人的认识结构和社会意识的产生过程中视为不可或缺的一环。在写作于 20 世纪 60 年代的《六十年代残稿》中，李泽厚已经注意到了符号活动对于人的认识结构和社会意识形成的重要作用，在这篇文章中他指出，人通过“符号活动”将人类在实践过程中所掌握的自然客观规律移入并积淀为主体自身的逻辑—心理结构，主体可以凭借这套结构去认识外物、掌握外物，这就是纯粹理性。康德将纯粹理性作为一种先验的认识结构，李泽厚则吸收了马克思实践的观点，认为这种认识结构的形成是在人类生产实践的基础上形成的。李泽厚将符号思维、符号活动看作人类文化心理结构形成的重要环节，认为通过符号活动个体具有了社会属性，从而去进行有意识、有目的的社会生产活动，使

① 李泽厚：《华夏美学 · 美学四讲》，生活 · 读书 · 新知三联书店 2008 年版，第 8 页。

人类真正区别于动物。李泽厚后期的思想中仍然延续着人对世界的认识和把握离不开符号思维和符号活动的基本观点，认为人性的培育和人类文化的发展需要符号思维和符号活动。在人类情感积淀的过程中，人通过原始的符号活动将社会理性与个体感性结合起来，逐渐形成了共同的文化心理结构。虽然李泽厚仍然强调以人的物质实践活动为基础，但与此同时他也指出了符号活动在构建人类文化心理结构中的重要性，并且人类的符号生产是社会向个体、理性向感性积淀的重要一环。

三 苏珊·朗格的"人类普遍情感"与"情本体"的构建

苏珊·朗格的艺术符号论在恩斯特·卡西尔的人类文化符号论的基础上，选择性地吸收了克罗齐等人的表现论和克莱夫·贝尔的"有意味的形式"等形式主义的理论，开创了不同以往的艺术符号美学。朗格将艺术定义为人类情感符号形式的创造，将情感看作生命的集中体现，人将情感投射在艺术形式中，使艺术具有了生命的意味。李泽厚实践美学思想与朗格的联系不仅体现在其著作中对朗格的直接引用，在其实践美学的发展过程中也可窥见朗格艺术符号学明显的印迹。

第一，关于艺术中情感与形式的问题，李泽厚与朗格都认为艺术形式所表达的内容是人类的普遍性情感，艺术是直接可观的形式结构和人类普遍情感的结合。朗格认为艺术表现的是一种艺术家所认识到的人类普遍情感，一种关于情感的概念，这种普遍情感不是个人情绪的发泄，而是外化于形式、体现在艺术形式中的情感。朗格一再强调艺术所表示的概念，是标志情感和其他主观经验产生、发展和消失过程的概念，是经过形式化了、符号化了的情感。李泽厚则在《形象思维再续谈》一文中提到了"情感的逻辑"这一概念，他认为在艺术的创造中，情感是重要的推动力量和中介环节。但是艺术中表现的情感也不是纯粹的个人情感发泄，而是"要把情感作为对象（回忆、认识、再体验对象）纳入一定的规范、形式中，使之客观化、对象化。这也就是把情感这一本是生理反应（对某种事物的喜怒哀乐的社会含义和内容）加以认识、发掘和整理"。[①] 李泽厚强调情感的普遍必然的有效性，首先要求主观情感具有社会理性内容，其次还要将主观情感客观化、对象化，也就是以一定的形式将其呈现出来，也就是将情感与形式结合起来，这也就和朗格认为普遍情感要以符号形式表现出来有了共通之处。正是出于对情感的强调，使李泽厚在《形象思维再续谈》一文中提出了"形象思维不是思维，就像机器人不是人一样"，突破了将形象思维看作认识的观点，认为形象思维本质其实是一种创造性想象，形象思维进行的过程是逻辑与情感、想象、感知融为一体的过程。在 20 世纪 80 年代以及之后的著作中，李泽厚更加关注美、美感以及艺术与情感的联系，他认为美感最早的产生是由于主观情感与客观的美的形式

---

① 李泽厚：《形象思维再续谈》，《文学评论》1980 年第 3 期。

产生对应，艺术是对人类心理情感建构和确认的符号系统。这体现了李泽厚实践美学思想从关注工具本体到情感心理本体的理论转向，而其对于“普遍情感”“情感的逻辑”的论述恰恰与朗格艺术符号论中关于人类普遍情感的定义不谋而合。

在《美学四讲》中李泽厚以中国传统礼乐文化中的“乐”为例探讨了艺术中情感与形式的结合。相比于以外在的、约束性的规范强加于人的“礼”，“乐”则从与人的自然性的感官感受和情欲宣泄并交融的方面弥补了“礼”的不足。“乐”直接发自内心、源于情感，内在情感的形式不可见，可见的正是对应于这些情感的艺术的形式，因而“乐”正是通过给情感以一定的形式，并且作用于人的内心，达到陶冶性情、塑造情感的目的。在这部分的论述中，李泽厚引用了朗格对于音乐中形式与情感的阐释：“音乐能够通过自己动态结构的特长，来表现生命经验的形式，而这点是极难用语言来传达的。情感、生命、运动和情绪，组成了音乐的意义。所有音乐理论的基本命题便都可以扩展到其他艺术领域”。[①] 音乐以动态结构传达了人普遍的情感、生命节奏，朗格这一观点与李泽厚关于礼乐文化中“乐”何以能作用于人心的论述是相通的，都体现了艺术的形式结构对应着的是人类的情感。但同时也应注意，虽然李泽厚与朗格都提到人类的普遍情感，但前者所说的是人类在实践中所建构的心理情感本体，其中蕴含着社会理性的内容。

第二，关于艺术形式何以能够表达出人类的普遍情感的问题，苏珊·朗格所提出的生命形式与李泽厚所说的“天人合一”有着内在一致性。朗格认为，人的普遍情感实际上是一种集中、强化了的生命。如果要使艺术品激发人们的美感，必须创造一种与这种形式相类似的符号——艺术，艺术的逻辑形式就是生命形式。符号化的艺术形式里所表达出来的情感基本形式，就是生命的感觉。符号与其象征事物之间须具有某种共同的逻辑形式，外在的艺术形式与人的内在生命形式是一致的，因此人们无法通过推论性符号表达出的内在生命体验，则可以通过呈现性符号表达出来。李泽厚则从中国传统文化中的“天人合一”“与天地同和”来回答艺术形式何以能够表达出人类的普遍情感这个问题，艺术表达的是“人心情感多应具有的形式、秩序、逻辑”，而人的普遍情感与“宇宙天地的普遍规律”是同构的，所以艺术追求的也是与天地万物对应的形式表现，从而达到“天人合一”最高要求和准则。朗格关于生命形式的论述仍保留着说不清道不明的神秘色彩，李泽厚则通过“自然的人化”与“人的自然化”的理论来解释人的生命与外在世界为什么能达到同一和谐的问题，人在漫长的劳动实践过程中掌握了外在世界的形式并且将其积淀于个体之中。艺术形式则能够体现人的生命形式与外在世界形式的一致，艺术的力量在于此：“意味层的‘意味’，那超越情欲形象和感知形式的人生意味，其中很重要的方面、种类或内容，便来自这种‘天人合一’的感受，即其中包含有与宇宙普遍性形式的情感同构感应，正由于人生意味与这种天

① 李泽厚：《华夏美学 · 美学四讲》，生活 · 读书 · 新知三联书店 2008 年版，第 26 页。

人同构相沟通交会，使艺术作品所传达出的命运感、使命感、历史感、人生境界感等等，具有了某种神秘的伟大力量。在这里，只有个别的才是普遍的，普遍的概念、理知都没有这种生命和力量”。[①]

第三，关于艺术需要审美直觉与理性抽象的结合这一问题，李泽厚与朗格都认为在艺术情感表现和艺术形象形成过程中，都离不开审美直觉与理性抽象的作用。艺术展现的是一个具体的、直接可感的形式或形象，但这个具体形式，需要经过一个抽象化、本质化的过程，也就是感性与理性都需要参与其中。

朗格将符号分为推论性符号（discursive symbol）和呈现性符号（representational symbol)，前者是由概念到判断，由判断到推理或者由一堆零碎的材料按照特定的规则形成一个完整语义的过程。朗格认为，语言不能表现人类内在生命的各种状态。后者则有多种复杂含义，将人类情感转变成可见或可听的形式，直接呈现于人类知觉面前。因此，只有艺术以直观性、可感性的形式可以表达流动的复杂的人类普遍情感。另一方面，朗格认为所有的理解都需要借助符号化，而所有的符号化都需要进行抽象。抽象是符号化形式的主要途径，它使感觉材料得以概念化，并以形式呈现出来。真正的抽象出现在科学和艺术的反思之中。艺术的抽象与科学的抽象不同的是，艺术的抽象最终体现为具体的呈现。这一抽象过程需要依靠人的直觉。与伯格森、克罗齐等人对“直觉”的阐释所不同的地方在于，朗格认为直觉不是与理性毫不相关的，直觉是最基本的理性活动，直觉是逻辑的开端和结尾，如果没有直觉，一切理性思维都要遭受挫折。朗格没有将直觉与理性对立起来，而是将二者联系起来，认为人类思维的发展是在直觉和逻辑的共同作用下才得以完成的。这也就是说，在艺术活动中，既需要直观性的感性感觉，也需要抽象性的理性思维。

同时，李泽厚在20世纪50年代第一次论证“形象思维”问题时提出“形象思维是个性化与本质化同时进行”[②]，他认为形象思维也是从现象到本质、从感性到理性的一种认识过程。但同时也强调了形象思维离不开感性形象的活动和想象。可以看出，当时虽然李泽厚将形象思维当作人的一种认识去论述，但也强调了形象思维的特点——需要通过具体形象去认识。他进一步论述艺术家的整个思维活动实际上必须包括形象思维和逻辑思维两方面。第一，逻辑思维是形象思维的基础。艺术家的形象思维建筑在十分坚固的长期逻辑思考、判断、推理的基础之上，也就是说人的感性感觉，其实都渗透了一定的具有社会内容的认识。第二，逻辑思维经常在形象思维的整个过程来规范它、指引它。在形象思维的过程中，艺术家常常随时自觉地运用逻辑思维来从内容上和形式上，从思想上和技巧上准备、考虑、估计、评论自己所企图或正在感受、想象、描画、塑造的形象。

艺术是感性与理性的综合体，这一部分强调了艺术活动需要理性的逻辑思维与审

---

① 李泽厚：《华夏美学·美学四讲》，生活·读书·新知三联书店2008年版，第402页。

② 李泽厚：《试论形象思维》，《文学评论》1959年第2期。

美想象思维相结合，而对推论性符号、呈现性符号的区分，和对表象性词语和逻辑性词语的区分，则是强调了艺术的特点——以直观性、可感性的形式呈现在人们眼前。朗格将符号分为推论性符号（语言）和呈现性符号（艺术），李泽厚则在《形象思维续谈》一文中区分了表象性词语和逻辑性词语。表象性词语使人容易联想到某种形象表象，逻辑性词语则离形象很远，甚至根本没有形象，体现的是高度抽象的本质概括。在《形象思维再续谈》中，李泽厚进一步提出，形象思维不是一种思维，而只是具有思维的某些功能、性质、作用，也就是它具有反映事物本质能力，但其本质其实是一种创造性想象。“我们经常说‘难以言语形容’，‘剪不断，理还乱’……，却恰好可由艺术想象的符号、象征表达出来。”[①] 这种观点区分了艺术与科学的不同认知方式，突破了艺术是一种认识的思想，强调了艺术不同于科学的审美特性，即需要直接可感的形象来进行表达。

从朗格的抽象与直觉的阐述与李泽厚对形象思维的阐释可以看出，“李泽厚和朗格都认同，艺术是以感性的形象来体现理性的认识，是感性与理性的综合体，对理性概念的表达体现出艺术的符号性”。同时也可以看出，从 20 世纪 50 年代到 70 年代，李泽厚对“形象思维”阐释的侧重发生了转移，从运用艺术思维挖掘并表现出具有深刻社会意义的艺术典型，到后期强调将人的具有社会普遍性的情感加以客观化、对象化的问题，即更加注重人的情感表达。艺术美既具有“客观社会性”，同时也是人类情感心理结构的对应，虽然人类情感心理结构带有社会历史的积淀，但在艺术形式结构中折射出的仍然是人类的心灵、人类内在的情感。李泽厚对于苏珊·朗格艺术符号学的接受，其重要意义不仅体现在将美或艺术与符号形式联系起来，更重要的是对于以人的心理情感本体为中心展开对美与艺术的论述，鼓励人们通过对美与艺术的探索，寻找形式中的情感对应物，重新建立个体的独特心理情感存在。

结　语

在探寻李泽厚实践美学与恩斯特·卡西尔、苏珊·朗格符号学思想的共通之处的同时，也要注意李泽厚是在实践美学的维度上去阐释人的符号思维和符号活动，在李泽厚的实践美学中人的符号思维不再作为一种先验的意识结构，人也不因为具有先验的符号构造能力而融化在符号活动中从而失去了作为感性的、现实的存在。李泽厚所提出的人类对于世界的符号化把握是在实践基础上形成的，人类在符号活动中所形成的文化心理结构同样需要物质生产活动的基础。同样人的普遍情感也不是先验预设的普遍心理结构，而是在实践历史过程中形成的情感结构，这也解释了为什么不同历史时期和不同民族的人民拥有不同的审美情感和审美趣味。朗格与李泽厚都提到了艺术

① 李泽厚：《形象思维再续谈》，《文学评论》1980 年第 3 期。

作品中要呈现普遍情感，但是细究一下二者所说的情感，还是有所区别的。李泽厚以其独特的“情感积淀说”丰富了“情感”的内涵，强调了情感中社会理性的因素。李泽厚所说的情感是从社会理性内容积淀而来的，是人类在实践中建构的历史的心理—情感本体，其中带有明显的实践美学色彩，以其实践美学丰富了对于人类符号思想与符号活动的阐释。

当代文艺美学前沿问题研究

量子力学与文学生态变迁

彭松乔*

（江汉大学人文学院　湖北武汉　430056）

摘要： 量子力学及量子科技催生的比特文化对文学生态产生了革命性的影响。从创作主体来看，传统的生活世界已经扩展为由经典原子、比特与量子比特共同构建的复合真相世界，写作工具的进步，创作群体、作品数量、读者阵容的几何级数增长及机器人写作现象的出现，使文学领域呈现出前所未有的大数据艺术景观，创作灵感的另类激发，情节构思的科幻新异，使作家突破了"前真相时代"和"真相时代"的思维局限。从作品形态来看，新的文学媒介用比特信息存储取代原子信息载体，创造了基于传统互联网技术的网络文学、基于移动互联网的微文学和基于数字链接技术的超文本文学，更为便捷的即时传播、更多的传播平台和全媒体融通的传播形式，构成了文学传播的基本路径。从文学接受来看，在高仿真的虚拟现实和碎片化的移动载体上，新的审美感觉和审美体验不断滋生和激发，"填空型"比特阅读方式，常常借助图像与音乐，把看和听的潜力更加充分地开掘出来，基于大数据平台的网络批评和瞩目大众文化的"事件式"媒介文学批评异军突起，正在改写传统文学批评格局。

关键词： 量子力学；文学发展；比特文化；复合真相；媒介革命

20世纪以来，人类社会在量子力学影响下发生了翻天覆地的变化。作为现代物理学的两大支柱之一，量子力学不仅同爱因斯坦的相对论一道产生了巨大的理论效应，而且经由应用研发方面两次量子科技革命①，更是从实验室这个象牙之塔走向人们的日常生活，将人类社会带进了信息化、智能化日趋发达的新时代。第一次量子科技革命是基于量子力学原理，开发出既遵从经典物理学规律，同时又激活量子潜能的新型器

---

* 彭松乔（1963— ），男，湖北英山人，江汉大学人文学院教授，中国中外文艺理论学会理事，湖北省文艺学会常务理事，湖北省美学会常务理事。主要研究方向：文艺理论与批评、美学及民间叙事学研究。本文系国家社科基金艺术类课题"马克思主义艺术理论关键词的中国化研究"（国家社科基金艺术学一般项目，项目批准号：15BA008）阶段性成果。

① 郭光灿：《量子十问之十　第二次量子革命究竟要干什么?》，《物理》2019年第7期。

件。它历经近百年时间，成功研制出激光、核能、电脑、手机、互联网、半导体、核磁共振仪、太阳能电池等新型器件，取得了无比辉煌的科技成果。本次量子科技革命对人类社会经济繁荣发展做出了巨大的贡献，以致因“上帝粒子”而闻名的诺贝尔奖得主莱德曼在 20 世纪 90 年代放出豪言：量子力学贡献了当时美国国内生产总值的三分之一[①]。第二次量子科技革命，则是近年来日趋强劲的以量子态（量子比特）为单元，直接开发基于量子特性本身的具有更强大功能的量子器件进程。目前已经开发或正在开发的主要量子技术有量子计算、量子通信、量子密码、量子控制、量子网络、量子模拟、量子传输、量子成像、量子传感器、量子信息存储、量子系统软件等，由于它们直接应用量子态叠加性、量子非局域性和量子不可克隆性等量子世界的特性，突破了现有信息技术的物理极限，必将“促使人类从经典技术跨越到量子技术的新时代”。[②] 人们预言它将成为“第四次工业革命的引擎”。量子力学及量子科学技术对包括文学艺术在内的人类社会已经产生并将继续发挥不可估量的重大影响，迫切需要我们进行全方位理论上的反思和审视。然则，量子力学对文学生态变迁究竟产生或即将产生哪些影响呢？

生活 · 创作 · 思维

“作为观念形态的文艺作品，都是一定的社会生活在人类头脑中的反映的产物……它们是一切文学艺术的取之不尽、用之不竭的唯一的源泉”[③]。在量子力学与量子科技尚未到来之前，我们生活在前真相时代和真相时代，[④] 作家、艺术家面对的社会生活都是确定而真实的，无论创作的是现实型文艺还是理想型、象征型文艺，都是对“由原子构成的真实物理世界”的或真实、或歪曲、或变形的反映，也都是我们传统的思维方式完全能够理解的，不会给人们带来颠覆性的感受和认知。然而，进入量子科技时代以后，人类的社会生活却变成了由经典原子物理、比特与量子比特共同构建的一个日新月异的高科技复合真相世界。“当代科学技术的发展不仅深刻地改变着社会面貌，而且也在改变人们的思维方式、价值观念、行为习惯，包括塑造着新的文化和文学”[⑤]。而今，生活中由量子力学和量子科技带来的改变无处不在：生活中必不可少的手机和电脑、无处不在的网购和快递、汽车手机上广泛使用的 GPS 导航系统，军事活动中使用的激光制导炸弹、毁灭性武器原子弹、动力充沛的海上巨无霸核动力航空母舰，医疗活动中必不可少的人体扫描仪，能源工业中利用太阳能发电的光伏电池板，教育教

---

① 转引自孙柏林《人类社会正在进入“量子技术”时代》，《自动化技术与应用》2019 年第 3 期。

② 郭光灿：《量子十问之十　第二次量子革命究竟要干什么?》，《物理》2019 年第 7 期。

③ 毛泽东：《在延安文艺座谈会上的讲话》，《毛泽东选集》第 3 卷，人民出版社 1991 年版。

④ 高策、乔笑斐：《后真相时代的科学哲学》，《中国社会科学》2019 年第 2 期。

⑤ 胡亚敏：《高科技与文学创作的新变——中国马克思主义文学批评视域下的文学与科技关系研究》，《华中师范大学学报》2019 年第 3 期。

学活动中经常使用的幻灯片激光笔，警务活动中的城市天网安全监控系统，以及多感官沉浸式的数字虚拟技术（VR）、能下棋做手术的人工智能（AI）……如果将我们今天的社会生活同量子力学和量子科技尚未出现的前量子时代相比较的话，那简直可以说是日新月异！量子力学在极大地解放社会生产力、提高人们生活质量的同时，也在人类重要审美活动领域——文学艺术创作方面释放出巨大的能量！从写作工具的电子便利书写到创作群体的爆炸式增长，从机器人自主创作到激发作家的创作灵感，从网络题材叙事到时空穿越故事的演绎……文学创作的天地越来越宽广！

在传统文学创作活动中，作家的写作过程向来是十分辛苦的事情。《红楼梦》第一回“甄士隐梦幻识通灵，贾雨村风尘识闺秀”中作者谈及小说创作甘苦时曾经写道：“后因曹雪芹于悼红轩中披阅十载，增删五次……并题一绝云：满纸荒唐言，一把辛酸泪！都云作者痴，谁解其中味？”试想一下，当曹雪芹手拿着饱蘸墨汁的毛笔，一边苦苦思索，一边奋笔疾书，并且在长达十多年的时间里经常地反反复复修改、涂涂抹抹润色，手酸背疼地多次推倒重来，姑且不谈内容如何令人动容，光是这一过程就足以让人揾“一把辛酸泪”的！但是，当量子力学及量子科技出现后，在电脑的 Office 或 WPS 文档上进行文章创作和修改时，这种原本痛苦的重复性劳动就变得不会那么难受了，写了以后我们既可以存档，也可以批注，直至修改到满意，在电子屏幕中自由切换，并始终保持文本的动态写作和修改状态，使之不断臻于完善，而且还可以直接语音口述创作，这对于动辄几万、几十万字的文学创作者来说是一件进步多么大的便利事情啊！与此同时，由于电脑写作和互联网发表的便利化，当代文艺创作群体、作品数量及读者阵容也在急剧扩容，呈现出爆炸式增长的态势。据肖惊鸿《2018 年网络文学：现象、问题、趋势》一文介绍：“2018 年，网络作者总数有望突破 1500 万。截至 6 月，阅文集团驻站作者数量已突破 730 万，作品已达 1070 万部。中文在线作者超过 370 万。各大网站访问用户即读者累积数以亿计。阅文集团平均月活跃用户增长已达 2.135 亿。”[①] 如果加上那些在传统纸媒上发表作品的作者、作品和读者，这个数据更为可观。不仅如此，量子力学及量子科技还通过对人的意识、思维过程的模拟、文学作品大数据储存和写作技巧的“学习”“训练”，利用人工智能“机器人”构成了对现实文学创作主体——作家的挑战：2017 年 5 月 19 日机器人“小冰”在北京举办了她“个人”第一部原创诗集《阳光失了玻璃窗》新书发布会，同年 8 月 19 日她又在《华西都市报》“宽窄巷”开设专栏“小冰的诗”，独家发布她的新作《全世界就在那里》(外二首)，因其开始“慢慢有人味了”，更是引发社会舆情乃至诗人圈空前的热议和争论。[②] 机器人小冰通过对 1920 年以来包括胡适、闻一多、徐志摩、北岛、顾城、舒婷等 519 位中国现代诗人 6000 分钟、10000 次的迭代学习，形成“独特的风格、偏好和

---

① 肖惊鸿：《2018 年网络文学：现象、问题、趋势》，《文艺报》2019 年 2 月 18 日。

② 《机器人“小冰”写诗出诗集，首开报纸诗歌专栏》，封面新闻，2017 年 8 月 21 日，https：//m. thecover. cn/news_details. html? id=393670。

行文技巧”后，就能“创作”出这些令一般读者难以分辨出人机写作异同的现代诗歌，这不能不说是一次破天荒的文学写作突围事件！

如果说上述文学现象的出现，还只是量子力学带来的一些外在变化的话，那么从作家创作灵感的激发到网络题材叙事人物形象的塑造，从科幻文学的异能书写再到时空穿越小说的情感演绎，则深入渗透作家的创作思维活动之中了。2019 年 5 月池莉历经多年辛苦创作的近 40 万字长篇小说《大树小虫》由江苏凤凰文艺出版社出版，受到读者的欢迎。在北京言几又书店举行的首发式暨新书分享会上，谈及这部以两个家族三代人百年跌宕的命运为架构，围绕“促使男女主角尽快生个二胎男宝这样一件头等大事”，“于弯曲时空中快意书写烦恼人生”新作的时候，池莉特地讲了一段她从量子力学和相对论中寻找灵感的事情，“文字很像量子的微粒子，‘如果单纯讲故事，你表达不出人与人之间的复杂关系和微妙关系，必须用一种量子纠缠，每个人你中有我，我中有你，你做什么事情一定受到身边很多影响，生不生孩子，不是那么简单的事情，孩子怎么办，家长是怎么想的，全是量子纠缠，互相在作用。’正是因为广义相对论和量子力学，池莉发明了立体式‘直线＋方块’的写作结构，她发出欢呼说，这样的全新发现让她体内的多巴胺分泌旺盛，从中体会到巨大的快乐”。[①] 作家的创作活动因量子力学而获得灵感，进而激发创作热情，获得全新创作方式，这无疑是值得研究的重要文学个案！对于作品故事情节和人物形象塑造的超常想象方面而言，量子力学的叠加原理之“薛定谔的猫”理论、量子纠缠理论等产生的影响最为明显。在作家桐华的长篇穿越小说《步步惊心》中，生活于现代繁华都市深圳的白领女青年张小文，因为一次偶然事故而穿越到清朝康熙年间，成了满族少女马尔泰·若曦，并以若曦的面貌身不由己地卷入大清王朝立国初期一场“九子夺嫡”的宫斗纷争之中。她虽然看透了生活中所有人物的命运，却又无法掌控其中任何人物乃至自己的命运结局，因为他们彼此就像量子一样总是纠缠在一起，只能任由个人情感夹杂在惨烈的宫斗中而备受煎熬，步步惊心地经历着一番又一番的爱恨嗔痴。在其他叙事艺术中也不乏这样充满量子力学式想象力的范例。像 2017 年上线的日本电视剧《老爸是信长》，在讲述一个生活于 21 世纪，“在家不受尊重，在单位不受待见”的负责市中心都市更新设计的建设公司中年职员故事时，编剧围绕他设置了一个不可思议的情节：因一次商务聚餐时他喝醉了酒而不幸掉入河底，然而他不仅没有死，反而因祸得福，在掉入河底时无意中拿到了日本战国时代著名人物织田信长失踪的印信，而被信长大人的灵魂附身，从而变得异常强大和能干！从此以后，每次在遇到公司的开发计划受挫时，信长就会附上身来，帮助他提供最优思考方向，并想尽一切可行办法，使平常看起来非常平庸懦弱的废柴中年男突然变得强大起来，从而引发出一系列搞笑但温暖的故事。其他像《法国中尉的女人》《非常道》等作品也莫不如此。这类情节描写，如若放在量子力学尚未

① 路艳霞：《池莉十年写成〈大树小虫〉：生活就是大树，人类都是小虫》，《北京日报》2019 年 5 月 14 日。

出现并普及的"前真相时代"和"真相时代"，那简直就是逆天的文艺行为，会受到文艺批评家的无情批判的，当然最大的可能是这种书籍或影视根本就不可能面世！

媒介·文本·传播

在人类文学艺术发展史上，文学文本经历过甲骨、简牍、纸张等不同的媒介形式。不同的文学文本媒介，对于文学发展的影响是显而易见的。在中国甲骨文本时代，由于文字主要是作为国家重要祭祀活动中的神秘符号使用，书写材料特殊，刻写又比较困难，加之文字活动被少数贵族神职人员垄断，因而在甲骨文本时代，卜辞文学的传播功能受到很大限制，以至于后来人们在有没有甲骨文学问题上莫衷一是[①]。那时候文学的主要形式还是口头传播的神话、歌谣等民间文学，今天可以解读的甲骨文学文本只留存下如《四方雨》等极少的巫教文学。不过值得一提的是，甲骨文学虽然罕见，但留存的文本却已经具备一定的审美韵味。萧艾在《卜辞文学再探》一文中谈到《四方雨》卜辞时就曾指出："主卜者领唱'今日雨'时，陪卜的贞人遂接着念：'其自西来雨？''其自东来雨？'……如此一唱互和，祈求之祭宣告完毕。"[②] 这并非全部源自学者个人的推断，实际上我们还可以从后世文学中的卜辞找到它的传承影子，如《左传·庄公二十二年》就记载有一首韵味十足的卜辞诗歌："初，懿氏卜妻敬仲，其妻占之，曰：吉。是谓'凤皇于飞，和鸣锵锵，有妫之后，将育于姜。五世其昌，并于正卿。八世之后，莫之与京'。"[③] 到了中国简牍文本时代，由于书写材料（竹简和木牍）较为普及，书写工具不断进步（先是用刀刻，后改为毛笔写），借此文学文本得以广泛传播，留下了《诗经》《楚辞》以及诸子散文等许多不朽的文学经典，甚至还出现了完整的文学批评专论——"竹简《诗论》"。[④] 进入纸张文本时代，特别是随着纸张文本的普及与活字印刷术的广泛应用，中国文学在创作、阅读和传播方面的变化首次进入了一个媒介革命的新时代。在纸张文本流行初期，文学是以纸抄书籍形式出现的，纸抄书籍的生产基本是一次一书、多人同时抄写的"体力活"，除了携带方便外，它跟简牍文本几乎没有什么本质区别。在这样的文学生产条件下，即便是"洛阳纸贵"的一时名篇，大量携带和收藏的概率也非常低，那时候同时代人对作家的认同与接受多是依据小集类作品（也就是今天所谓"代表作"）。[⑤] 比如李白诗集的出版，在唐代基本上都是

① 如唐兰：《卜辞时代的文学和卜辞文学》（《清华学报》1936 年第 3 期）；陆侃如、冯沅君：《中国文学史简编》（作家出版社 1957 年版）等均对"甲骨文学"存疑。

② 萧艾：《卜辞文学再探》，《殷都学刊》1985 年增刊。

③ 李维奇等注：《左传》，岳麓书社 2001 年版，第 88 页。

④ 见马承源《上海博物馆藏战国楚竹书》（一），上海古籍出版社 2001 年版。原被称作"孔子诗论"的一篇竹简文献，因发现其中很多文字并非出自孔子之手，很多学者建议改称为"竹简诗论"或"楚简诗论"。

⑤ 参见［美］宇文所安《唐代的手抄本遗产：以文学为例》，《古典文献研究》（第十五辑），卞东坡、许晓颖译，凤凰出版社 2012 年版，第 236—266 页。

以小集、正集的样态存世的，收录的作品数量有限，直到宋代以后，随着活字印刷术的普及，由宋敏求、曾巩刊定的《李太白文集》(1066 篇）以及《太平广记》这样大部头的文集才得以广泛印行传播。从此以后，在文学的庙堂里，除了少数士大夫文人外，增加了不少布衣文士的面孔；书市的柜台上，除传统的诗词歌赋之外，增加了更多卷帙浩繁的小说、戏剧等文学闲书；文学体裁方面，无论是文言、白话还是长篇、短制，都毫无阻碍地成了人们进行审美表达的自由形式。可以毫不夸张地说，宋代活字纸印文本的定型化批量生产是中国乃至世界文学发展史上一次革命性的飞跃，极大地解放了文学艺术生产力，并以其特有的翰墨馨香长时期浸润着华夏民族的审美情怀。

然而，所有这一切纸张文学文本的“美好”，在量子力学出现以后，在新型文学媒介革命面前将不得不失去固有的“灵韵”。在量子力学及其应用科技的影响下，新的文学用比特信息存储取代原子信息载体，已经现实地创造了新型的文学文本——基于传统互联网技术的网络文学、基于移动互联网终端设备的微文学和基于数字链接技术的跨媒体组接性超文本文学。由于“量子文本在形式上是既有经典文本的文字，更有反映量子理论特征的数学语言，其含义与指称内在地揭示了量子世界”。[①] 所以依托于量子媒介存在的新文学文本，“不仅冲击和改变了文学的内在因素如叙事性质和结构，而且表现出对文学疆域的跨越。……借助计算机技术的链接功能，作品可以在词语、图像乃至可以随意浏览的档案之间转换。频繁的互文性、内容的拼贴、情节的碎片化构成了超文本的鲜明特征”。[②] 由此使文学文本结构走向开放，而不再拘囿于传统的完成式闭锁结构。在量子媒介平台上，文学文本的存在样式更加自由灵活，文学主体间的交流互动更为便捷频密，并且由于点击链接的网络节点不同，读者阅读的文本面貌和审美趋向可以展现更大的自由度。这不但丰富了文学文本的内涵，而且因其具有移动阅读、网络交流以及文字、语音、图片、视频、动画、录像、影视剪辑、数码摄影等元素共存的多媒体“语言”形式，极大丰富了文学的表现手段，使“文字＋”的比特文本可读性更强，因而具有更强的审美感染力。值得一提的是，如果说早期的比特文学文本主要依存于互联网在线平台的话，那么今天这种形式又进一步延展到“书籍＋二维码”的“线下＋线上”阅读形式了，可以满足更多习惯阅读纸媒文学读者多样化的审美需要。在上海作家渠成近期创作的长篇小说《我》中，读者既可以像传统文学一样，依凭语言文字阅读，张开想象的翅膀，去感受小说的人物形象、故事情节与活动环境，也可以通过书中的绘画、摄影、诗词调节阅读心境，更可以在视神经阅读疲劳时打开手机微信 App 扫一扫书中的二维码，将其转换为闭目养神的听觉审美形式，去聆听配有音乐的有声小说。而小说中的文学、演播、配乐、绘画、摄影、诗词，均

① 吴国林：《超验与量子诠释》，《中国社会科学》2019 年第 2 期。

② 胡亚敏：《高科技与文学创作的新变——中国马克思主义文学批评视域下的文学与科技关系研究》，《华中师范大学学报》2019 年第 3 期。

由渠成一人完成创作。[①] 比特文学形式，顺应了量子信息时代人们综合把握世界的审美潮流，弥补了传统文学存在的语言文字单一性局限，让读者在身临其境的审美感知活动中能够获得在线即时交流、碎片阅读和“声像并茂”的逼真体验，这实际上也是古人追求的“诗中有画，画中有诗”境界的一种现实科技显现，符合当代人日益增长的审美诉求。不过，由于比特文本的电子显示的读屏特性及可无限复制的衍生性，与此同时也就失去了纸质文本的若干艺术神圣感。

量子力学及其应用科技的快速发展，带来了文学媒介和文学文本形式的变革，由此也带来了文学传播艺术生态的急遽变迁。而今，更为便捷的即时传播、更多的传播平台和全媒体融通的传播形式，已经构成了文学传播的基本景观，并在一定意义上重建了文学传播的路径与传播效果。1995 年，尼古拉·尼葛洛庞帝在《数字化生存》中就量子力学及量子科技革命给书籍传播带来的变化同原子时代进行比较说：“书籍不仅印刷清晰，而且重量轻、容易翻阅，价钱也不是太贵。但是，要把书籍送到你的手中，却必须经过运输和储存等种种环节。拿教科书来说，成本中的 45%是库存、运输和退货的成本。更糟的是，印刷的书籍可能会绝版（out of print）。数字化的电子书却永远不会这样，它们始终存在”。“比特没有颜色、尺寸或重量，能以光速传播。”[②] 由于比特文学文本不像原子形态书籍那样具有固态的时空特性，它只需要电子信息即可在阅读媒体的界面上快速传播，这就使文学传播路径在传统的单一纸媒出版机制上增加了载体的多样化和社交化特色。原创文学网站通过签约作者、付费阅读、扶持新秀等“招兵买马”形式进军文学殿堂，成为文学生产和传播的巨大孵化器（如“起点中文网”“晋江文学城”“纵横中文网”）；智能手机等移动互联网终端，通过 App 这一便捷文学推送形式，使亿万网民快捷随机的文学碎片化阅读成为现实，[③] 作者或文学杂志社在其微信公众号、微信朋友圈及微博粉丝群中推送作品时，因其面对的是一群以共同生活/文化价值立场构成的“微共同体”而显得更具艺术亲和力；优秀网络原创文学的影视改编、游戏开发和实体出版等跨界合作，实现了文学传播上全媒体的深度融合，使传播的效果更佳。而今，随着第二次量子科技革命的到来，以量子态为单元的量子比特文本，将使文学传播的速率更快，并能克服第一阶段电子比特文本的可以随意复制之不足，实现文学艺术作品不可克隆的高保真性，从而让量子世界与经典世界深度融合起来，并可能使“祛魅”的文学再次“复魅”，恢复和提升文学固有的审美灵韵！

---

① 《渠成长篇小说〈我〉首发》，人民网—上海频道，2019 年 8 月 9 日，http：//sh. people. com. cn/n2/2019/0809/c134768 - 33233829. html。

② ［美］尼古拉·尼葛洛庞帝：《数字化生存》，胡泳、范海燕译，海南出版社 1997 年版，第 23—24 页。

③ 截至 2019 年 6 月，我国手机入网用户已达 8. 47 亿，其中手机网络文学用户达 4. 1017 亿。中国互联网络信息中心（CNNLC）发布《第 44 次中国互联网络发展状况统计报告》，中华人民共和国互联网信息办公室，2019 年 8 月 30 日，http：//www. cac. gov. cn/2019 - 08/30/c _ 1124938750. htm。

审美 · 阅读 · 批评

量子力学及其应用科技的发展，不仅全面革新了文学创作、文学阅读和文学传播的艺术图景，而且给人类审美活动带来了全新的体验。在量子科技展现的数字化时空中，虽然不能说“漠漠水田飞白鹭，阴阴夏木啭黄鹂”[①] 的美好农业社会意境基本淡出了人们的视野，“人群中这些面孔幽灵一般显现，湿漉漉的黑色枝条上花瓣朵朵”[②] 的现代工业诗意失却了意象之美的光辉，但在高仿真的虚拟现实和碎片化的移动载体面前，各种旧有的传统美感不断削弱，新的审美感觉和审美体验不断滋生和激发却是不争的事实。首先，量子科技将人类的审美活动带进了虚拟现实构成的沉浸式、交互式和自主式的多媒体信息感知世界。当你在 3D 影院戴上 VR 眼镜，观看《天地大冲撞》《阿凡达》《飞屋环游记》等数字电影时，当你在电脑游戏活动中，进入那远古洪荒、恐龙遍地、茹毛饮血或荒村古落、桃花十里、鸟语花香的仿真世界时，虽然生活中真实的原子物理世界是缺位的，但是你的视觉、听觉，甚至触觉、嗅觉、味觉等的感知却是那么真实，你仿佛一下子穿越到了另一个世界，情不自禁地沉浸到虚拟现实之中，并与其中的角色交流互动……这些迥异于传统的审美活动，在带给你新奇的审美享受的同时，无疑会形成新的审美冲击力和艺术震撼力。

其次，量子科技将人类的审美活动带进了移动载体所呈现的“微时代”空间叙事、日常体验和文化共享的审美意义生产世界。随着移动互联网技术的快速发展，微博、微信、微视频、微电影、微小说、微支付……不断涌现，一个由 App 统摄而产生的“微时代”征候，几乎渗透生活的每一个角落。与此同时，也将人们的审美体验悄悄带入一片“微时代”新天地。就空间叙事而言，“时间空间化”使曾经不可或缺的历史意识淡化，审美向感性的“当下收获”位移。李泽厚在《美的历程》中提出过一个非常重要的审美理论——“积淀说”，认为人们的审美经验并非一朝一夕即可获得，它需要在时间的长河中逐渐积累，但在手机刷屏映现的“微时代”镜像里，“以信息生产与传播为内容的无限自由开放的生活空间，使文化生产和消费由以往持续积淀的时间性存在过程，迅速转向空间化的规模性占有”，“充分实现并具体满足人的日常生活感性，成为微时代文化生产的基本目标”。[③] 2019 年火爆世界的“李子柒美食视频”，就是“时间空间化”的最好例证。就日常体验而言，移动互联网上信息截取和加工的碎片化特质，将曾经在审美经验过程中必不可少的历史关联性割裂开来，同时又通过“拼贴”“截取”“凸显”等方式将各种偶发性生活事件予以镜像变形（缩小、放大、美化），以满足人们当下的生活感受和情感需要，传递生活意义。如炫耀一帧个人美颜照，戏谑

---

① 王维：《积雨辋川庄作》，见（清）赵殿成《王右丞集笺注》，上海古籍出版社 1961 年版。

② ［美］庞德：《在一个地铁车站》，见袁可嘉主编《欧美现代十大流派诗选》，上海文艺出版社 1991 年版。

③ 王德胜：《“微时代”的美学》，《社会科学辑刊》2014 年第 5 期。

一下明星糗事，围观一次名人八卦事件，晒一首旅游小诗，发一篇“10万+”的好文章……让审美情怀在这些浅表的意象呈现中得到自由抒发。就文化共享而言，在手机等移动载体上，信息交互的频密性和开放性，日益淡化了纸媒载体和台式电脑时期文化生产的“精英化”阶层特色，各种“草根性”平台使文化共享成为审美的必然。在微博、微信、微电影、微视频、Facebook、Twitter等新媒体平台上，由于“人的感官被无限延伸，知识的获取变得轻而易举，创造性得到提升，分享成本降到极低”，“人人都能发声，人人都可能被关注”。① 于是，微视频表演、微信文学圈、微博艺象狂欢、微电影竞赛等即时化、表象化的集体娱乐使文化共享成为大众审美的一道道时尚景观。

由数字化浪潮带来的审美活动变迁，必然带来文学阅读范式的改变。在传统的纸媒阅读时代，由于文字符号的不及物性，文学文本不能直接诉诸可以切身感受的视听形象，需要读者在理解语言文字符号之后发挥想象力，才能在脑海中再现作家所创造的艺术世界；文学作品潜在的艺术魅力及其思想感情的深刻性、艺术上的微妙性，也只有靠读者积极的领悟、玩味，才得以实现。故而，文学阅读有时存在“隔”的现象，即不识字或文化水平较低的读者由于解码的阻隔难以参与到审美活动中来，但与此同时，由于文字符号在艺术表达上存在许多意义的不确定性和意义的空白处，给读者留下丰富的想象余地，所以文学阅读活动又能给会心者带来莫大的审美愉悦，“慷慨者逆声而击节，酝藉者见密而高蹈，浮慧者观绮而跃心，爱奇者闻诡而惊听”。② 尤其是《红楼梦》《哈姆雷特》之类优秀的文学作品，往往能在读者入情入景的艺术召唤氛围中，消弭读者、作者、作品人物之间和种族、身份、年龄之间的界限，超越时空，使阅读活动达到灵魂拥抱、身心交融的高度共鸣境界。然而，在由量子力学及其应用科技造就的比特文化时代，“网络艺术品越来越呈现出强烈的互动色彩，作品不再是一堆沉默无语的文字，它们通常具有灵活多样的‘应答’功能，比方说，网上一部作品，可以通过听书软件转化为有声读物，通过视频检索，通常还能找到相关影视资料，至于插图、配乐、同主题网络游戏之类就更不用说了。单以作品阅读而言，比特时代的文学，常常借助图像与音乐，把看和听的潜力更加充分地开掘出来。媒介作为人的延伸，能循序渐进地提高一个人的阅读能力。它甚至可以让那些目不识丁的人明白许多过去只有满腹经纶的人才能通达的道理”。③

虽然有人会认为这种由多种艺术符号构成的“填空型”比特阅读方式，较之传统的原子阅读范式，会让读者失去许多参与二度创造的乐趣，并形成一种新的审美之“隔”，但是对于那些文化程度不高或艺术细胞不够发达的受众来说，则无疑是一种实现超越自我局限的文化福音！依据马克思关于艺术生产与艺术消费的理论，数字化阅读这种比特式文学阅读（消费）方式，在培养比特艺术消费者的同时，也生产了一种

① 李鹤、杨玲：《全民移动互联时代来临》，《人民日报》2014年6月12日。

② 刘勰：《文心雕龙·知音》，范文澜注《文心雕龙注》，人民文学出版社1958年版。

③ 陈定家：《大数据时代的文学生存状况》，《长江学术》2016年第1期。

全新的艺术生产关系。

作为“文学活动整体中的动力性、引导性和建设性因素”，文学批评与媒介变革之间的关系向来十分密切。口头文学批评不同于竹简文学批评，竹简文学批评有别于纸张文学批评。随着各种新媒体文学现象的不断涌现，以及文学阅读与消费范式的变迁，比特和量子比特时代文学批评的景观正在发生着深刻的历史性变革。首先，基于大数据平台的网络批评正在改写传统文学批评格局。现代传统文学批评是以报纸杂志为主要载体，对数量有限的古今文学作品及文学现象展开的分析、研究和评价活动，是一种资源稀缺且需经过编辑乃至主管意识形态官员层层审核、严格把关的精英文学批评范式，系统自洽、逻辑严谨和科学规范是其显著的批评特色。作为“立法者”的批评家往往一言九鼎，决定着作家和作品的艺术生命。但是，在比特文化构建的互联网及移动互联网平台上，面对海量的文学作品及纷纭的文学现象，文学批评随同它赖以生存的文学一道正发生着深刻的时代变化。网络上难以数计的草根写手异军突起，动辄几百万字的类型小说充斥各大文学网站，“粉丝”拥趸“10 万＋”的单一作品阅读量……使传统的“中心—边缘”汰选式文学格局不攻自破！与此同时，由网络媒介推出的作品“快评”“微评”“酷评”“点击率”“排行榜”以及热心读者的“帖文”“跟帖”“表情包”“打赏”“关注”等各种比特式文学批评活动，“导致文学批评不再是一种专业化行为，甚至不需要经过必要的理论积淀，就可以随时向公众发表自己的批评文字。另一方面，现代媒介又凭借自身无处不在、无时不在的巨大传播优势，对一些专业化的批评家进行暂时性的笼络和收编，从而为媒介批评的权威性提供砝码”，“媒介批评的即时性和随意性，表明了信息时代对一些既成的、稳定的批评体系，直接造成了一种解构性的冲击，对批评的自律性构成了严峻的挑战”。① 在大数据文化产业平台上，作品以点击率和流量付费形式自在生存，在不触及意识形态底线的前提下，商业法则统率一切，批评家的“立法者”角色光辉不再。

其次，瞩目大众文化的“事件式”媒介文学批评异军突起。比特时代的显著特征之一，就是随着大众文化的兴起，公共空间的范围越来越广阔，数字媒介发挥着越来越大的作用。由于公共空间事务天然具有“聚焦点由艺术与文艺转到政治”的特点②，文学讨论的话题只有向社会延伸才能扩大它的影响力，于是批评事件化为数字媒介热衷营造的文学场，并使之成为比特文化中一道独特的人文景观。王彬彬批汪晖事件、罢看《文学报》事件、中学语文教科书选文事件、郭敬明抄袭事件、德国汉学家顾彬引发的文学“二锅头”事件、官员参奖引发的“羊羔体”事件、莫言获诺奖引发的“微评莫言”事件、韩寒引发的“战主席”“韩白之争”“韩寒方舟子大战”事件……尽管这些批评事件显得有些喧闹、嘈杂和非理性，但“事件化”的文学批评也使批评更加多样化，让无数围观的文学看客分享了一次又一次批评快餐，多少也提升

① 洪治纲：《信息时代：文学批评的挑战与选择》，《南方文坛》2010 年第 6 期。

② ［德］哈贝马斯：《关于公共领域的答问》，《社会学研究》1993 年第 3 期。

了大众的文学素养。

早在19世纪中叶，马克思就深刻指出："随着一旦已经发生的、表现为工艺革命的生产力革命，还实现着生产关系的革命"。[①] 作为信息时代科技革命的基础，量子力学已经深入渗透当今包括文学艺术在内的人类社会生活的每一个角落。因此，全面研究量子力学及量子科技催生的比特文化对文学艺术领域的革命性改造过程，把握其中的审美活动规律，对于"提升文艺原创力，推动文艺创新"[②]，使之更好地服务于中华民族伟大复兴事业，无疑是时代赋予我们的光荣使命！

① 《马克思恩格斯全集》第47卷，人民出版社1979年版，第473页。

② 习近平：《决胜全面建成小康社会　夺取新时代中国特色社会主义伟大胜利——在中国共产党第十九次全国代表大会上的报告》，人民出版社2017年版，第70页。

中国文艺美学研究

大美与中国现代美学的人生论精神

金　雅[*]

（浙江理工大学美学中心　浙江杭州　310018）

摘要：在20世纪上半叶的中西汇流古今交替中，以梁启超、王国维、朱光潜、丰子恺、方东美等为代表的中国现代美学传统，将美学理论建设、涵育美的人生、创构美的人生相关联，特别是以“大美”的民族美学话语谱系，凸显了中华美学向人生开放、聚焦人的美化涵成的不尚粹美、不崇唯美的人生论取向，及其追求审美艺术人生统一、真善美贯通、物我有无出入交融的人生论精神，在20世纪以来中国知识分子和社会大众的审美、艺术、文化、人生等实践中，产生了广泛、特殊、深刻的影响，对于今天世界美学大花园的建设和当代大众人文素养的建构，有着重要而特殊的意义。

关键词：大美；人生论精神；民族话语；中国现代美学

一

崇尚大美，切入人生，是中国现代美学的重要精神传统，彰显了中华美学向着人生开放、聚焦人的美化涵成的不尚粹美、不崇唯美的人生论取向，及其追求审美艺术人生统一、真善美贯通、物我有无出入交融的人生论精神。

相比西方文化认识论和科学论的突出地位，中华文化和哲学的根柢就是人生论。正如张岱年所言，“人生论是中国哲学之中心部分”①。中华文化和哲学温情于生，切入人的生命、生活、生存，关怀生活、关注生存、关爱生命，既有着扎实的现实精神，也有着浓郁的人文情怀和内在的诗性情韵。这种源远流长的民族精神特质，深刻影响了中华美学的情趣韵致。如果说西方美学自古希腊以来就叩问“何为美”的问题，形成了以鲍姆加敦—康德—黑格尔—席勒等为代表的西方经典理论美学传统，并成为18世纪中叶以来雄霸世界美学的主流话语；那么，中华美学则自先秦以来就叩问“美何

---

* 作者简介：金雅（1965— ），浙江台州人，浙江理工大学中国美学与艺术理论研究中心主任，教授，浙江大学文艺学博士，中国社会科学院文学研究所博士后。主要研究方向：中国美学与艺术理论。

① 张岱年：《中国哲学大纲》，中国社会科学出版社1982年版，第165页。

为”的问题，并在20世纪上半叶的中西汇流古今交替中，涌现出梁启超—王国维—蔡元培—朱光潜—宗白华—丰子恺等为代表的中国现代美学的人生论精神。这一美学精神，不尚粹美，不崇唯美，不以美的理论自洽和美学体系的逻辑建构为终极目标，而是试图将美的理论探研与鲜活的人、丰富的生活、具体的人生相联系，将创美与审美相统一，关注美与人的生命、生活、生存的联系，探研人在自然宇宙、艺术文化、社会历史中的审美生成，将美的本体性、科学性问题与美的功用性、价值性问题相贯通，推动了审美艺术人生统一、真善美贯通、物我有无出入交融的人生论美学话语及其精神意趣的创化。中国现代美学的人生论话语，着意追寻美情高趣至境的建构，追寻知情意行的和合，初步开启了与西方经典理论美学的对话，也在20世纪以来中国知识分子和社会大众的审美、艺术、文化、人生等实践中，产生了广泛、特殊、深刻的影响，对于今天中西美学的对话和大众人文素养的建设，仍具重要而特殊的意义。

大美，是中华美学人生论精神的重要体现。大，在中华文化和审美话语的历史发展中，自古以来，就是一种重要的精神指征，也是一个重要的思想命题。“在古人的观念里，‘大’是最美的”[①]。中国古典美学没有西方美学的“崇高”范畴，但有“大”这个概念。“大”组成的词，除了“大美”，还有“大象”“大音”“大器”“大成”“大巧”“大道”等。“大”最根本的，是指“道”，是中华文化中天地万物相成化生的“大道”。这个“大道”，也是万物之始，即“乾元”，即“始而亨者也”！“大哉乾乎！刚健中正，纯粹精也”[②]。从中华文化之根上生长出来的中华美学，在其精神根柢上，是追求“大”美的，是崇扬由抵达“大”道而成就和体味“大”美。中国的道家，讲“‘道’大，天大，地大，人亦大”[③]，讲“天地有大美而不言”[④]；儒家讲“大者正也”“大者壮也”[⑤]，讲“大德敦化”[⑥]“大德曰生”，[⑦] 讲尽善尽美。抵达“大”道（德），是个体（个别）合于宇宙、自然、人伦之规律，而得道（德）合道（德），而成美体美。“大”和西方美学中追求“理性内容压倒和冲破感性形式”的“崇高”，在美感内核和意趣特征上，“并不是同一的”[⑧]。“大”不追求体积、数量等形式之“大”，不以形式的压倒为根本；“大”也不是必须通过悲剧或毁灭而生成，悲剧或毁灭不是终极的目标。“大”是一种刚健正大和超旷高逸的统一，既是对象的刚健超旷之美，也是主体超拔小我之束缚、与天地宇宙精神往还和合的诗性之美，是“原天地之美而达万物之理”之大成。[⑨] 由此，“大”和中华文化的另一个重要概念“和”，也并不对立。“大”是我和物、我和

① 钟仕伦、李天道：《中国美育思想简史》，中国社会科学出版社2008年版，第215页。
② 陈戍国点校：《四书五经》（上册），岳麓书社2002年版，第142页。
③ 陈鼓应：《老子注译及评介》，中华书局1984年版，第449页。
④ 陈鼓应注译：《庄子今注今译》（中册），中华书局1983年版，第563页。
⑤ 陈戍国点校：《四书五经》（上册），岳麓书社2002年版，第170页。
⑥ 陈戍国点校：《四书五经》（上册），岳麓书社2002年版，第13页。
⑦ 陈戍国点校：《四书五经》（上册），岳麓书社2002年版，第201页。
⑧ 叶朗：《中国美学史大纲》，上海人民出版社1985年版，第54页。
⑨ 陈鼓应注译：《庄子今注今译》（中册），中华书局1983年版，第563页。

他、小我和大我的一种对立冲突及其张力和谐。从根本上讲，“大”既讲纯粹无我，讲小我的超越超拔，又不否认事物内部和事物之间的矛盾冲突及其对立统一，不否认这种冲突而和谐的矛盾过程及其圆成之意义。“大”美，究其根底，是一切主体升华小我、冲破束缚、直抵大道的诗性生成，是主体的一种大无畏、大自由、大和谐之审美生成，是主体在生命、生活、生存中实现创造与观审、物与我、有与无、出与入、小我与大我之相谐的美的（诗性）升华。“大”美之精神，在本质上，正是具有伦理型、诗性型特点的中华文化和中华美学的重要特质之一，也是与具有认知型、逻辑型特点的西方文化和西方美学在美感意趣和价值取向上的重要区别之一。中华文化和中华美学更侧重主体的审美生命体验和审美诗性化成，西方文化和西方美学则更关注于探究美的思辨原则和科学规律。后者追求粹美和唯美之奥秘探究；前者着意大美情怀和意趣之涵育。前者重视逻辑封闭的思辨循环，追求理论的自洽与完善；后者走向鲜活的生命和生活，将广阔的人生纳入自己的视野。

对中华文化的理解，西方世界，包括我们自己，都曾有意无意地遮蔽了博大阳刚的雄健之美。回溯中国古典美学，大音希声，大象无形，大道至简，生生大德，这些命题构筑了宇宙俯仰、时空纵横、物我交融、生命驰骋的高远诗意世界，导引个体生命融入群体社会和宇宙时空，创化和体味生命的诗性和人生的大美，呈现出中华美学高旷宏大的精神情怀。今天结合当下语境，结合审美、文化、艺术、生活等实践所提出的现实问题，贯通中华美学的大美根脉，特别是梳理20世纪以来中华大美话语的自觉理论建构及其现代精神创化，掘发其人生论的民族精神品格，具有重要的理论和现实意义。

二

20世纪上半叶，“大美”的命题，接续中华文化和美学的民族传统，与中国现代美学的学科自觉和理论进程相同步，与现代性追求和启蒙思潮相呼应，开启了理论上的自觉建设和精神上的传承创化。这一时期，包括梁启超、王国维、朱光潜、方东美、丰子恺等在内，对“大”这个美学命题和审美精神，从不同的层面和侧面，都有自己的建构、丰富、发展。他们结合时代语境，面对民族现实，传承化合中西，形成了系列民族化的现代概念命题和话语表达，主要突出了审美艺术人生统一、真善美贯通、物我有无出入交融的人生论美学精神，倡导超拔“小我”而化成“大我”，超越唯美的“小艺术”而创化人生的“大艺术”。

在中国现代美学中，梁启超的“趣”与王国维的“境”相映成辉，是中国现代人生论美学理论建设的重要话语范型，也是物我有无出入之民族诗性探研的重要精神诠释。

梁启超的“趣”突出了由“化我”而成就大美的诗性之径。他以趣味为美立基，以美情为趣味之核，以化我为趣味人格描像。何为趣味？梁启超说，趣味的生成是主体情感与外部环境的交媾，是超越功利之计和得失之较的“劳动的艺术化”和“生活的艺术化”的纯粹之境。对主体而言，趣味的要义在于“责任”与“兴味”的统一，是以将孔子的“知不可而为”主义和老子的“不有之为”主义相统一的“无所为而为”的精神来做事，以不惧成败、不忧得失的“至诚”来做事，从而把“人类无聊的计较一扫而空”，“把人类计较利害的观念，变为艺术的、情感的”[①]。这种趣味主义的精神，梁启超称为“无所为而为”[②]，亦即“不有之为”[③]。在中国现代美学史上，趣味的概念，非梁启超首创。但梁启超是第一个明确地将趣味范畴拓展到人生论领域，赋予其新的理论内涵与理论精神的中国现代美学家。他融会中西，将中国式的艺术品鉴之趣与西方式的审美判断之趣相糅合，超越了单纯的艺术品位和纯粹的审美判断，突出了趣味的人生实践向度和精神理想向度。梁启超的“趣味”，其根本在于主体对“小我”的超拔，在于主体“小我”与自然、众生、宇宙之“迸合”，由此创化的“化我”之美，也就是在大化化“小我”中去成就“真我”，涵成“大我”，体得生命兴会淋漓之“春意”，达成和赏会生命之“大”美。这种“趣味”之美，有着内在的英雄主义情怀，弥漫着崇高悲壮之情味。梁启超说，美趣并不是单调的，既可轻松愉悦，也可刺痛激越。他继蔡元培之后倡导“情感教育”的命题，又首倡“趣味教育”和“美术人”的命题，认为艺术既需“表”情，更需“提”情。人的真情需要往高洁纯挚提挈，由此培养趣味化艺术化的人格。他将“美术家”与“美术人”相对举，前者是指具备艺术的职业技能、以艺术谋生的人，后者则是指具备艺术素养和审美精神的人，也即梁启超推崇的能够体味和超越小艺术小美的审美化的人。梁启超呼吁“今日的中国”不仅要多出些“美术家”，还要养成普及“美术人”，即人人都做“美术人”。在他笔下，屈原、杜甫等既是“美术家”，更是“美术人”；既是优秀的诗人，更是大写的人。他誉杜甫为“情圣”，认为杜甫不仅具有表情的“特别技能”，且“极热肠”“极有脾气”，诗作“带血带泪”，是“哭的叫的”大众之声和时代之音，其“安得广厦千万间”的胸襟，在于“把下层社会的痛苦当作自己的痛苦”的博大情怀和伟大人格。他高度赞赏屈原“All or nothing”的人格美，指出屈原的一生就是“为情而死”，“看见众生痛苦，便和身受一样”，但他高洁热烈的理想，却无人理会，他又爱又憎，“最后觉悟到他可以死而且不能不死”，是拿自己小我之生命去改造社会的伟大“爱情”，“这汨罗一跳，把他的作品添出几倍权威，成就万劫不磨的生命”[④]。梁启超对文学艺术的赏会，始终贯彻了他对趣味精神的诠释和弘扬，即化我的超拔情怀和大我的高洁意趣。

相较梁启超，王国维的“境”则突出了由“无我”而成就大美的诗性之径。王国维以境界为美之根本，他糅合中西，将西方的审美“无利害”改造成“无用之用”的

① 梁启超：《饮冰室合集》（第 4 册，文集之三十七），中华书局 1989 年版，第 68 页。
② 梁启超：《饮冰室合集》（第 4 册，文集之三十七），中华书局 1989 年版，第 68 页。
③ 参看金雅《梁启超美学思想研究》，商务印书馆 2012 年版，第 63—85 页。
④ 梁启超：《饮冰室合集》（第 5 册，文集之三十九），中华书局 1989 年版，第 67 页。

中国艺术形上学，建构了“无我”之大美至境。他以“大文学”“大诗歌”“大词人”“大诗人”等系列概念，来标举“境界”。认为“有境界，本也”[①]，主张“词以境界为上。有境界则自成高格”[②]，强调“真景物”“真感情”为境界之基石，赋予境界真诚、真切、生气、高致等美质，和气象、眼界、胸襟、风骨、赤子之心等况味。王国维提出了以“常人之境界”与“诗人之境界”、“有我之境”与“无我之境”、“入乎其内”与“出乎其外”的对举，及“古今之成大事业、大学问者，必经过三种之境界”的诠释[③]，阐发了以能写“无我之境”者为“豪杰”、能“出乎其外”者为“高致”和“蓦然回首”而“灯火阑珊”的艺术审美情趣和人生审美情韵，体现了将主体情感（美情）、人生况味（高趣）、艺术境界（至境）相涵容，所赋予的高举远慕的纯挚体味和“无用之用”的大美意趣。王国维说，“之人也，之境也，固将磅礴万物以为一，我即宇宙，宇宙即我也”[④]。这也是审美主体不断自我超越，终成“大事业”“大词人”的诗性之路。“趣”和“境”，是中国现代美学人生论精神的重要标识，也是其大美话语的诗性之基，影响至深。梁启超和王国维，在“趣”“境”两维上，论析虽各有侧重，内在却两相兼济，都贯彻了“无所为而为”和“无用之用”的美感精神，都追求创美审美的高趣至境，都强调审美主体之美化涵育的实践取向，都强调了物我有无出入交融的诗性化成。嗣后，朱光潜、宗白华、丰子恺、方东美诸家，虽有论趣或论境之偏，但均从不同的侧面和维度传承丰富了梁启超、王国维开拓的中国现代美学的人生论精神和大美意趣风范。

三

20世纪上半叶，中国现代美学提出了“美术人”“大诗人”“大词人”“大音乐家”“大艺术家”“大艺术”“大文学”“人生（生活）的艺术化”等系列命题，与“小我—真我”“自我—绝我”“有我—无我”“化我—大我”等系列命题相呼应，探索审美艺术人生相统一、真善美相贯通、物我有无出入相交融的诗性之径，倡导主体生命超越小艺术而涵成大艺术、超拔小我而涵成大我、超越小美而创化大美的实践践行。这也赋予了美学直面现实、回应时代的启蒙使命和人生职责，聚焦了民族美学审美艺术人生统一的人生论精神及其大美情怀。

丰子恺继王国维之后，提出了“大艺术品”“大艺术家”等概念。他说：“‘生活’是大艺术品。绘画与音乐是小艺术品，是生活的大艺术品的副产品。”[⑤] 他认为“艺术

---

① 姚淦铭、王燕编：《王国维文集》（第1卷），中国文史出版社1997年版，第160页。

② 姚淦铭、王燕编：《王国维文集》（第1卷），中国文史出版社1997年版，第141页。

③ 姚淦铭、王燕编：《王国维文集》（第1卷），中国文史出版社1997年版，第147页。

④ 姚淦铭、王燕编：《王国维文集》（第3卷），中国文史出版社1997年版，第157页。

⑤ 丰陈宝、丰一吟、丰元草编：《丰子恺文集》（第2卷），浙江文艺出版社、浙江教育出版社1990年版，第321页。

小技的能不能，在大人格上是毫不足道的”[①]，强调“最伟大的艺术家”是“胸怀芬芳悱恻，以全人类为心的大人格者”[②]。他以“真率”之“童心”为美趣的要义，将其视为人生的根本、艺术心灵（精神）的要旨，是成就“大艺术家”之“大人格”的根基。他与梁启超、朱光潜一样，主张真（知）善（意）美（情）的和谐，主张完整的“人的教育”，认为“倘有一面偏废，就不是健全的教育”[③]。他高度肯定艺术教育的作用，把艺术教育看作“人生很重大的一种教育，非局部的小知识、小技能的教授”[④]，而是教人以“‘艺术的’心眼”和“艺术的生活”的“美的教育”。[⑤] 丰子恺的一生，身体力行“艺术的心”和“艺术的精神”，倡议“以艺术为生活”，“把艺术活用于生活中”[⑥]，期望“事事皆可为艺术，而人人皆得为艺术家”。他感叹“中国是最艺术的国家”[⑦]，强调“必有艺术的生活者，方得有真的艺术的作品”。艺匠只懂得技巧，只能仿造拙劣的伪艺术。真艺术家则“体得了艺术的精神，而表现此精神于一切思想行为之中”，从而使整个人生“变成艺术品”[⑧]。唯此，“真艺术家”即使不画一笔，不吟一字，不唱一句，其人生也早已是伟大的作品。而“一切大艺术”，“也能见其‘常新’的不朽性”[⑨]。抗战期间，丰子恺发表了《桂林艺术讲话》之一、之二、之三，提出“‘万物一体’是中国文化思想的大特色，也是世界上任何一国所不及的最高的精神文明”，“是最高的艺术论”[⑩]。他提出“活的艺术”和“死的艺术”之辨，认为前者是能活用于万物、与人生密切关联的“大艺术”，号召艺术家“认明艺术的性状，觉悟自己的地位，而起来共负抗战建国的重任”，为此“作壮烈之牺牲者，正是最伟大的艺术家之一”[⑪]。

---

① 丰陈宝、丰一吟、丰元草编：《丰子恺文集》（第6卷），浙江文艺出版社、浙江教育出版社1990年版，第402页。

② 丰陈宝、丰一吟、丰元草编：《丰子恺文集》（第4卷），浙江文艺出版社、浙江教育出版社1990年版，第16页。

③ 丰陈宝、丰一吟、丰元草编：《丰子恺文集》（第4卷），浙江文艺出版社、浙江教育出版社1990年版，第225页。

④ 丰陈宝、丰一吟、丰元草编：《丰子恺文集》（第4卷），浙江文艺出版社、浙江教育出版社1990年版，第226页。

⑤ 丰陈宝、丰一吟、丰元草编：《丰子恺文集》（第4卷），浙江文艺出版社、浙江教育出版社1990年版，第226—228页。

⑥ 丰陈宝、丰一吟、丰元草编：《丰子恺文集》（第4卷），浙江文艺出版社、浙江教育出版社1990年版，第15页。

⑦ 丰陈宝、丰一吟、丰元草编：《丰子恺文集》（第4卷），浙江文艺出版社、浙江教育出版社1990年版，第15页。

⑧ 丰陈宝、丰一吟、丰元草编：《丰子恺文集》（第4卷），浙江文艺出版社、浙江教育出版社1990年版，第123页。

⑨ 丰陈宝、丰一吟、丰元草编：《丰子恺文集》（第2卷），浙江文艺出版社、浙江教育出版社1990年版，第576页。

⑩ 丰陈宝、丰一吟、丰元草编：《丰子恺文集》（第4卷），浙江文艺出版社、浙江教育出版社1990年版，第14—15页。

⑪ 丰陈宝、丰一吟、丰元草编：《丰子恺文集》（第4卷），浙江文艺出版社、浙江教育出版社1990年版，第17页。

方东美以中华文化精神为根，融会柏格森、怀特海等人的生命哲学精神，紧贴时代现实和国人实际，提炼阐发了一种生生大美的人生论意趣。他指出：“中国的哲学家不像西方的思想家在科学主义的偏执下囿于‘万物无生论’的偏见，而是永远在追求一种广大圆融的观点，以统摄大宇长宙中生命的创进完成。”① 他认为，中国人的宇宙观是以艺术想象为根基的“万物有生论”，虽然宇宙时空的形体是有限的，但“天大其生”“地广其生”，万物含生而含情，冲虚中和，功用无限，从而成就了我们民族“最伟大的、最美满的”宇宙。他说：“天地之大美即在普遍生命之流行变化，创造不息”，这是“美之至也”。② 在他看来，宇宙天地间充塞大美，氤氲着生命的刚健气韵，处处可体验到美的魅力和愉悦。他运用了“大音乐家”“大诗人”“大艺术家”等概念，提出这是真善美和融的诗意化的“时际人”和“太空人”，也就是广大和谐的顶天立地的“大人”。面对当时列强践踏蹂躏的民族危机和国难存亡，方东美认为“吾中华民族之绵延于大宇长宙中兀如一株古梅”“数千年而始终不变”“根植深远”“毕竟不可毁”。③ 我们和宇宙生命同呼吸，生生不息，雄健浩然，显示着无尽的生命倔劲和壮美气韵，展示着中华民族生命的大美。他强调，中华哲学和艺术的最高宗旨在于表现人生、指导人生，中国艺术不囿于个人的小情感，而是与天地之气相通，与宇宙生命相连，而这也是中国美学的最高宗旨。美与人生相谐，而创化万物万象之至美、纯美、大美。

四

中国现代美学是在中西古今的撞击交会中，在中华民族的深重灾难中，开启自己的理论帷幕的。历史给中国现代美学提供了前所未有的广阔舞台，也提出了严峻尖锐的时代课题。中国现代美学不是冷冰冰的只追求自我理论完善的封闭自洽的美学，而是广涵人生，向生活、生存、生命敞开的有热度、有血性的美学。美情、高趣、至境的创构，无我、化我、大我的构象，是中华美学人生论精神的重要理论诠释，也是中华美学真善美贯通的大美情韵的突出聚焦。

朱光潜提出，在最高的意义上，真善美是一体的，伟大的艺术和伟大的人生并无二致。他承梁启超“趣味”和“生活的艺术化”思想，诠释标举了真善美贯通的“情趣”范畴和审美艺术人生统一的“人生的艺术化”命题。他说，艺术的活动是“无所为而为”的“情趣”活动，“人生的艺术化”的至境就是“‘无所为而为’的玩索”的“情趣”境界。④ 所谓“情趣”，在朱光潜这里，就是一种“以出世的精神，做入世的事

---

① 蒋国保、周亚洲：《方东美新儒学论著辑要》，中国广播电视出版社 1992 年版，第 139 页。

② 方东美：《中国人生哲学》，中华书局 2012 年版，第 55—56 页。

③ 方东美：《中国人生哲学》，中华书局 2012 年版，第 4 页。

④ 朱光潜：《朱光潜全集》（第 2 卷），安徽教育出版社 1987 年版，第 95—96 页。

业”的“绝我而不绝世”的精神。① 他强调，“人生本来就是一种较广义的艺术。每个人的生命史就是他自己的作品”②。“艺术的生活就是本色的生活”，而“惟大英雄能本色”。③ 朱光潜指出，在最高的意义上，“善与美是一体，真与美也并没有隔阂”。④ 穷到究竟，“伟大的人生”和“伟大的艺术”并无二致。由此，也将美的艺术创造和美的人生建设的终极理想，在大美的命题上统一了起来。

宗白华是中国现代最富诗性的美学家之一。早年他就提出超世入世的人生观，认为这是一种“大勇猛”“大无畏”的精神，可以为“今后世界之少年”的“人生行为之标准”⑤。他把大宇宙之新人格的建构视为超世入世人生观的目标，认为“我们创造小己人格最好的地方就是在大宇宙的自然境界间”“向大宇宙自然界中创造我们高尚健全的人格”⑥。他把“超小己”的美的艺术的本质，视为“宇宙全部的精神生命”，⑦ 其“目的是融社会的感觉情绪于一致”，使“小我的范围解放，入于社会大我之圈，和全人类的感觉一致颤动”，并“扩充张大到普遍的自然中去”⑧。因此，在宗白华看来，个体生命、自然宇宙、社会大我，都是“大生命的流行”，既是紧张与秩序，也是至动与和谐。他以屈原、庄子、晋人、歌德、莎士比亚等艺术人格为例，观照生命本相。通过艺术之美，把宇宙精神、文化精神、生命精神相贯通，以“伟大的艺术”为人生和宇宙之最深最高之象征。“天地运行的大道，就是一切现象的体和用”⑨“也是人生美的基础”。⑩ 宗白华以艺具道，以艺术之美具象宇宙之真和人生之善。“美之极，即雄强之极”⑪，这也是宗白华所诠释的一切艺术境界的至美和大义，是他所界定的“真正的中国精神”⑫。

美学的理论探研和精神建构，离不开对主体之“我”的美学构象。如何认识和塑构审美关系中的“我”，是美学中的根本问题之一。物我关系的审美生成，实质上也就是作为审美主体的“我”之美成。就中国美学来说，其根本就是如何由“小我”到“大我”的审美诗性的创化与涵成。中国现代美学提出了“有我”与“无我”、“小我”与“真我”、“大我”与“化我”等系列关系命题。如梁启超等所塑构的“化我”之像，王国维等所塑构的“无我”之像，都是关于“我”的审美构象，也是“大我”生命的人格描像。梁启超以“进合”为通径，诠发了由“化我”而“大我”，超拔“小我”之

① 朱光潜：《朱光潜全集》（第 1 卷），安徽教育出版社 1987 年版，第 75—76 页。
② 朱光潜：《朱光潜全集》（第 2 卷），安徽教育出版社 1987 年版，第 91 页。
③ 朱光潜：《朱光潜全集》（第 2 卷），安徽教育出版社 1987 年版，第 92 页。
④ 朱光潜：《朱光潜全集》（第 2 卷），安徽教育出版社 1987 年版，第 96 页。
⑤ 宗白华：《宗白华全集》（第 1 卷），安徽教育出版社 1994 年版，第 24 页。
⑥ 宗白华：《宗白华全集》（第 1 卷），安徽教育出版社 1994 年版，第 99 页。
⑦ 宗白华：《宗白华全集》（第 1 卷），安徽教育出版社 1994 年版，第 172 页。
⑧ 宗白华：《宗白华全集》（第 1 卷），安徽教育出版社 1994 年版，第 318 页。
⑨ 宗白华：《宗白华全集》（第 2 卷），安徽教育出版社 1994 年版，第 410 页。
⑩ 宗白华：《宗白华全集》（第 2 卷），安徽教育出版社 1994 年版，第 58 页。
⑪ 宗白华：《宗白华全集》（第 2 卷），安徽教育出版社 1994 年版，第 276 页。
⑫ 宗白华：《宗白华全集》（第 2 卷），安徽教育出版社 1994 年版，第 242 页。

生命，纵身大化的诗性之成。王国维以“出入”为通径，诠释了由“有我”达“无我”，去除“小我”之束缚，终抵大化的诗性之成。梁启超、王国维的“大我”之趣之境，是中华美学人生论精神和大美情韵的典范诠释，也是中华文化和中华美学在天人合一、大化流衍中追寻大美艺术和大美人生的民族诗情。

中国现代美学的大美话语及其人生论精神，不局限于小艺小美的自洽论题，也不尚以美论美的纯粹思辨，而是倡扬将美的理论发明彻行于人生实践，以理论与思想的相洽，理论向实践的延展，来突破理论的自我封闭和内部循环，努力将美的视野拓展到广阔的人生天地，涵融美与艺术、自然、社会、人之间生动丰富的多彩实践，体现了对美的本体之道的至纯之大、主体人格胸襟的超旷之大、主客一体的境界韵致的高逸之大、美感意趣的生气勃发之大、审美要素多元对立统一的张力和融之大等大美风范的崇扬。大美的话语，在20世纪上半叶风云激荡、民族危难的年代，凸显了中华美学刚健正大的理论风范、美感风尚、精神气韵，是中国现代美学对于中华美学的重要贡献，也是中华美学对世界美学的独特贡献，对当代中国美学的理论建设和实践开掘，仍有着重要而特殊的意义。

“民国左翼”与“左翼民国”：民国文学视角中的左翼文艺研究

刘永明*

（中国艺术研究院　北京　100012）

摘要：“民国文学”论非常重视在其文学史叙事中的左翼文艺、革命文艺问题。“民国左翼”指的是“作为方法的民国”方法论下的左翼文艺研究，涉及左翼文艺研究的方法论、左翼文艺的主体性、左翼文艺的缘起和发展、左翼文艺的非同一性及遮蔽性、革命文学谱系及郭沫若研究等问题。“左翼民国”指的是通过左翼文学视野的民国描写，反观左翼文艺的一些真实状况和本质，如左翼都市体验中的战场意识、暗黑意识。而作为一种有别于马克思主义文艺理论的研究范式，“民国文学”论存在着精神第一性和泛主体性等底层逻辑，在革命文学谱系梳理上也存在着国民革命中心论等特点。

关键词：民国文学；研究范式；左翼文艺；民国左翼；左翼民国；革命文学谱系

作为一种研究范式的“民国文学”论，真正热络起来是从 2009 年开始[①]。到了 2014—2015 年，随着“民国文学史论丛书”“民国历史文化与中国现代文学研究丛书”等诸多阶段性标志成果的出版，加之“左翼文艺在台湾”等理论瓶颈一时难以突破、主要理论倡导者学术生产转向文献史料学或者大文学研究、革命文学谱系与结构研究等原因[②]，“民国文学”论开始降温，大规模的学术热潮逐渐退去。但作为一场较大规模的学术建构运动，“民国文学”论无疑留下了许多学术景观。

“民国文学”立论的对立面或者参照面有很多，就其现当代文学学科内部而言，

---

* 作者简介：刘永明（1971— ），男，江西永丰人，中国艺术研究院马克思主义文艺理论研究所研究员。主要研究方向：中国马克思主义文艺理论发展史论。本文系中国艺术研究院 2020 年基本科研业务费资助学术研究项目“中国马克思主义文艺理论发生学研究”（项目批准号：2020－1－20）阶段性成果。

① 关于“民国文学”论的整体介绍，可以参见周维东《中国现代文学研究中的“民国视野”述评》（《文艺争鸣》2012 年第 5 期）、杨丹丹《近年来“民国文学”研究述评》（张福贵《结语》，《民国文学：概念解读与个案分析》，花城出版社 2014 年版）等文章。

② 2015 年之后“民国文学”论者有将“民国文学”论纳入“大文学”史观的意图。李怡在《“大文学”可以做哪些事？——主持人语》（《当代文坛》2017 年第 4 期）中说：“……大文学，这就是关注中国现代文学之‘民国’意味所召唤出来的学术视野与学术方法。”

就有"新文学""现代文学""二十世纪中国文学""重写文学史""整体性""启蒙主义""现代性""文化研究""民族国家"等诸多文学史观或者学术范式。但在其中,左翼文艺、革命文艺是"民国文学"论建构的主要的理论脚手架,是"民国文学"立论的重要中间物或者参照物。"民国文学"论者没有全盘否定革命文学或意识形态文学史观,且对于左翼文艺、革命文艺的民国性、遮蔽性、非同一性等还是有许多很有价值的揭示。在一些"民国文学"论者主持的学术专题中,甚至有完整的左翼文艺研究规划(如张中良《左翼文学与历史背景——专题解说》)。因此,"民国文学"论也就自然遗留了可称为"民国文学视角中的左翼文艺研究"等这样一些重要的在地景观。

对这样一些学术景观,目前看来并没有受到中国马克思主义文艺理论研究视野的太多关注,这未免有点可惜。这不仅是因为"民国文学"论中有大量的革命文学谱系论述、革命文艺"民国性"论述、民国文艺和延安文艺问题论述、延安机制和延安道路整全问题、革命文艺"他者"研究和平行研究、大后方文学和抗战文学研究等,也因为有些左翼文艺、革命文艺研究者(如张中良、周维东)本身就是"民国文学"论建构的主力[①],而一些革命文艺论者(如陈建华、赵学勇、韩琛、方维保等)也以其批评性在场或者讨论性姿态,间接地参与了"民国文学"论的生产。这些理论问题和成果,对于中国马克思主义文艺理论的研究而言,都是很有学术价值的。因此,我们尝试以"民国文学视角中的左翼文艺研究"这样一个单一角度,梳理一下"民国文学"论中的左翼文艺研究的新发现及其不足,以期有益于马克思主义文艺理论谱系中的左翼文艺研究的发展。

在此之前,有必要明确两点。一是这里的"左翼文艺"主要指的是狭义的左翼文艺运动,即1930年代及其前后以运动形态存在的左翼文艺及其理论形态。而并用的"革命文艺"概念,范围上略大于左翼文艺,还包括国民革命的革命文学、延安文艺和国统区的革命文艺、抗战文艺等,主要指的是无产阶级革命文艺(革命文学),但因为和"民国文学"这个概念匹配,因此其外延不可能延伸到1949年以后。二是关于"民国文学"论的具体内涵。按照"民国文学"论者自己的观点,"民国文学"论主要有三个组成部分:"民国文学史"论、"民国史视角"论和"民国(文学)机制"论,此外还有一些"民国文学风范"论等学术观点。"民国文学史"主要是个学科概念,和本文要讨论的关联性不大,因此本文所称"民国(文学)视角"(也称为"民国视野")主要指的是"民国史视角"(也称为"民国场域""历史还原"论)和"民国(文学)机制"(也称为"民国国家历史文化情态"论),因为后二者的方法论特性更大一些。

---

① 张中良在《民国文学历史化的必要与空间》(《文艺争鸣》2016年第6期)等文章中介绍了自己由左翼文艺、革命文艺研究而进入"民国文学"论的心路历程,体现了"民国文学"论形成的一种学术自然性。

一　“民国左翼”：民国文学视角中的左翼文艺研究

千禧年之际，底层文学讨论趋热，这导致一度受抑的左翼文艺和革命文艺在世纪之交重回学术视野并再度热烈起来。在 21 世纪第一个十年，关于左翼文艺的大型学术研讨会就有三四次。其中 2006 年 1 月在汕头大学举办的中国左翼文学国际学术研讨会就非常有影响。在这次会议的闭幕词中，王富仁指出：“在‘文化大革命’结束的时候，我们把徐志摩、沈从文、张爱玲这些非左翼的作家的价值突出出来”①，“但是，当我们在争取这一批人的自由的时候，我们想一想，我们却重新把另外一批人押上了历史的审判台，这时被审判的是谁？是鲁迅，是左翼”。② 对此，重视左翼精神的王富仁说：“我觉着，在这个时候重提左翼对我们来说是有价值的，并且可以成为一个学术的生长点。围绕左翼我们会作出各种各样的判断，正是由于大家对它的文学道路、它的教训经验作出各种各样的判断，我们才有争鸣，我们才有讨论，我们才不会自说自话，才不会一片歌舞升平”。③ 因此，作为一种新的学术生长点的、以超越各种二元对立为目标的“民国文学”论自然非常重视如何安置、整全左翼文艺、革命文艺的问题④。这一方面是学术建构的需要，另一方面也是受当时理论环境的影响，加之立论者多受王富仁学术思想的影响，以精神左翼自居，也就形成了一个“民国左翼”的研究成果。

受新历史主义和文化研究范式的影响，从民国角度（比如宪政法制、民国经济、文化制度、文艺政策、现代传媒、出版经济、租界机制、演出市场化、社团乡党文化、学术共同体等）研究左翼文艺、革命文艺其实在“民国文学”论成规模之前就已经展开，我们不能将所有这一视角的研究都归入“民国文学”论。比如说，从“空间”角度研究政治和文学的关系，为左翼文艺研究提供了一种新的研究视野和架构，激发了从空间体验（狭义到都市经验、都市意识）来研究左翼作家的精神体验以及由此导致的革命文学景观，几乎已成为显学。这些研究很难说是受到“民国文学”论的影响，而将之理解成受到共同西方理论资源——比如经过李欧梵（“公共空间”“现代性”）、刘禾（“民族国家话语”）这样一些学术中介影响的结果会更为合适一些。

因此，我们需要对“民国左翼”的限度加以说明：这里所称的“民国左翼”指的是“作为方法的民国”方法论下形成的左翼文艺研究。接下来我们分六方面，从“民国左翼”的研究方法、主体性、缘起和发展、左翼文艺的非同一性和遮蔽性、革命文学谱系等角度，分析“民国文学”视野中的左翼文艺及其研究问题。

---

① 王富仁：《有关左翼文学研究的几点思考》，《东岳论丛》2006 年第 9 期。

② 王富仁：《有关左翼文学研究的几点思考》，《东岳论丛》2006 年第 9 期。

③ 王富仁：《有关左翼文学研究的几点思考》，《东岳论丛》2006 年第 9 期。

④ 梁子民、毕文昌在《学术史分期的当代意义》（2006 年 12 月 6 日《中国青年报》）中最早提出“民国文学”研究需要重视“延安文学”“解放区文学”“左翼文学”的重新解释问题。

第一,"民国左翼"的方法论。

"民国文学"论者非常强调"作为方法的民国"这一命题,自然也倡导左翼文艺的"民国"方法研究。"作为方法的民国"有多种内涵,有张中良最先开始的"历史还原"方法,也有张武军强调的"历史语境"说法,李怡最先强调的是从"国家历史情态""民国历史情境"进入问题。后来李怡将之统一命名为"作为方法的民国"的"民国(文学)机制"论。

那什么是"民国机制"?李怡认为:"2010 年,在进一步的研究中,我对文学的'民国机制'作出了初步的总结。我提出:'民国机制'就是从清王朝覆灭开始在新的社会体制下逐步形成的推动社会文化与文学发展的诸种社会力量的综合,这里有社会政治的结构性因素,有民国经济方式的保证与限制,也有民国社会的文化环境的围合,甚至还包括与民国社会所形成的独特的精神导向,它们共同作用,彼此配合,决定了中国现代文学的特征,包括它的优长,也牵连着它的局限和问题。为什么叫做'民国机制'呢?就是因为形成这些生长因素的力量酝酿于民国时期,后来又随着 1949 年的政权更迭而告改变或者结束。"① 换言之,"民国机制"指的就是民国期间对文学发展和形态形成有影响或决定作用的各种结构、因素、环境诸作用力的总称或者综合。

对于这种方法论的意义,李怡认为至少有三方面:一是倡导我们的现代文学学术研究应该进一步回到民国历史的现场;二是史料考证与思想研究相互深入结合;三是将外部研究(体制考察)与内部研究(精神阐释)结合起来,以"机制"的框架深入把握推动文学发展的"综合性力量",这对过去"内外分裂"的研究模式是一种突破。② 其中"将外部研究(体制考察)与内部研究(精神阐释)结合起来"就是"民国左翼"研究的一个重要方法。李怡认为,"这样的研究一开始就建立在'提问'的基础上,是为了回答现代文学的诸多问题,我们才引入了'民国机制'这样的概念,因为'提问',我想我们的研究无论是在文学思潮运动还是在具体的作家作品现象方面都会有一系列新的思维、新的结论"。③

至于何谓"外部研究(体制考察)",具体到李怡《怎样讨论中国现代文学的"民国机制"》和张中良《三论现代文学与民国史视角》等文中,主要指的是民国的宪政民主、民国法律、作家权利保障、知识生产体制、民族经济、民国教育等文学生态环境。在其中,李怡非常强调的是民国宪政制度对于包括左翼文艺在内的民国文学具有基础性的机制作用。

第二,"民国左翼"的缘起和发展。

民国文学论者"将外部研究(体制考察)与内部研究(精神阐释)结合起来"的

---

① 李怡、周维东:《文学的"民国机制"答问》,《文艺争鸣》2012 年第 3 期。
② 李怡、周维东:《文学的"民国机制"答问》,《文艺争鸣》2012 年第 3 期。
③ 李怡、周维东:《文学的"民国机制"答问》,《文艺争鸣》2012 年第 3 期。

研究方法，[①] 运用到左翼文学缘起和发展问题上，自然非常强调左翼文学发生的民国机制因素和发展的精神性因素，自然会产生"一系列新的思维、新的结论"。[②]

在"民国左翼"缘起问题上，和传统左翼文艺研究重视国际左翼文艺运动的影响研究（艾晓明）、左翼文艺是新文学发展的必然结果（王富仁）或者是一系列历史事件影响的结果（李何林）等研究路径不同，"民国文学"论较为强调左翼文艺缘起的民国因素。2010 年李怡在《民国机制：中国现代文学的一种阐释框架》一文中，明确指出："五四奠基的'民国机制'在后来逐步显示了强大的文化建设力量，甚至在某种程度上构成了对国民党专制独裁的某种制约，例如二十年代后期兴起的左翼文化，这是我们现代文化史与文学史讨论的重要问题，但值得注意的是，恰恰是在国民党血腥的'清党'之后，左翼文化得到了蓬勃的发展，并且努力抵抗了专制独裁势力的绞杀迫害，左翼文化能够获得基本的生存空间，这在很大程度上也得益于自五四时代就开创出来的'民国机制'"。[③] 不仅左翼文艺如此，整个民国时期革命文学也体现了这一根本原因："中国的抗战文学之能包容国统区与解放区之分，而且在一定程度上还可以形成这两个不同的政治意识形态的交流与对话，本身就是根植于'民国'的社会政治格局与文化格局"。[④] 2012 年李怡在《宪政理想与民国文学空间》一文中依旧强调，文化专制虽然对左翼文化戕害，但左翼文艺的发展也得益于民国宪政体制给予的自由空间。当然，"民国文学"论内部在这个问题上也有一些差异，比如张武军就非常强调五卅惨案对于革命文学形成的影响。

在"民国左翼"发展问题上，"民国文学"论非常强调内部研究（精神阐释）这一方法，也就是从精神阐释层面分析"民国左翼"发展的原因。李怡就认为："例如一般认为 20 世纪 30 年代左翼作家的现实揭弊都来源于他们生活的困窘，其实认真的民国生活史考察可以告诉我们，但凡在上海等地略有名气的作家（包括左翼作家）都逐步走上了较为稳定的生活，他们之所以坚持抗争在很大程度上还是来自理想与信念。"在这个一般性的命题下，李怡进一步以左翼文艺巨作《子夜》为例，来说明精神阐释在文艺批评上的具体运用。他说："再如目前的文学史认为茅盾的《子夜》揭示了民族资产阶级在现代中国没有前途，但问题是民国的制度设计并非如此，其实民营经济是有自己的生存空间的，尤其是 1927 年至 1937 年被称作民国经济的黄金时代，这怎么理解？显然，在这个时候，茅盾作为左翼作家的批判性占据了主导地位，而引导他如此写作的也不是什么'按照生活本来面目加以反映'的 19 世纪欧洲的'现实主义'原则，而是新近引入的马克思主义的阶级观念。民国体制与作家实际追求的两相对照，我们看到的恰恰是民国文学的独特景象：这里不是什么遵循现实主义原则的问题，而

---

① 李怡、周维东：《文学的"民国机制"答问》，《文艺争鸣》2012 年第 3 期。

② 李怡、周维东：《文学的"民国机制"答问》，《文艺争鸣》2012 年第 3 期。

③ 李怡：《民国机制：中国现代文学的一种阐释框架》，《广东社会科学》2010 年第 6 期。

④ 李怡：《民国机制：中国现代文学的一种阐释框架》，《广东社会科学》2010 年第 6 期。

是作家努力寻找精神资源，完成对社会的反抗和拒斥的问题，在这里，文学创作本身的'思潮属性'是次要的，构建更大的精神反抗的要求是第一位的。在这方面，是不是存在一种'民国气质'呢?"[①] 换言之，《子夜》的成功不能称之为遵循现实主义原则的结果，而是作家"精神反抗的要求"的结果。

由此我们可以看出，"民国左翼"的方法论及其产生的"新的思维、新的结论"是完全不同于唯物史观的。其研究有着明显的文化研究和文人精神本位的路径特点，在最终旨趣上是指向民国性的。

第三，左翼文艺的主体地位。

"民国文学"论既反对各种一元论文学史观，也想超越各种二元对立的文学史观，目的是建立一种不追求同一性、没有遮蔽性、包容性强的阐释架构。这似乎造成了人们对"民国文学"论缺乏主体性的担忧。但这担忧实无必要。张中良在《回答关于民国文学的若干质疑》中承认多元一体的丰富性，恰恰说明了"民国文学"论是一种多主体论。这点在"民国左翼"上体现得很明显，因为"民国文学"论主观上没有消解主流文学史观或者政治化文学史观的意图，也就必然造成了多主体论的存在，也就是说左翼文艺具有主体性，但它肯定不是唯一的。

但"民国文学"论关于民国文学主体的讨论有不同的路径。比如李怡偏向将自由主义文学和左翼文学并列为民国文学的主体，张中良则通过大量自己的研究体验强调民族主义文学在民国文学史上的主体地位，而张武军则是通过对 20 世纪 20 年代中国青年党的系统连续的考察，赋予国家主义文学主张一种主体性地位。相应的，原先占主导地位的无产阶级文学或者无产阶级与资产阶级文学二元对立的民国文学主体论则得到消解。这种主体地位的安排和"民国左翼"在主体论上是统一的、自洽的，延续了 21 世纪以来对左翼文学主流意识形态论和话语霸权论的批判，具有一定的学术意义。

第四，左翼文艺的非同一性及遮蔽性。

非同一性和遮蔽性是两个不同性质的问题。所谓非同一性，指的是左翼文艺内外部存在着许多非同一性现象，比如在内部不仅有"左而不作"的现象，也有自由主义书写的现象，在外部也有"左外有左"的存在，比如自由主义作家也有左翼书写的现象等。王富仁说："左翼文学本身也不是一个统一的文学"，它包含四个层次。[②] 蒋光慈被左联开除也说明了左翼文艺的多样性。虽然对于左翼文艺多面相的揭示不属"民国左翼"首倡，因为早在 2000 年中国现代文学研究会第八届理事会第二次会议上这就被当作一个重要议题提出，但其在批评实践上全面展开"民国文学"论贡献良多。

相比非同一性，"民国左翼"对于遮蔽性问题则是非常重视。在"民国左翼"看来，主要存在着三种遮蔽。一是左翼文艺叙事对其他文艺主体、文艺现象和文艺人物的遮蔽。这其实是任何一元论或者二元对立论文学史观都难以避免的现象。杨丹丹在

---

① 李怡、周维东：《文学的"民国机制"答问》，《文艺争鸣》2012 年第 3 期。

② 王富仁：《关于左翼文艺的几个问题》，《中国现代文学研究丛刊》2002 年第 1 期。

《“现代文学史”命名的追问与反思——对“中华民国文学”概念的意义解读》中将“遮蔽”视为各种传统现代文学史观的共同特点。此外，张中良在多篇文章中对正面战场文学、抗战文学、大后方文学被新民主主义革命文学史观遮蔽甚至歪曲等现象表示不满。而在理论上对遮蔽问题阐释较多的是李怡。他提出：“在当前，强调文学的‘民国’意义，其主要目标是为了让那些‘现代’叙述所遮蔽的文学现象入史。问题在于，被‘现代’所遮蔽的文学现象主要是什么？是‘非现代’的传统文学样式吗？在我看来，这些‘非现代’的传统文学样式固然也存在被遮蔽的现实，但是更大的被遮蔽却存在于对整个文学史演变细节的认识和理解之中。”① 虽然他针对的是“现代”文学史观的遮蔽性，但毫无疑问也应包括革命文学史观。二是左翼文艺对精神主体的遮蔽。“民国文学”论和“民国左翼”强调内部研究（精神阐释），有着鲜明的人学路径。杨丹丹说，注重时间性的“民国文学”能够“真正做到‘文学史’与‘人学史’的对照和互通，为文学史写作的完整性和个性化提供了一个更加广阔的空间”。② 因此，“民国左翼”非常重视左翼作家的精神性分析，正如在前面左翼文艺缘起问题中我们所看到的那样，“民国左翼”不惜将其上升到第一性来对待。三是对选择性遮蔽的揭示。张武军在《文学革命到革命文学的另一种叙述——中国青年党视野下的革命与文学》等文章中发现了被无产阶级革命文学选择性遮蔽的其他性质的革命文学家。他说：“五卅之后的胡云翼和刘大杰，其创作不再是对五四文学前辈的简单模仿，而是走上了新的革命文学之路。尤其是刘大杰，作品集多达十几种，翻译也颇丰，他绝对是文学史上被低估的一位作家。然而，不论是胡云翼，还是刘大杰，学界后来都只记住了他们是宋词研究专家，中国文学史专家，有关他们的青年党身份，有关他们国家主义革命的文学倡导，则被彻底遗忘，或被有意遮蔽。”③

因此，相对于对左翼文艺非同一性的重视，“民国左翼”对于传统左翼文艺研究中遮蔽现象的揭示更具独特价值和贡献。

第五，革命文学谱系问题。

革命文学谱系问题是近些年左翼文艺、革命文艺研究的一个热点。这个问题并不限于民国文学视野，但却为“民国文学”论者最为重视。甚至由于“民国文学”热力所及，像陈建华这样的重要学者也参与到民国文学与革命机制的谈论中，提出了“革命机制”也是民国机制的一个重要内容的观点。④

“回到民国历史语境重构革命文学谱系”是“民国左翼”或者说“民国文学”论的

---

① 李怡：《“民国文学”与“民国机制”三个追问》，《理论学刊》2013年第5期。

② 杨丹丹：《近年来“民国文学”研究述评》（张福贵《结语》，《民国文学：概念解读与个案分析》，花城出版社2014年版，第333页）。

③ 张武军：《文学革命到革命文学的另一种叙述——中国青年党视野下的革命与文学》，《文学评论》2018年第2期。

④ 陈建华：《喧嚣的“左翼”——1920年代末北伐革命与上海世界主义》，《中山大学学报》（社会科学版）2015年第4期。

一个理论自觉。[①] 李怡、张武军等重点研究了文学革命向国民革命文学、再向无产阶级革命文学（左翼文艺）演变的详细过程，系统论述了多维革命史观下的革命文学的复杂性，并对革命文学谱系做历史还原与重新梳理。而在其中，张武军的研究最具理论意识，成果也最具理论形态。

首先，强调民国宪政是革命文学之源。

和李怡一样，张武军也非常强调民国宪政是民国文学机制的核心和本源，这自然可以导论出民国宪政机制是民国革命文学根源的理解。在《民国语境下的左翼文学》一文中，张武军明确提出：“首先，左翼革命文学的起源和捍卫中华民国的宪政法制相关”，“正是在这样的护法的国民革命中，才生发出了革命文学的需求”[②]，“其次，1928年后，左翼革命文学取得迅猛发展，仍和民国法制有着密切的关系”。[③] 文章列举了左右翼不清或交混的历史现象，提出：“要阐述清楚左翼文学和右翼文学，仅仅回到民国历史文化语境中是不够的，我们还需要回到民国宪政法制框架中去，正视宪政法制的作用”[④]，“我们说左翼革命文学的发生正是基于对民国法制尤其是宪法的维护，是对民国宪政法统的恢复”。[⑤] 因此可以说，“民国左翼”将革命文学缘起这个问题法律化了。

其次，强调“国家主义”革命文学观在革命文学谱系中的关键作用。

和民国文学的多主体性一致，民国文学视野中的革命文学是多谱系的，并不限于无产阶级革命文学一家。在民国文学视野中，三民主义、国家主义、民族主义、共产主义、自由主义甚至无政府主义、保守主义，都有过自己的革命话语，在革命文学谱系中具有各自不同的作用和地位。在其中，“国家主义”得到特别的重视和强调。张武军在“国家与革命”和“民国视野下的中间党派和文学”为主题的一组文章中，主张不把中间派放在“左右”二元的模式中去讨论，而是以其自身主体性来讨论中间派文学。因此，张武军将共产党的阶级革命、国民党的国民革命、青年党的全民革命的三党革命并列起来考察，在三党竞革的架构中理解“革命文学、革命文艺”，认为青年党在文学革命到革命文学的转变过程中有很大的贡献，是研究革命文学谱系的重要领域之一。[⑥] 张武军甚至认为存在着一个“五卅国家主义革命时期”：“回到民国历史语境重构革命文学谱系，不能不提及五卅运动的重要性”[⑦]，“毫无疑问，回到民国历史语境，不得不正视五卅之于革命文学生成的重要意义。正因为五卅运动和国家主义革命理念的兴起，一些五四文学青年走上国家主义革命文学之路，包括一些后来声称转向无产

---

① 张武军：《文学革命到革命文学的另一种叙述——中国青年党视野下的革命与文学》，《文学评论》2018年第2期。

② 张武军：《民国语境下的左翼文学》，《郑州大学学报》（哲学社会科学版）2012年第5期。

③ 张武军：《民国语境下的左翼文学》，《郑州大学学报》（哲学社会科学版）2012年第5期。

④ 张武军：《民国语境下的左翼文学》，《郑州大学学报》（哲学社会科学版）2012年第5期。

⑤ 张武军：《民国语境下的左翼文学》，《郑州大学学报》（哲学社会科学版）2012年第5期。

⑥ 张武军：《国家与革命：中间党派的文学观照》，《现代中国文化与文学》第26辑，2018年第3期。

⑦ 张武军：《文学革命到革命文学的另一种叙述——中国青年党视野下的革命与文学》，《文学评论》2018年第2期。

阶级革命文学的作家，如最具代表性的郭沫若和田汉，其文学转向和革命文学观念的生成，同样经历了一个五卅国家主义革命时期”。[①] 为此，张武军重点介绍《醒狮》和胡云翼、刘大杰等人的国家主义革命文学观，考察中国青年党等其他党派的革命和文学关系认识和理论建设对整个文学革命到革命文学转换的影响，以郭沫若和田汉的转变，说明国家主义革命文学思想在从五四文学革命到后来无产阶级革命文学这样一个谱系发展过程中的桥梁和转折点的意义。这种视角，可以用来辨析左联时期的观念之争，张武军甚至将自由主义也完全纳入国家主义的范畴："梁实秋和左翼的革命文学之争，过去我们主要把它看成是自由主义作家的人性论和革命的阶级论之争，可是考察梁实秋的《文学与革命》《诗人与爱国主义》《文学里的爱国精神》，再结合梁实秋的国家主义活动，这场论争中的国家主义的革命观和马列主义的阶级革命论之争似乎被我们忽略了”。[②]

再次，赋予"国民大革命"为革命文学之母的意义。

早在2012年，张武军就提出了革命文学谱系必须溯源到"国民革命"的观点。在《民国语境下的左翼文学》中，张武军否定了传统的左翼文艺和革命文学研究的无产阶级革命谱系论："有关左翼文学的发生和探源，学界有两种比较有代表性的观点，第一种观点认为革命文学起源于1920年代的大革命，认为邓中夏、沈泽民等共产党人较早开始了革命文学的提倡。把革命文学的提倡追溯到早期共产党人，显然是要构造无产阶级革命文学的'革命'正统性。但事实上，邓中夏、沈泽民以及后来的茅盾等人倡导革命文学时的'革命'并不是无产阶级性质的革命，而且当时倡导革命和革命文学的不仅有共产党人，还有国民党人和其他派别的作家"。[③] 在否定的基础上，张武军改宗"国民革命"论："在大量倡导革命文学的文章中，其理论资源多种多样。有人从俄苏革命文学寻找理论依据，如瞿秋白的《赤俄新文艺时代的第一燕》，也有从法国大革命中找到启示，如郭沫若的《文学与革命》，也有从英国浪漫主义那里发现共鸣，如沈雁冰（茅盾）的《拜伦百周年纪念》，也有从阶级论立场来谈论，如沈泽民的《文学与革命的文学》、郁达夫的《文学上的阶级斗争》等。不论倡导革命文学的理论资源多么迥异，只要一具体到革命文学中的国内'革命'，都无一例外指向'护法'的国民革命，包括早期提倡革命文学的共产党人也认可'革命'就是国民革命。如郭沫若在《文学与革命》中称革命是对外'打倒帝国主义'，对内'打倒军阀'的'国民革命'，'国民革命'是郭沫若这篇文章中一个关键词。早期共产党人沈泽民在《文学与革命的文学》指出倡导革命文学的'都是承认中国非国民革命不可的人'，陈伯达在《洪水》

① 张武军：《文学革命到革命文学的另一种叙述——中国青年党视野下的革命与文学》，《文学评论》2018年第2期。

② 张武军：《文学革命到革命文学的另一种叙述——中国青年党视野下的革命与文学》，《文学评论》2018年第2期。

③ 张武军：《民国语境下的左翼文学》，《郑州大学学报》（哲学社会科学版）2012年第5期。

杂志上发表的文章题目就是《努力国民革命中的重要工作》，郑伯奇在《创造周报》上发表文章题目就是《国民文学论》"。[①]

为了将这一观点变为科学的论断，数年后"民国文学"论者对这一立论进行了详细论证。李怡在《谢冰莹〈从军日记〉与民国"大文学"写作》，张武军在《"国民革命与革命文学、左翼文学的历史检视——以武汉〈中央副刊〉为考察对象"》《"红与黑"交织中的"摩登"——1928年上海〈中央日报〉文艺副刊之考察》《训政理念下的革命文学——南京〈中央日报〉（1929—1930）文艺副刊之考察》《从民国报纸副刊探寻现代文学新的历史叙述》等文章中，都着力强调和说明国民大革命对于革命文学的母题意义。张武军指出："我们不只是回到大革命的历史时段，更应回到多维革命史观下的大革命中来检视革命文学和左翼文学，即回到民国历史视野下的大革命中去，摆脱过去单一的革命史观，正视大革命的含混、复杂、多重可能性，这才是我们探究革命文学、左翼文学丰富性的逻辑起点"[②]，"回到民国历史文化视野下重新考察大革命和革命文学的关系"[③]，"在民国的历史语境中，考察武汉《中央副刊》既是对革命文学、左翼文学在历史语境中的重新检视，也是对中国革命文学谱系的重新构造"。[④] 为此，张武军赋予"国民大革命"为革命文学谱系问题之母的意义："在这一份时间并不长的报纸副刊上，有太多的话题值得我们进一步讨论，有太多的作家作品值得我们进一步关注。例如，30年代红色革命文学成为主流是否和一个强力的武汉革命政府和革命党报支撑与培育相关？《中央副刊》有关托洛斯基革命文学观念的提倡和30年代之后革命文学观念究竟有怎样关联和差异？'左联'立场是否是对武汉政府时期左倾文化立场的一种回归？除了前面提到的陈启修、茅盾、孙伏园、郭沫若、谢冰莹之外，《中央副刊》上倡导革命文学的作家作品我们该怎么来重新审视和分析，并探讨他们之于中国革命文学、左翼文学的意义"。[⑤] 在这些论述中，一些被革命文学谱系遗忘的理论家如陈启修、胡云翼、刘大杰等被挖掘和发现。

最后，构造革命文学谱系"国家革命"总主题。

民国视野本身就是一种国家视野，在"民国文学"论发展过程中，"国家"这个要素具有越来越强的重要性，以至"国家革命"最终超越概念名不副实的"国民革命"而成为民国时期文学和政治的总的或者最高的关系范畴。2019年，张武军在《作家南下与国家革命》中提出"国家革命"的概念，认为"国民革命"（National Revolution）

---

① 张武军：《民国语境下的左翼文学》，《郑州大学学报》（哲学社会科学版）2012年第5期。

② 张武军：《"国民革命与革命文学、左翼文学的历史检视——以武汉〈中央副刊〉为考察对象"》，《中国现代文学研究丛刊》2015年第5期。

③ 张武军：《"国民革命与革命文学、左翼文学的历史检视——以武汉〈中央副刊〉为考察对象"》，《中国现代文学研究丛刊》2015年第5期。

④ 张武军：《"国民革命与革命文学、左翼文学的历史检视——以武汉〈中央副刊〉为考察对象"》，《中国现代文学研究丛刊》2015年第5期。

⑤ 张武军：《"国民革命与革命文学、左翼文学的历史检视——以武汉〈中央副刊〉为考察对象"》，《中国现代文学研究丛刊》2015年第5期。

应该指的是“国家革命”。对于民国文学和文学家而言，“‘改造国家’‘再造国家’才是头号议题”[①]。在《民国历史形态与革命文学经验》中，张武军说：“基于民国国家历史形态的考察，革命文学的多元性和复杂性得以呈现，但复杂和多元并非我们的研究目的，而是重新展开革命和革命文学研究的前提。对于民国历史形态下的多元革命实践和革命文学生成，仍需沿着‘国家’（中国）这一目标来展开，以国家和革命为主导，找寻其内在的演进逻辑，构建新的革命史观和文学叙述框架”。[②] 张武军即引“国家革命”进入文学史叙述，以文学与“国家革命”的关系为轴心和分期标准，对 1912—1949 年革命文学的发展谱系做了四个阶段的划分：第一阶段（1912—1925），以民国建立为起点，以五卅为下限，其内容是建立民国和捍卫民国的革命和文学，其意义所在有助于我们正视“被中国现代文学史遗忘和遮蔽的七年（1912—1919）”；第二阶段（1925—1931），以五卅为起点，以“九一八”为标志的抗战爆发为下线，其内容和意义在于凸显了国家革命之于现代文学的重要性；第三阶段（1931—1945），以十四年抗战为起止点，其内容和意义在于彰显完整抗战的民族革命和中国现代文学的关系，并由此重新认知 20 世纪 30 年代的左翼文学、革命文学；第四阶段（1945—1949），从抗战结束到新中国成立，其内容和意义既凸显了民国历史形态下延安文学的意义和价值，也从更广大的区域范围阐述了战后中共展开的建造新中国的革命和文学的互动关系。[③] 从文学史来看，这一研究路径很有开创性。至于学术上如何评价这一路径可能还需要再思考，但有一点是可以肯定的，这一总体性超越性姿态还是回到了政治性文学史观的藩篱，这也算是“民国文学”论的一种宿命。

第六，其他相关问题。

郭沫若研究。与其他文学史观偏于以鲁迅为中心不同，“民国文学”论和“民国左翼”尤其是它的革命文学谱系研究却是偏向以郭沫若为分析个案的。这主要因为郭沫若具有从文学革命到革命文学，从国家主义到新国家主义再到新民主主义，从国民革命文学到无产阶级革命文学再到抗战文学、大后方文学、人民文学的全过程性，在个案分析上比鲁迅具有优势。因此，从工具理性出发，“民国文学”论者认为郭沫若和民国机制有着非常紧密的关系，他们通过多篇以郭沫若为考察对象的文章来论证“民国左翼”与民国机制、国家主义、国家革命、革命文学谱系关系的新认识。“民国文学”论或“民国左翼”的郭沫若研究（主要以张武军、周文的研究为主），比如郭沫若与“孤军派”和国家主义中国青年党的关系、郭沫若赴广东大学问题考察、郭沫若对于“两个口号”之争的态度、抗战时期的郭沫若形象塑造和国共两党民族话语争夺等，有许多新的发现。

左翼文艺向延安文艺转化问题。一般认为，作为运动形态的左翼文艺在 1936 年

---

① 张武军：《作家南下与国家革命》，《文学评论》2019 年第 4 期。

② 张武军：《民国历史形态与革命文学经验》，《文艺理论与批评》2019 年第 5 期。

③ 张武军：《民国历史形态与革命文学经验》，《文艺理论与批评》2019 年第 5 期。

"两个口号"和鲁迅去世后基本就结束了，但作为理论形态或者精神姿态，左翼文艺一方面在国统区通过胡风以及后来的"三大批判"延续到20世纪50年代初期（王富仁认为这才是左翼文艺真正的终结），另一方面则通过左翼文人（部分通过中央苏区）在延安一直延续到1942年《讲话》之前（对萧军的批判则延续到"东北批判"时期）。对后者，张武军等对左翼文艺"无缝"接入延安文艺进行了深入分析和探讨，很大程度上深化了我们对这一问题的认识，比如1942年之前边区政府和国民政府的财政关系与1942年之前延安文艺生态之间的关联。周维东则接续了民国机制和延安文艺关系的研究。

文献史料研究。新时期以来，经历过20世纪80年代几波史料收集整理热潮后，左翼文艺、革命文艺的史料发掘工作一度停滞。而最近几年来，现当代文学学科掀起了史料学研究热潮，"民国文学"论在其中也做出了很大的贡献，显示了史料研究对于左翼文艺研究的重要性。后期的"民国文学"论非常重视史料研究，甚至提出了"大史料"的口号。这是"民国文学"论转入文学史料学研究的一个内部动力，也是"民国文学"论取得丰硕成果的一个关键。可以说，"民国左翼"的许多成果是建立在他们史料自觉的基础上的。张武军《从民国报纸副刊探寻现代文学新的历史叙述》甚至将史料研究和革命文学谱系的对应关系做了说明："通过对上海《民国日报》和《广州民国日报》及其副刊的考察，我们可以理解早期的革命文学所指为何，以及上海国民党人何以率先竖起新文化运动的大旗，而且从上海《民国日报》到国民党改组后第一党报《广州民国日报》，我们亦可建构文学革命到革命文学的另一种叙述：通过对武汉《中央日报》副刊的考察，我们可以重新认识国民大革命实践与'革命文学''左翼文学'的复杂关系；通过对上海《中央日报》文艺副刊的考察，我们可以重新理解1928年以后革命文学的复杂性以及中国文学的'现代性''摩登性'；通过对《河北民国日报》《天津民国日报》《华北日报》副刊的考察，我们可以重新思考北方的革命和文学传统——被'京派'和上海左翼所'遮蔽'的传统；通过对南京《中央日报》及其副刊的考察，我们可以探寻革命话语如何演进到民族话语、民族主义文学如何逐步发展成为官方文学的历程，进而引发我们重新思考1930年代革命文学的问题；通过对重庆《中央日报》及其副刊的考察，我们可以认知战时文学生态；通过对战后留守重庆和迁回南京的两份《中央日报》及其副刊的考察，我们可以探究战后中国文艺走向的命题……这样的叙述无疑将会打开现代文学研究的新局面。"①

"民国文学"论还有许多关于抗战文学、大后方文学、延安文学的研究成果，都值得关注，鉴于和本主题无关，此处就不予展开。

二　"左翼民国"：民国风貌中的左翼文艺

"民国"能够成为方法，那么"左翼"自然也能成为方法。因为左翼文艺是全方位

---

① 张武军：《从民国报纸副刊探寻现代文学新的历史叙述》，《四川大学学报》（哲学社会科学版）2019年第6期。

的文艺，从最初延续五四新文学个性解放、家庭革命的主题和题材开始，到对城市阶级斗争、文化圈层、自然灾害、农村破产、乡绅佃农、疾病瘟疫、都市景观、商业文明等进行全方位的描写，可以说左翼文艺对民国的介入和表现是非常全面的，确实有一个“左翼民国”艺术世界的存在。因此，研究“左翼民国”既可以让我们了解民国，也可以让我们反观左翼。

这形成了对“左翼民国”的三种研究路径。第一种是通过对左翼文艺中民国风貌描写来发现民国、发现历史。正如张中良所说：“只要我们从民国史的视角来看，就会看到五光十色的民国政治生活、经济生活、风俗场景与精神风貌。”[①] 近些年，在“民国文学”论的推动下，通过左翼文艺来考察、观察、发现民国的研究方兴未艾。第二种是通过左翼的视角来研究其他民国文学或者其他民国问题，比如《从“左翼”视角看曹禺的〈雷雨〉与〈日出〉》（王艳春）等研究路径。第三种是通过对左翼文艺中民国风貌的描写，来反观左翼文艺和左翼文人，进而对左翼文艺有新发现，比如《30年代左翼诗歌视野中的都市》（张林杰）《左翼视角下的城市现代性书写——论20世纪30—40年代草明的城市叙述》（张鸿声、胡洪春）《从启蒙现代性到城市现代性》（张鸿声）《民国经济下的左翼农村题材小说》（布小继）等研究路径。当然其中有肯定性也有否定性的不同学术立场。

需要说明的是，第一种研究是一种文艺社会学、知识学的研究，是一种文化研究，这种研究不是我们关注的类型，因为它的重点在“民国”；第二种研究虽然是文学研究，但它的重点不在“左翼”而在其他文学，“左翼”只是作为一种研究方法或是进入问题的视角；第三种研究才是我们要讨论的重点，因为它的重点在“左翼”。但对后者我们不可能全面论述，在这里仅以左翼文艺对于都市文明的表现及对其研究来做一点说明。因为通过对左翼文艺作品中的都市文化和消费主义的描写（尤其是左翼电影，对民国都市和商业文明有着直观的表现），可以发现左翼文艺独特的都市体验和革命意识等。

因为20世纪世界范围内和中国早期的阶级斗争主要是城市工人阶级斗争（或者说20世纪20年代社会革命代替思想革命之后，城市成为中国革命和文学的中心），因此左翼文艺具有推崇都市文明的传统。最早倡导“无产阶级文化”的蒋光慈在《十月革命与俄罗斯文学》中就认为无产阶级诗人第四种特质就是“城市的歌者”。[②] 由此可见，左翼文艺并不像李欧梵等学者批判的那样，对于都市文化和消费主义只有批判、反（审美）现代性的一面；也不像传统左翼文艺研究那样，只看到左翼主体对城市客体的批判，而看不到客体对主体的塑造。

这种局面在“左翼民国”第三种研究路径中有了突破。比如，高兴在《渊薮与战场——革命文学作家对于民国上海的空间体验》《民国上海都市空间与革命文学作家的

① 秦弓（张中良）：《三论现代文学与民国史视角》，《文艺争鸣》2012年第1期。

② 蒋光慈：《十月革命与俄罗斯文学》，《蒋光慈文集》第4卷，上海文艺出版社1988年版，第126页。

精神体验》等文章中，比较了左翼文艺与自由主义、现代主义在都市批判上的同与不同，揭示了左翼作家对都市文化或者商业文明描写中蕴含着革命性（历史现代性）一面的深刻认识。作者通过茅盾的"子夜"意识、鲁迅的"夜上海"意识、冯乃超的"上海简直是一个战场"的观点，以及瞿秋白的《子夜》评论、殷夫诗歌的分析，说明对于左翼作家的都市体验或者都市意识而言，都市现代性的主要意义不是审美现代性意义上的反现代性，表现为左翼文人对于都市罪恶渊薮的批判（当然这个都市体验不仅限于左翼作家），而是一种历史现代性的意义，表现为左翼文人对都市同样是"战场"的社会现代性或者历史现代性的体验。他认为后者才是革命文学作家都市意识的特质。[①] 此外，高兴甚至还专门研究了1930年前后的中国左翼文人与城市马路的关系，阐述左翼文人的活动方式、文化空间及马路意识（包括马路文化意识、马路阶级意识、马路冒险意识、马路运动意识等），借此剖析左翼文人的心理规律与思想脉络，以及内部的差异。[②]

由此可以看出，通过"左翼民国"的研究来认识左翼文艺，是一个很有学术意义的研究路径。但遗憾的是，无论在传统左翼文艺研究还是民国文学视野中，这一研究路径并不多。实际上，就全貌来讲，诸多左翼文艺作品文本分析（尤其是题材分析）、作家个案分析、比较研究（左翼文艺内外不同作家都市题材创作的比较研究、甚至是国际间的比较研究、不同城市区域左翼文艺群体的比较研究）都市叙事的文类研究（小说、诗歌、戏剧、电影）等，可以说，大多数"左翼民国"都市叙事研究还是属于传统的左翼文艺研究范式或者文化研究范式。因此，这一研究路径还有待进一步的独立发展。

三 "民国左翼"略论

作为一种新的理论范式，"民国文学"论有着许多优点，比如历史还原、历史语境的方法论，强调民国场域和民国国家历史文化情境，兼顾了文学的内外部研究、理论和范式架构的时空性、价值和意义的中立性（追求走出"一元论""二元对立"的超越性和整体性）、学科发展的使命性、非现代性非西方的新的主体性（强调"中国作为方法"的主体性），人学维度等，其积极意义和学术精神应该得到肯定。但"民国文学"论在建构过程中也遇到诸如如何整合"中华民国在台湾"等文学史难题、"民国"在1912—1949年间的有效性问题（因为民国并不是铁板一块，这影响了"民国文学"阐释力的问题）、"民国文学"论会不会解构经典的问题（不可否认，"民国文学"论的"泛历史化"客观上存在着过于强调细枝末节的倾向）、会不会消解整一性主线的问题

① 高兴：《渊薮与战场——革命文学作家对于民国上海的空间体验》，《河北师范大学学报》（哲学社会科学版）2013年第5期。

② 高兴：《中国左翼文人与城市马路（1930年前后）》，《西华大学学报》（哲学社会科学版）2012年第6期。

(因为无论是新民主主义文学史观，还是现代性文学史观，或者启蒙主义文学史观，都有一个主线的整一性的问题，所以吕彦霖、赵学勇、张桃洲、吕黎等学者认为“民国文学”论缺乏一个整体性的理论支撑点)、民国机制和延安道路的问题、“民国文学”论去意义化和再政治化的问题（因为“民国文学”论在对待传统革命文学史观和现代文学学科观念时有强调去意义化，以时间或空间换意义的倾向，但在对于审美现代性或形式主义文学史观时，又有再政治化的倾向，因此不少批评者指出“民国文学”论本身就是一种政治立场，有着走第三种道路的困难)、“民国文学”论是学科问题还是研究方法问题（有的论者强调学科命名的立场，有的论者强调研究范式的立场）等诘难或者质疑。还有一些研究者为“民国文学”的对立面辩护（如罗执廷、刘治斌、赵学勇等学者，主张保留现代性或者“现代”的意义作为文学史意义和价值的主轴或者骨架）等。

相比在现当代文学学科内受到的热议，马克思主义文艺理论研究领域对于“民国文学”论较少关注。应该承认，“民国文学”论是一个完全不同于马克思主义文艺理论的研究范式，因此，从马克思主义文艺理论视角评价“民国文学”论的左翼文艺、革命文艺研究不是一个简单的事情。这里先尝试从三方面略加评论，以期抛砖引玉。

其一，“民国左翼”的精神第一性倾向。和马克思主义唯物史观不同，“民国文学”论虽然倡导内外部研究，但在具体问题上还是存在着精神第一性的倾向，非常重视和强调现代作家艺术家个体关于生命、艺术、政治的体验、经验，即个人的主体性。强调左翼文艺的精神因素，这一特性除了前面所提李怡“民国机制”方法论中有突出强调之外，在张武军的分析实践中也表现得非常明显。在《1936 年：20 世纪中国文学发展道路中的转捩点》中，张武军认为鲁迅、郭沫若、茅盾等人对于“国防口号”持异议的主要原因的分析就是基于他们对文学、生命、政治有自己独特“体验”“经验”的分析，以此作为他们对待两个口号不同态度的合理性分析的基础。[①] 这一分析模式甚至延伸到延安文艺运动时无产阶级主体性和小资产阶级主体性之争的讨论中。从而形成了以精神为第一性的文学史底层逻辑，而这与马克思主义唯物史观基于矛盾运动规律的底层逻辑是完全不同的。

其二，“民国左翼”的泛主体性倾向。无论是张福贵等人“民国文学史”强调的时间性，还是李怡等人“民国机制”强调的空间性，“民国文学”论都非常强调研究范式的超越性和整体性，因此各种文学现象在“民国文学”文学史叙事中往往被赋予了主体性。赵学勇在批评文章中指出，民国文学视角实质是一种“本质脱离”，对“新文学”本质没有整体性把握；认为它“遮蔽经典”，流于末节和散沙；认为“民国文学”命名太笼统，不能区分内部不同的“质体”，将左翼文艺和自由主义、民族主义文艺笼统地归为一类[②]，说的就是“民国文学”泛主体性、泛民主性这一特点。反映到“民国

① 张武军：《1936 年：20 世纪中国文学发展道路中的转捩点》，《东岳论丛》2016 年第 5 期。

② 赵学勇：《对“民国文学”研究视角的反思》，《中国社会科学报》2013 年 11 月 1 日。

左翼”上也是如此，各种左翼文艺的相关因素、质料、形式、他者都被纳入考察范围，虽然有的取得了很好的研究效果（比如有研究发现小学教师这一群体是影响许多左翼作家思想形成的重要因素等)，但整体上讲，已经远离理论史这一中心（从马克思主义文艺理论研究角度来看)，其所强调的外部研究，已与文化研究类似，失去了左翼文艺的主体性。

其三，革命文学谱系研究的国民革命和国家主义中心论。“民国左翼”通过对国民大革命时期共产党、国民党、青年党三党革命文学观念的考察，通过对大革命时期《中央日报》副刊等纸媒的考察，通过对郭沫若等从国家主义到国家革命再到左翼文艺路径等个案的考察，赋予了国民革命是革命文学谱系的缘起、国家主义是文学革命向革命文学发展的转折点等重要意义（国家主义对五四文学的批判导致了革命文学转向)，从而形成了一个以国民革命和国家主义为中心的革命文学谱系论。对这一意图，即便只考虑 20 世纪 20 年代初新“国民革命”概念最先由共产党提出、国民党接受、国共共同实践这一点，就可以看出，脱离无产阶级革命谱系来谈论国民革命甚至国家革命意义上的革命文学谱系，甚至不惜将早期共产党人关于革命文学的论述放置于革命文学谱系之外，试图将无产阶级革命文学这一脉络消解在国民革命甚至国家主义革命文学谱系中，显然是有问题的。此外，在许多革命文学理论可以并置的情况下，“民国左翼”又有着建立单一线性革命文学谱系论的意图，而这和其学术范式中强调非同一性和去蔽性又是矛盾的。这种矛盾性还表现在“民国文学”放弃宏大叙事的文学史叙事方式与建构 20 世纪文学史“中国经验”的理论目标之间。

任何研究范式都不可能完美。不论是作为“拾穗者”还是“机耕者”，“民国文学”论带领我们重返左翼文艺“现场”，给了我们许多新发现、新景观、新惊喜，这是值得充分肯定的。比如民国经济与左翼经济题材小说关系的研究就是“民国左翼”的重要成果之一，像妥佳宁从国民党左派经济政策出发的《子夜》研究，就不是传统左翼文艺研究容易关照或者企及的视角。[①] 因此，正如卞之琳在《断章》中写的那样：“你站在桥上看风景，看风景人在楼上看你。明月装饰了你的窗子，你装饰了别人的梦”。[②] 在学术民主时代，不同研究范式之间相互欣赏、借鉴和学习，这对于马克思主义文艺理论研究范式亦是如此。对此，我们期待“民国左翼”研究有更多学术成果的出现。

① 妥佳宁：《〈子夜〉对国民革命的“留别”》，《文学评论》2019 年第 5 期。

② 卞之琳：《卞之琳诗选》，长江文艺出版社 2003 年版，第 57 页。

“形象思维”向“图像思维”转型

——关于“形象思维”理论的再思考

潘孙千千*

（中央民族大学文学院　北京　100081）

摘要： 我国分别在20世纪50年代和80年代展开的两次关于“形象思维”问题的讨论都留下了宝贵的理论遗产，但也因当时的学者缺少话语和视角而忽视了门类艺术的多样性以及人类思维方式的丰富性。自21世纪世界进入“图像时代”以来，人类社会经历着由“形象思维”到“图像思维”的转型期，“形象思维”理论也存在着被再认识、再思考的必要。W. J. T. 米歇尔提出的“元图像”解释了图像何以成为一种思维。图像不仅是一种艺术形式，也成了一种思维模式，为“形象思维”理论带来了更多可能性。

关键词： 形象思维；图像思维；转型；元图像

我国关于“形象思维”的讨论先后在20世纪50年代和80年代展开。从20世纪30年代传入我国至20世纪80年代开始转型，“形象思维”的内涵经历了数次变迁。20世纪80年代后，有关“形象思维”的讨论逐渐转向文艺心理学、原始思维以及古代文论等多个方面的研究。在话语资源、理论资源极为丰富的当下，“形象思维”的问题可以涉及语言学、现象学、认知科学、图像学等各方面。进入21世纪，视觉图像对于人脑意识和思考方式的影响不容小觑，尤其是近十年来短视频、社交媒体、网络直播等平台的兴起，更是让我们沉浸在“图像世界”当中。由此，关于“形象思维”的研究逐渐转向了“图像”的角度。美国当代艺术理论家W. J. T. 米歇尔（W. J. T. Mitchell）在图像学领域进行了颇具贡献的开拓和探索，他以“元图像”概念为核心的图像理论以及对于图像作为一种思维的可能性的探索，都为“形象思维”理论的转型提供了重要帮助。

---

* 作者简介：潘孙千千（1997— ），女，广西柳州人，中央民族大学文学院硕士研究生。主要研究方向：文艺美学。本文系国家社科基金一般项目“艺术符号学的本土化与自主创新研究”（项目批准号：18BZX143）阶段性成果。

一 论题起点：形象思维讨论的理论遗产及其局限

“形象思维”这一概念是在19世纪30年代由俄国著名文论家别林斯基提出的，他认为“既然诗歌不是什么别的东西，而是寓于形象的思维”。① 随后在《艺术的观念》一文中，他进而提出“艺术是寓于形象的思维”的观点。② 他所要强调的是作家的创作个性，并且认为文学与艺术的独特性就在于其“形象性”。而后，受到马克思主义学说的影响，“形象思维”理论的内涵不断演变。到了20世纪，“拉普”的主要领导人法捷耶夫使其正式进入苏联的国家话语体系。③ 自此以后，关于形象思维的问题进入了意识形态的层面。

20世纪30年代初传入我国的“形象思维”理论就是在意识形态层面上展开的。1931年“左联”机关刊物《北斗》杂志刊载了何丹仁翻译的法捷耶夫的《创作方法论》，其中就提到了“形象思维”。此时文学界正处在由“文学革命”转向“革命文学”的时期，时代所要求的是文学需负担起社会责任，恢复文学与政治的联系。而同在20世纪30年代，受到西欧和北美学术影响的朱光潜用“形象的直觉”来建立自己的美学体系，促进了“形象思维”讨论的进一步展开，但因时代环境的限制，他的观点并没有获得大众的认可。④“形象思维”在中国的讨论主要分为两个阶段，第一阶段是20世纪50年代中期至60年代前期；第二阶段是在20世纪70年代末至80年代中期。在关于“形象思维”问题的第一次讨论中，多数学者肯定“形象思维”的存在，并认为它是阐释文学艺术特征的最佳理论。直到1966年4月，郑季翘在《红旗》杂志上对“形象思维”进行了强烈批判和声讨，肯定派学者因此受到了不同程度的批判，中国第一次关于“形象思维”问题的讨论，就此落下了帷幕。

1977年12月31日，《人民日报》刊登了《毛主席给陈毅同志谈诗的一封信》的手迹，毛泽东在信中提出“要作今诗，则要用形象思维方法”的观点。⑤ 自此以后，整个中国文化界尤其是文艺界都在讨论“形象思维”。第二次“形象思维”讨论与哲学界、知识界关于“真理标准问题”的讨论同时进行，为新时期的文艺理论研究、美学热与文化热开辟了道路。⑥ 高建平认为，1985年以后，对“形象思维”讨论虽走向低潮，但这一讨论却化身为文艺心理学、文学人类学研究和古代文论中的“意象”研究，都

① ［俄］别林斯基：《伊凡·瓦年科讲述的〈俄罗斯童话〉》，中国社会科学院外国文学研究所编《外国理论家、作家论形象思维》，中国社会科学出版社1979年版，第55页。

② ［俄］别林斯基：《艺术的观念》，中国社会科学院外国文学研究所编《外国理论家、作家论形象思维》，中国社会科学出版社1979年版，第59页。

③ 安静：《形象思维从俄苏到中国传入期的理论内涵变迁》，《社会科学战线》2015年第8期。

④ 安静：《形象思维从俄苏到中国传入期的理论内涵变迁》，《社会科学战线》2015年第8期。

⑤ 毛泽东：《毛主席给陈毅同志谈诗的一封信》，复旦大学中文系文艺理论教研组编《形象思维问题参考资料》（第一辑），上海文艺出版社1978年版，第1页。

⑥ 安静：《新时期形象思维讨论及其历史意义》，《沈阳工程学院学报》（社会科学版）2017年第3期。

是“形象思维”的积极发展。[①] 可以说，两次“形象思维”的讨论为后世的文艺学、美学研究留下了丰富的理论遗产：第一，蕴含了对门类艺术独特性关注的潜力，为后世“形象思维”研究的转向提供更多可能性；第二，保证了中国当代文艺理论建设一直受到马克思主义指导。但仍有缺憾之处，这种缺憾主要体现在两方面。

首先，在当时理论资源匮乏的背景下，中国学者把“形象思维”的问题局限在了马克思主义认识反映论的范围内，不能涵盖各个门类艺术所体现出的丰富性与多样性。别林斯基将所有艺术的创作过程都认为是“形象思维”的过程，这样的观点在我国新时期的讨论中也得到了继承。唐弢在《谈“诗美”——读毛主席给陈毅同志谈诗的一封信》一文中提出，“诗美，无论是音乐美或者图画美，都是诗人通过形象思维对他熟悉的生活的概括”。[②] 李泽厚《试论形象思维》一文谈到形象思维的不同特色，尽管他认为用语言来解说一个电影镜头存在着局限性，同时也提到了“……极明确极具体的视觉形象画面和蒙太奇（镜头组接）语言的思维”，[③] 触及“图像”成为一种思维的苗头，但由于理论资源的局限，他的观点仍旧停留在形象思维理论中，未能深入展开。可以说，当时的大部分学者都将形象思维论奉为圭臬。

其次，两次讨论关于“形象”这一概念的解读，大多都将其归为文学作品中的“典型形象”，这就将一个艺术独特性的问题局限在了小说人物形象塑造的过程中，抑制了“形象思维”的理论内涵。在 20 世纪 50 年代的讨论中，李泽厚提到，“形象思维的过程就是典型化的过程”。[④] 1981 年，包永新在《形象思维二题》中表达了对这一观点的否定，并将作家的形象思维与文艺创作的典型化加以区分，[⑤] 但遗憾的是并未得到重视。形象不能将所有艺术门类涵盖进去，“形象思维”只是把握艺术的方式之一，不能说所有认识的艺术方式都是形象思维。例如舞蹈，它更注重的是舞蹈演员在表演时的人体姿态的律动和表情的变化，是一种形体艺术；再如音乐、诗与散文，三者都可以称作艺术，但它们之中并没有形象，有的只是理念（idea）的印象。我国著名画家吴冠中在《形象思维与逻辑思维》一文中谈论到诗的绘画性，他认为诗人贾岛的诗是抽象的绘画，诗中有画，能够让人从他的诗中感觉到点、线、面的效果。[⑥] 作者在这篇文章当中说到的诗的形象性已然不是停留在“形象思维”讨论中所说的形象（image），而是抽象的绘画性，它已经脱离了文字层面而进入了视觉层面，若是仅用“形象思维”去解释就显得过分单薄了。

可以看到，两次论争中的学者们缺视角、缺话语，因而存在着诸多局限。在 20 世纪 80 年代之后，“形象思维”的问题研究开始转向文艺心理学、原始思维、古代文论

---

① 高建平：《“形象思维”的发展、终结与变容》，《社会科学战线》2010 年第 1 期。

② 唐弢：《谈“诗美”——读毛主席给陈毅同志谈诗的一封信》，《文学评论》1978 年第 1 期。

③ 李泽厚：《试论形象思维》，《文学评论》1959 年第 2 期。

④ 李泽厚：《试论形象思维》，《文学评论》1959 年第 2 期。

⑤ 包永新：《形象思维二题》，《延安大学学报》（社会科学版）1981 年第 Z1 期。

⑥ 吴冠中：《形象思维与逻辑思维》，《装饰》1993 年第 4 期。

等多个方面。而到如今，话语资源、理论资源极为丰富，“形象思维”问题可以涉及语言学、现象学、认知科学、图像学等各个方面。尤其是21世纪世界进入图像时代以来，图像占据了越来越重要的地位，许多学科领域的研究都无法脱离图像学的理论分析。在这里，关于“形象思维”问题的讨论集中在“图像”的视角之下。

二 可能世界：从“形象思维”到“图像思维”的转变

20世纪80年代，对“形象思维”理论的研究开始转型，这些对“形象思维”的积极发展值得肯定。但是，“认识论上的经验的和符号的态度，可以提供更多的启示”。[①]我国两次关于“形象”能否“思维”的讨论，实际上是关于人类的各种认识，是否需要用语言表达出来才能存在的问题的讨论。而无论是概念、语言、形象还是图像，都是人类众多认识方式中的一种，也可以说，是符号的一种，而“形象思维”仅是其中之一。音乐家、诗人、画家抑或散文家，对同一个世界都有着不同性质的感受，他们都在用自己所熟悉的符号来认识世界、掌握世界。不过，虽然他们的对象是同一个世界，但正是因为把握方式不同，在他们的思维中形成的世界是一个个截然不同的、拥有无限可能性的“世界”。总之，无论是形象思维、数学思维还是图像思维，都是符号思维的一种，它们都可以用来认识、把握现实世界，进而创造出属于创作主体自己的“可能世界”。

这里可以运用“可能世界”理论来对人类思维模式的多样性作进一步阐释，以便对“形象思维”到“图像思维”的转变加以理解。“可能世界”概念最早是于18世纪由莱布尼茨在其著作《神义论》中正式提出，他认为，“既然现存的世界是偶然的，无数其他世界同样是可能存在的”。[②]莱布尼茨的“可能世界”概念并不局限于现实世界，他将虚构故事、乌托邦以及小说作品等都划分到“可能世界”的范围中。人作为虚构作品、小说作品的创造者，也具有同上帝一样的创造“世界”的能力，在人的思维当中同样存在着各种不同的“可能世界”。这里的“可能世界”正是由作家的“形象思维”所创造出来的观念世界，此时“可能世界”理论还局限在文学世界当中。而后，鲍姆嘉滕将“可能世界”理论扩大到了绘画和雕塑等领域，他认为诗人、画家以及雕塑家等，都会想要引导我们进入他们所创造的新的世界。[③]当他们想要引导接受者进入他们思维中的“可能世界”时，都要通过不同的思维与媒介将其呈现出来，他们所使用的方式与手段，都是通往“可能世界”的道路。瑞士苏黎世派的两位批评家博德默尔和布莱丁格则提升了“可能世界”的地位，认为诗人所创造的想象世界与自然存在的现实世界是平行的。[④]按照“可能世界”的观点，由“形象思维”创造出来的文学世

① 高建平：《“形象思维”的发展、终结与变容》，《社会科学战线》2010年第1期。
② ［德］莱布尼茨：《神义论》，朱雁冰译，生活·读书·新知三联书店2007年版，第107页。
③ ［德］鲍姆嘉滕：《美学》，简明、王旭晓译，文化艺术出版社1987年版，第108页。
④ 张瑜：《可能世界诗学在十八世纪》，《外国美学》2019年第2期。

界，是作家用形象的语言文字指向他心中的观念世界；而用图像的方式创造出来的图像世界，是以具象的视觉图像引导人们进入这个可能世界。这些“可能世界”并非独立存在，而是相互平行的。如果说由“形象思维”所创造出来的可能世界还不能鲜明地显示出它与现实世界的关系，那么由“图像”构造而成的可能世界则可以说完全展示出了从可能世界到现实世界的互通与交融。从绘画图像到摄影图像再到如今的数字图像，它们无一不是从现实世界中的万事万物来模拟、提炼出其形态的。自 21 世纪世界进入“图像时代”以来，人类运用视觉层面的图像来接受世界的现象无处不在，此时抽象的“形象思维”（image thinking）已经逐渐转向具象的图像式思考，即“图像思维”（image thinking）。可以说，人类就生活在一个“图像世界”当中。图像从现实世界来，构成我们观念中的“可能世界”，最后甚至成了现实世界本身。由此可以证明，由“图像思维”构造出来的“图像世界”是可能的，它也是万千“可能世界”中的一员，并与现实世界平行。

实际上，人类用“图像”来“思维”的方式，古已有之。中国先秦时期的“象思维”可谓中国艺术思维的起源。“象思维”以人们的“观象”活动为起点，以“取象”为主要过程，以“立象”为表达方式，外界的具体形象在人的头脑中形成具体的“意象”而被保存，体现对“道”的体悟。这种体悟难以用概念性语言来描述，因而只能通过象喻的方式言说。[①] 当文字的发展日益规范与成熟，人们的语言表达能力提升，更倾向于运用语言来传达所思所想，此时人类的思维模式便逐渐向“形象思维”转变。但这一转变不代表着“象思维”的消退，随着社会文明的进步和技术水平的提高，“意象”慢慢演变成了“图像”，成为文学作品中语言文字的附属品，以另一种形式存在于人类的思维世界中。在古代中国就有题画诗、诗意画以及叙事文中的插图等文学作品，这些作品中的文字虽能够简明精确、详细清晰地传达出作者的思维，但依附在一旁的图像也不是摆设，而是作为语言文字的补充存在。它们同样承载着作者在其作品中想要呈现的观念与思考过程，这时的图像也就成了思维的载体。在西方，公元 6 世纪的古罗马教皇格里高利一世在教堂中大量使用宗教画，为的是用图像的形式给目不识丁的教徒传授《圣经》中的内容。他坚定地捍卫图像的地位，认为“愚人从图像中所接受的，是受过教育的人从《圣经》中所接受的东西”。[②] 当图像与《圣经》结合时，图像便被赋予了《圣经》中文字所传达出的思维与意义，它们也承载着《圣经》中的神学思考。

相对文字文本而言，图像具有视觉优先性，插图在阅读过程中最先被看到，使读者形成一定的期待视野；而在阅读完文字文本后，往往又会有对插图的回想，“于是小说叙事的阅读理解过程，同时也就是插图被观看与其‘回想’‘回看’与‘回味’的过程”。[③] 那么，无论是古代中国的题画诗、叙事文本的插图，还是西方的教堂壁画、《圣

---

① 张绍时：《象思维与中国古代文论精神》，《河南社会科学》2020 年第 12 期。

② ［斯洛文尼亚］阿列西 · 艾尔雅维克：《眼睛所遇到的……》，高建平译，《文艺研究》2000 年第 3 期。

③ 赵宪章：《小说插图与图像叙事》，《文艺理论研究》2018 年第 3 期。

经》插图本，存在这些作品中的图像，都会对读者的“图像思维”形成过程产生影响。由此，艺术作品中图画的存在，就不是可以仅用“引起读者兴趣”来分析这么简单的了，它更重要的是对接受者以“图像”来“思维”过程的塑造。

叙事作品中的插图还只是停留在纸质文本的图像上，并且这里的“图像”还未真正成为独立的思维存在。而当今对社会产生更大影响力的是数字图像（digital image），其形式多样、色彩艳丽以及生动性和真实性，都是纸质文本中的图像难以超越的。文学作品的图像化、影视化，早在不知不觉中改变了人类的思维方式。例如，受众在想到王熙凤这一人物时，首先出现在脑海中的不是原作里的那句“一双丹凤三角眼，两弯柳叶吊梢眉”，而往往是 1987 年版《红楼梦》影视剧中演员邓婕扮演的王熙凤形象。而这还仅仅是影视剧，近十年来，新媒体社交上的 Vlog、各大短视频、网络直播平台以及 VR（Virtual Reality）沉浸式体验等蓬勃发展，人们不仅用图像来认识，用图像来表达，同时也用图像来思考。据统计，截至 2020 年 12 月，“抖音”平台的日活跃用户数突破 6 亿；截至 2021 年 10 月 1 日，微博 Vlog 话题阅读量累计 189.2 亿，参与讨论人数达到 1485.7 万。由上述现象可以说明，传媒时代下数字图像的迅猛发展使“图像”潜移默化地渗透我们的文化生产、传播、流通和接受等各个层面，在这样的时代环境下，“图像”逐渐成为一种独立的思维模式，于是“图像思维”则成了人类观念意识中必不可少的存在。

诚然，科学技术发展到现在，语言仍是人类最为重要的思维方式，但这并不是说，只有语言才能思维。视觉图像本身作为一种认识，并不一定要被转换成话语才能进入人类的思维，图像本身就能够作为一种思维而存在。① 图像所能传达出的信息量，并不比运用“形象思维”构造出的文字传达的少，其直观性及延展性使它成为语言文字不可替代的存在。可以肯定地说，一张图像所呈现的就是一个“可能世界”。如今，人类的思维方式丰富多样，而“图像思维”则是当下人类社会最为常见和常用的思维方式之一，几乎所有人都共同生活在“图像”这一可能世界之中。赵宪章在《传媒时代的“语—图”互文研究》一文当中表达出了对于传媒时代下文学读者正在由纸质化的“阅读”转向通过图像“观看”文学的担忧，文学不断被传媒化和图像化。但他也指出，一味地去抱怨与责难无济于事，应当从学理上探讨其中原委，才有可能把文学媒介理论向前推进。② 放在这里，就是要扭转文学与图像对立的观念，理解二者的共通性，接受人类的思维已由文字的“形象”逐渐向视觉的“图像”转型，包容那些未来会出现的更多不同的“可能世界”。

三　元图像：图像何以成为一种思维

正如 20 世纪 70 年代中国学术界开始反思“‘形象思维’是否一种思维”一样，面

① 高建平：《“形象思维”的发展、终结与变容》，《社会科学战线》2010 年第 1 期。
② 赵宪章：《传媒时代的“语—图”互文研究》，《江西社会科学》2007 年第 9 期。

对“形象思维”向“图像思维”转型时，也存在着对“图像是否一种思维”的质疑。美国当代艺术理论家W.J.T.米歇尔提出的“元图像”概念，不仅肯定了图像能够成为一种思维，同时通过三种类型的“元图像”来解释，图像何以成为一种思维。在他之前，对图像的研究主要是在艺术史的角度，而米歇尔转换研究视角，认为图像不再是需要处理的对象（objects），而是一个可以言说、行动、欲望的主体①（agency），他肯定了图像拥有自身的精神表达能力，并探索图像作为一种抽象思维、精神思维的可能性。米歇尔的“元图像”理论对研究“图像思维”有重要的帮助。

图像何以成为一种思维？答案还是在图像本身。米歇尔在其著作《图像理论》中提出“元图像”概念，强调的是图像的自我指涉问题。他在书中表示，元图像就是指向自身的图像，用来表明什么是图像的图像，他要去探究图像是否具有自己的元语言，当图像能够涵盖世间万事万物的时候，图像也能够像语言那样，以自身讲述自身的故事。邵亦杨认为，当代社会中的“元图像”已经从简单意义上的“图像”演变成了“信息”，“元图像”传达出的不仅是它表面上所呈现的“图像”，而且还是一场“演说”。② 米歇尔主要列举的三类元图像完整地呈现出了“图像思维”的形成、运作及实现的过程。第一类元图像代表的是“图像思维”的形成，米歇尔以索尔·斯坦伯格的漫画《螺旋》为例。在这张图像中，作者画了一位正在作画的人，这个人画的线条从自身开始向外以螺旋的形式延展，逐渐填满这张空白的纸，最后画上了鸟、树、大地等景色，形成他的整个世界。在图像的最下方，斯坦伯格写上了“新世界”，米歇尔认为，题目指的“新世界”不是画家所创造的抽象世界、由图像所再现的世界，而是人类的现实世界，是一个由图像构成并因图像而得以存在的世界。③ 这张画作以螺旋的方式将一个图像内嵌在另一个图像中，以图像来反映自身，并指向自身的创造。图像中的人在作画的同时成为图像本身，它所展现的不仅仅是图像是如何创造的，更重要的在于，人类世界是由图像再现并以图像而存在的。当代社会正处在“图像时代”下，可以说，人类就生存在一个“图像世界”，图像成了人类生活本身，人类自己也是这个图像中的一员。第二类是多稳态图像，展现的是“图像思维”的运作。多稳态图像是一种含混的图像，展示的是在同一个形象中共存的矛盾或截然不同的解读，例如约瑟夫·加斯特罗的“鸭—兔”图。这类元图像具有指涉的含混性，这种含混性引起观者的注意，能将观者的问题带入图像，引发人的内在精神领域里的图像，吸引观者的精神参与。正如米歇尔所说，“我们可以把多稳定的形象当作推演自我认识的手段，是观者的一种镜像”。④ 可以说，由多稳态图像的含混性而具有可读性的元图像并不仅仅是人类精神的载体。它不是精神的模式，而是吸引精神的诱饵，把观者的精神从隐蔽之

① 唐宏峰：《图绘理论：一部由图像构成的图像理论》，《美术观察》2019年第2期。
② 邵亦杨：《“元绘画”、元图像 & 元现代》，《美术研究》2020年第1期。
③ ［美］W.J.T.米歇尔：《图像理论》，陈永国、胡文征译，北京大学出版社2006年版，第31页。
④ ［美］W.J.T.米歇尔：《图像理论》，陈永国、胡文征译，北京大学出版社2006年版，第38页。

处吸引出来，让我们与图像对话，反思自身的存在，产生抽象的精神表达与辩证思想。第三类元图像体现的是"图像思维"的实现，此时的元图像与前两类不同，它是一种由克隆等生物技术带来的生命图像，讨论的是图像的生命与欲望问题。图像产生的初衷在于对生命保存的欲望，当想要保存的对象不在场时通过图像来保留其生命的痕迹，而生命图像恰好回到了图像的本质，"保存生命，征服死亡，最终图像本身成为活的"。[①] 这充分体现出了图像的双重性，即图像既是物，又是形象，它不再是假象，而是对象本身。对生命保存的欲望使我们运用图像来保留对象生命的痕迹，最终生命图像的面世让图像成了一个拥有生命和欲望的个体，成为生命物本身。

以上三类元图像呈现出了"图像思维"的形成、运作及实现的过程：在"图像时代"下，图像构成了我们的世界，成为我们的生活；这个"图像世界"引起我们的思考，与我们对话；人类思维中的"图像"具有了生命，成为现实存在。我们的思维由图像而生，最终回归到图像本身。"'元图像'理论不仅用来描述'画中画'，而且不断穿越于现实和再现的边界，展示出一种反思的方法。"[②] 当然，正如米歇尔将图像学的发展概括为图像学 1.0、图像学 2.0 与图像学 3.0 三个阶段那样，社会的图像技术已由手工图像（artistic image）发展到模拟图像（analog image）再到现在的数字图像（digital image）阶段。但无论如何变化，它们最终都在我们的思维中以"元图像"的形式存在。

结　语

随着"图像时代"的到来，视觉图像已经渗透公众的日常生活领域，"图像思维"也逐渐成为人们理解世界和赖以生存的方式，当"形象思维"逐渐转向"图像思维"时，人类也面对着对这种转变的担忧。相对于语言文字来说，图像是直观可感的表达，它代替了艰涩复杂的文字阅读，以其鲜艳的色彩、多样的形式及真实的音效给我们带来极具享受性的视听盛宴。但同时，具有直观性和延展性的图像对受众的文化程度要求低，很大程度上削弱了受众的认识和思考能力。不过，不能就此判定"图像思维"会导致人类的阅读能力下降，对图像的解读其实并不像一般想象的那样因为直观所以简单，图像与语言一样具有传达复杂隐晦内涵的能力，就像警察能够通过简单的监控找到破案的线索，微表情专家能够通过表情图像判断一个人的性格、情绪及其变化，这都是他们的"图像思维"在运作的结果。需要明确的是，"图像"是人通过各种媒介转化世界进而以此把握世界的方式，无论是"形象思维"还是"图像思维"，都是对世界认识的一个方法，就像"科学是认识世界的方法但不是唯一方法"这句话说的那样，二者并不是对立的存在，它们之间具有共通性。那么身处图像世界的人类，就需要对

---

① 唐宏峰：《图像学 3.0：20 世纪图像理论的三个阶段》，《美术》2020 年第 4 期。

② 邵亦杨：《"元绘画"、元图像 & 元现代》，《美术研究》2020 年第 1 期。

其怀有谨慎和接受的态度。最后要说的是，人类的思维无论如何都无法离开文字，无法离开语言，语言是人类思维的根基。虽然图像是语言文字无法代替的存在，但图像同样也无法反过来去取代语言。对于“形象思维”与“图像思维”，既要清楚二者的区别，也要理解二者之间的联系与转向。

东亚文艺理论研究

日本的曹禺研究概述

叶　萍*

（湖北大学文学院　湖北武汉　430062）

摘要： 曹禺的话剧《雷雨》发表的次年，就被搬上了日本舞台，评介、翻译随之进行，至今已有86年。曹禺话剧的首演、首评都发生在日本，足见演剧界、批评界对曹禺话剧的青睐与关注。本文梳理日本曹禺戏剧研究的历史进程，探究曹禺戏剧批评的实存，认为主要有以下几个方面：第一，日本曹禺研究者的多重性与多组合存在；第二，日本研究者对于曹禺的长期跟踪研究，多位学者、评论家、艺术家数十年的随行研究，为日本的曹禺话剧（中国现代文学）教学积累了丰富的成果与研究资料；第三，关注曹禺早期戏剧剧本的后期修改，分析时代的变化与曹禺个人的应对关系，以及创作主体内在思想、心理的变化对于话剧创作的深刻影响，如《雷雨》由命运悲剧改变为社会悲剧；第四，曹禺话剧审美价值与艺术价值的研究，其中也关涉曹禺与日本、西方艺术家的平行比较研究；第五，青年研究者的介入，大学硕士博士的培养教育，为日本后续的曹禺研究增添了生力军，进一步推进了曹禺话剧的研究和发展。

关键词： 曹禺；日本；翻译；演出；审美；批评

20世纪30年代，日本话剧的创作、演出已经进行了50余年，在审美样式、表现手法、艺术呈现等方面已经完全成熟。曹禺及其话剧，就是在这个时候来到了日本。

曹禺与日本的渊源可以追溯到1933年大学毕业前的修学旅行。1933年春假，曹禺随同由钱稻孙作为领队的清华大学学生赴日本修学旅行。《读卖新闻》晨报报道：“支那大学生参观团来朝”：“北平清华大学学生访日参观团一行卅三名，日语讲师钱稻孙率领，坐八日进港的大阪商船长城丸登陆神户。至四月廿日大约两周，预定考察京阪、东京方面。”曹禺等同学在日本游览了东京、神户、横滨、大阪、京都、奈良等地。在由小山内熏创建的东京的筑地小剧场，曹禺和同学孙浩然冒雨去看戏。观看了由久保荣翻译、八田元夫导演的荷兰剧作家海耶曼（Herman Heijermans，1864—1924）的

---

* 叶萍（1960— ），山西大同人，湖北大学文学院教授。主要研究方向：美学、文艺理论、文学批评。

《好望号》。曹禺曾经回忆道："我们听不懂日语，却被演员们真实、诚挚、干净的表演紧紧抓住。戏演完后，我们和日本观众一起为他们鼓掌。日本话剧深远的现实主义传统，从那时起一直使我萦怀不止。"日本的修学旅行，开阔了曹禺的眼界，特别是观看话剧演出，使他进一步认识到话剧的艺术魅力。

1935 年中国留日学生在内务省登记，由中华民国留日监督处审查在东京创办了《剧场艺术》杂志，刊登了中华同学会第二次戏剧演出的公告，以及秋田雨雀等在莫斯科与苏联剧作家在演出后交流的照片，并刊登了罗因滨的诗歌《秋田雨雀画像》、岸田国士的《日本的新剧》、山川幸世的《新协剧团的动向》，介绍日本话剧的历史与现状，同时刊发的有梁梦廻的《怎样接受话剧遗产》，凄凌的《东京的新剧环境——中国同学怎样在东京上演新剧》[①]，关注中国在日留学生的话剧接受、学习、演出及其活动，从一个侧面说明，在日中国留学生话剧运动的活跃与发达。正是因为中国留学生话剧活动的活跃与常态化发展，曹禺戏剧一经发表，就引起在日中国留学生的关注、排演，并翻译为日文也就顺理成章了。

日本修学旅行归来之后，1934 年 7 月，曹禺的处女作《雷雨》刊发于巴金主编的《文学季刊》第 3 期。1935 年 4 月，《雷雨》就由东京大学学生影山三郎和留日中国学生邢振铎共同合作翻译为日文，这一翻译，当时主要是为了配合演出的解说并且应对警视厅的审查，所以比较急就，而且语言的推敲与打磨均显不足。

《雷雨》1935 年初在东京神田一桥讲堂演出。这次演出，是《雷雨》的第一次公演，也是曹禺戏剧在日本的第一次演出。这次演出作为中华话剧同好会的第一届演出，主要是"以东京、横滨地区的中国人为对象"的[②]。因为是汉语对白的、非专业的业余学生剧团演出，所以很难获得专业剧团演出的名家名作的轰动效应。东京帝国大学戏剧研究会会员影山三郎作为译者之一也观看了这次演出，并在《帝国大学新闻》上刊登了《理解吧，中国戏剧》的论文[③]，这应该是日本第一篇介绍、评介曹禺戏剧的文章，也是曹禺戏剧登陆日本的开始。当时的著名左翼作家、深谙易卜生戏剧与苏维埃文学的秋田雨雀读了影山三郎的文章，得知有中国大学生作家创作的话剧《雷雨》演出的消息，就于 1935 年 10 月间两次观看了《雷雨》，并给予极大的肯定与关注。之后，影山三郎曾带着《雷雨》的剧本，当面请教秋田雨雀，并在秋田的介绍下找到了当时的汽笛社社长三上於菟吉。笔者核查了秋田雨雀的年谱和日记，未能找到影山三郎拜访秋田雨雀的具体时间，因而也无从落实影山三郎究竟是在 1935 年 10 月到 1936 年《雷雨》日本版出版的何时何日拜访了秋田雨雀。

在秋田雨雀和三上於菟吉的帮助下，《雷雨》的日文译本于 1936 年 2 月得以在东京汽笛社出版发行。《雷雨》的日文译本出版之前，秋田雨雀撰文《关于中国现代悲剧

---

① 林果主编：《剧场艺术》创刊号，1935 年 10 月 10 日。

② 影山三郎：日文版《雷雨》后记，东京：未来社 1953 年版，第 316 页。

③ 影山三郎：《理解吧，中国戏剧》，《帝国大学新闻》1935 年第 576 号。

〈雷雨〉的出版》，刊发于1936年1月的《汽笛新刊月报》，秋田认为：曹禺“是中国惟一的古希腊悲剧的研究者”。“这位作者赋予了近代中国的社会与家庭悲剧以意义深刻的戏剧形象”[①]。同期刊发的还有影山三郎的《〈雷雨〉的反响及其他》，这两篇文章的刊发，不仅客观精准地评介了曹禺的戏剧，而且也极大地肯定了曹禺及其中国现代话剧的审美价值与艺术价值

1937年2月，东京的中国留日学生又以“中华国际协进会”名义，排演了《日出》，还特别邀请了当时中国的专业演员风子前往东京参加演出，扮演陈白露的角色。《雷雨》《日出》在东京的演出，使日本话剧界看到了曹禺戏剧的创作实际与艺术价值。一直关注曹禺话剧的秋田雨雀，在观看《日出》之后，给予很高的评价。

曹禺的《雷雨》自登陆日本，并于1936年翻译出版之后，到21世纪，一共有5个译本出版。以1949年为界，之前有2个译本，之后有3个译本。第一个是影山三郎和邢振铎翻译，汽笛出版社出版的初译本；1939年多磨松也翻译了《大陆的雷雨》，由天松堂出版社出版；1953年影山三郎独立重译《雷雨》，由未来社出版；1994年内山鹑翻译了《雷雨》，刊发于《悲剧戏剧》第6期到第9期；21世纪以来的译本是饭塚容于2009年翻译，晚成书房出版的《中国现代戏曲集》第8集。多译本的出版，不断地重新排练与演出，可以见出日本学界与戏剧界对于《雷雨》作为中国话剧经典的重视与青睐。

日本的曹禺研究，可以说是随着《雷雨》的演出与翻译同步进行的。依据饭塚容的整理与研究，20世纪30年代就有两种《曹禺论》发表，即土居治的《曹禺论》与野中修的《曹禺论》。土居治认为曹禺的剧作属于命运悲剧，缺乏对于现实生活的反映。《雷雨》《日出》都属于“习作”水平。与土居治相反，野中修给予曹禺的话剧创作很高的评价。他说：“曹禺不但是优秀的剧作家，而且是优秀的人道主义者”，“春柳社以来中国话剧经过30年的岁月，带来最大收获的功名毫无疑问应该授予曹禺”。[②]

日本对于曹禺的研究与接受，开始由东京大学爱好文学的大学生影山三郎、邢振铎介入翻译，接下来便是左翼作家、出版家的加盟与支持，以后随着时间的推移与曹禺创作的发展，逐渐进入戏剧演艺界、大学与研究机构。

1937—1945年中日战争期间，曹禺话剧的演出与研究基本处于停滞状态，剧团被解散，仅有的演出是道化座的两次《雷雨》公演；评论文章只有服部隆造翻译东京青年书房出版的《北京人》（1943年8月）和中村贡的《曹禺——以〈雷雨〉〈日出〉为主要对象》[③]（1940年5月）。

二战结束之后，冈崎俊夫1948年11月在《剧作》杂志发表了《曹禺的戏剧》，分析、评论曹禺的《雷雨》、《日出》、《北京人》与《蜕变》，对曹禺创作的文学艺术的西

① 秋田雨雀：《〈雷雨〉日译本序》，汽笛社1936年版。

② 参见饭塚容『日本における曹禺研究史』、中央大学紀要·文学科、69号（通巻143号）、1992年。

③ 中村貢：『曹禺——主に「雷雨」「日出」について——』(1940年)、『支那及支那語』2—5。

方接受及舞台演出多有批评。这个时期，目加田诚也写了《曹禺的戏剧》，详细地介绍曹禺的主要剧作，并且指出欧美近代戏剧的影响。

曹禺戏剧研究，直到 20 世纪 50 年代才真正在学术研究领域展开。20 世纪 50 年代初，佐藤一郎依托庆应大学的《三田文学》杂志，连续发表了《关于曹禺的〈雷雨〉》[①]《骸骨的梯子——曹禺的〈日出〉》[②]《古陶与黄土之子——曹禺的〈北京人〉》[③]《走向近代的实验——关于曹禺的〈原野〉》[④] 等论文，标志着曹禺话剧的研究走进大学、走进研究机构的开始。大芝孝 1956 年发表了《新旧〈雷雨〉之比较研究》，他将 1934 年《文学季刊》发表的旧版《雷雨》和 1951 年开明书店出版的《曹禺选集》中收入的改编新版《雷雨》进行对照研究，认为："《雷雨》的修改正显示了新中国话剧界的动向"。[⑤] 曹禺的修改将命运悲剧改变为社会悲剧，加入阶级斗争的元素、强化了底层工人的形象，是为了适应新中国新社会发展对于文学艺术以及戏剧的要求，获得很大的成功。以后，他又写《曹禺的新作》，对曹禺新中国成立以后的作品《明朗的天》《胆剑篇》给予很高的评价。

日本的道化座于 1952 年 1 月排演了曹禺的《雷雨》，新协剧团 1952 年 11 月演出了松枝茂夫、吉田幸夫翻译，村山知义导演的《蜕变》，1955 年 5 月、7 月分别演出了《蜕变》《明朗的天》等剧目，标志曹禺戏剧战后在日本舞台演出的复苏。

1956 年，曹禺应邀随同中国代表团赴日本参加"第二届禁止原子弹和氢弹世界大会"，分别在长崎、大阪、东京与日本戏剧翻译、导演、演员举行座谈，介绍中国戏剧的现实与发展，听取了日本同行关于曹禺及中国戏剧在日本的翻译与演出情况。日方参加大阪座谈的主要有村山知义、原泉、冈田丰、中野重治、冈崎俊夫等，以及留日朝鲜作家金达寿、戏剧评论家茨木宪等。在东京曹禺专程访问了著名戏剧家久保荣，参加了东京大学中国文学研究室与"东方学会"联合举行的文艺座谈会，回答了日本戏剧界与学界对于中国文学、戏剧的研究所关心的问题[⑥]。

曹禺对日本的访问，中日戏剧家与文学研究者的直接交流，大大促进了日本国内对于曹禺戏剧的普及与了解，也在某种程度上激发并深化了日本的曹禺戏剧演出与研究。稻之会剧团 1957 年 2 月由关口润导演重新排演了《雷雨》，这是他们第六次演出《雷雨》。此后，1958 年 10 月稻之会演出梁梦廻翻译的《日出》（第八届演出），1959 年 10 月演出波多野宪翻译的《原野》（第十四届演出）。20 世纪 50 年代，曹禺戏剧由多个剧团演出，也体现了其在日本舞台的深入与发展。

20 世纪 50 年代之后，中日文学艺术界的交流逐渐正常，日本多个艺术团体访问中

---

① 佐藤一郎：『曹禺の「雷雨」について』、三田文学〔第 2 期〕41（2）、31－39、1951－06。
② 佐藤一郎：『骸骨の梯子——曹禺の「日出」』、三田文学〔第 2 期〕41（4）、34－41、1951。
③ 佐藤一郎：『古陶と黄土の子——曹禺の「北京人」』、三田文学〔第 2 期〕41（5）、25－31、1951－09。
④ 佐藤一郎：『近代への実験——曹禺の「原野」について』、三田文学〔第 2 期〕42（8）、24－30、1952－10。
⑤ 大芝孝：《新旧〈雷雨〉之比较研究》，《神户外大论丛》第七卷第一至第三号，1956 年 6 月。
⑥ 《我国代表同日本各界座谈》，《人民日报》1956 年 8 月 27 日。

国并演出日本戏剧，曹禺与日本艺术家接触比较广泛。这一时期的曹禺研究集中于日本国内大学的中国文学研究室的教师与学生，逐渐形成了常态化、学术化、艺术化的研究方式，对于曹禺文本的细读，对于曹禺舞台艺术的分析，对于曹禺话剧的历史修改与演变，对于曹禺话剧艺术的审美样式与风格的研究，全方位、多视角、多元化的研究成为日本曹禺研究的实存。20 世纪 50 年代到 80 年代的研究者主要有佐藤一郎、目加田诚、阿部幸夫、吉田幸夫、大芝孝、宅间园子、木下顺二、名和又介、井波律子、关根谦等。

1982 年，曹禺应日本日中文化交流协会邀请，率中国戏剧家代表团访问日本[①]，这是曹禺第三次访问日本，也是最后一次赴日本访问与交流。曹禺受到了日本戏剧界与研究者的热烈欢迎，曹禺与学术界的松枝茂夫、佐藤一郎、松井博光、木山英雄、新村彻、饭塚容、内山鹑等，戏剧演艺界的千田是也、杉村春子、村冈久平、西田辰雄等进行了广泛的交流，进一步促进了中日话剧艺术的交流、研究与发展。

进入 20 世纪 90 年代之后，一代新的博士、学者成长起来，担当了日本曹禺研究的重任，他们更加注重曹禺戏剧的历史与时代性，曹禺与宗教的关系，曹禺话剧的艺术表达，以及曹禺与日本及西方文学的关系，等等。主要研究者有濑户宏、饭塚容、米田和弘、内山鹑、今井静子、铃木直子、张景珊等。

曹禺的研究者主要由以下人员组成：第一类，曹禺作品的翻译者，如影山三郎、冈崎俊夫[②]、松枝茂夫、目加田诚[③]、大芝孝、饭塚容、吉村尚子等人，他们既是曹禺与中国文学的译者，也是从事中国文学、文化的研究者；第二类，大学中国语与中国文学研究室的汉学家、教师与学生，这一类与第一类相比，不同的是，这部分学者、教师是专事研究中国文学的学者，并未从事文学翻译事业，主要有吉野造作、阿部幸夫、佐藤一郎[④]、吉田幸夫、宅间园子、牧阳一、白井启介、坂野学、濑户宏、铃木直子等；第三类是从事戏剧演艺创作的作家、演员、中国文学爱好者，如秋田雨雀、木下顺二、伊藤巴子等。这三类研究者组成了日本的中国现代文学研究队伍，也建构了日本的中国现代文学研究理念、方法、样式与成就。

关于日本的曹禺研究，就目前所掌握的资料来看，主要存在以下几方面的论文与历史文献。第一是关于曹禺话剧文本的研究，涉及话剧的剧本结构、语言、文化接受

---

① 《中国戏剧家代表团赴日访问》，《人民日报》1982 年 10 月 22 日。

② 冈崎俊夫（1909—1959），出生于青森，毕业于东京大学，《时事新报》《朝日新闻》记者。1934 年大学期间与竹内好、武田淳泰、松枝茂夫、增田涉等组建中国文学研究会，创办同人杂志《集团》。1935 年发表评论《乐烧的郁达夫》，1942 年作为记者常驻北京，创作了《北京行状记》等随笔。战后在东大、大东文化大学担任讲师。主要译著有郭沫若的《抗战回忆录》、巴金的《憩园》、丁玲的《我在霞村的时候》、李广田的《引力》等。

③ 目加田诚（1904—1994），出生于山口县岩国市。东京大学毕业。曾任北九州大学、早稻田大学教授，日本学士院会员。主要著作有《中国古典文学大系》《北平日记——1930 年代北京的日中学术交流》，主要译著有《诗经》《世说新语》等

④ 佐藤一郎（1928—2020），出生于京都，日本汉学家，庆应艺术大学教授。主要著作有《中国文章论》《中国文学史》《江南的士大夫文学》等。

与舞台表达。主要论文有：饭塚容的《曹禺的〈家〉和吴天的〈家〉》、牧阳一的《基督教式的悲剧——曹禺的〈雷雨〉、〈日出〉和〈原野〉》、白井启介的《曹禺戏剧的舞台指示——从〈日出〉到〈北京人〉》、佐藤一郎的《古陶与黄土之子——曹禺的〈北京人〉》等，这一类论文，主要是从舞台表演的表达来解析曹禺的话剧及剧本。因为话剧的创作，主要是用于演出和表演的，因此在日本，话剧一直被称为“演剧”，剧本是通过表演艺术家的传达而抵达观众的。当然，读者可以阅读剧本，观众可以通过演剧的欣赏来理解剧本和作家的创作，二者可以相辅相成。话剧文本与演员表演之间存在着一个互为表里的关系，演员依靠剧本进行表演，剧本通过演员在剧场进行演出来呈现和展现。日本学者在比较中国的曹禺与西方的莎士比亚、契诃夫的剧本之后，指出：西方与日本的剧本作者，作家对于表演的提示非常少，剧本与演员在表演的时候融为一体，表演艺术家可以超越作者充分发挥自己的演艺才能，从而使剧本的审美价值与艺术价值实现最佳的表达。对于曹禺的话剧《雷雨》《日出》《北京人》《原野》等，日本学者对于演出提示多有批评与指摘。木下顺二在《曹禺的资质》中认为，曹禺的戏剧犹如一个不可动摇的建构物，总是意图主宰表演艺术与表达，没有给表演艺术家留下足够的表演主体与表达的艺术空间。他观看演出的时候，有这样的感受，而当他阅读剧本时，更发现了太多的表演提示。“在舞台演出时，笔者的期望也常常落空。然而，曹禺绝不仅仅是怕自己的期望落空才写下那么详细的‘注意事项’似的提示，而正是从这一点上，笔者看到了曹禺的资质。”“也就是说，用包括舞台提示在内的所有的戏剧文字，使自己设计的作品世界成为不可动摇的构建物，这就是曹禺的资质。同样，《北京人》中‘远远地在冷落的胡同里有算命的瞎子隔半天敲两下寂寞的铜钲’这段舞台提示中，‘瞎子’也绝不单纯指现实中的盲人，即不能按所谓的自然主义来理解。换成笔者的话，不仅舞台提示，就是台词的字数也要控制在充分必要的最小限度，然后在观众席上期待导演和演员借助这最小限度的文字去将作品世界尽可能扩展到无限大。”① 在日本研究者看来，太多的表演提示，不仅不利于表演，而且有妨害表演之嫌。

第二是曹禺话剧与历史时代的关系与嬗变。主要论文有：大芝孝的《曹禺的新作》，坂野学的《曹禺〈明朗的天〉的“思想改造”的描写方法》②，宅间园子的《曹禺〈雷雨〉的悲剧性与社会性——以人物关系的展开与悲剧的手法为中心》，佐藤一郎的《古陶与黄土之子——曹禺的〈北京人〉》等。中国现实主义话剧中，取材于当下时代的作品，往往难以进行超越现实的审视，而存在贴着现实创作的倾向。人与现实之间的关系、作品与艺术的关系，往往成为马克思所批评的“席勒式”的创作，将艺术作为现实的传声筒来进行叙述和表达。曹禺的戏剧中，家庭问题浓缩了社会的影子，随

① 木下顺二：《曹禺的资质》，《现代中国文学》第 6 期，河出书房新社 1971 年版。

② 坂野学：『曹禺「明朗的天」における「思想改造」の書き方について』、函館大学論究第 51 輯第 2 号、23 - 46。

着时代的变迁，过去的戏剧如《雷雨》《日出》等都进行过改编和改写，将时代的要求，阶级意识生硬地楔入作品中，离间了作品的艺术价值与审美价值。“罪恶、罪恶。你的祖宗就不曾清白过、你们家里永远是不干净”。（《雷雨》第二幕）《北京人》中的家庭依然是以分崩离析、破散毁灭为结局……这样的写作，佐藤一郎认为：“中国文学的主题都和人性、社会性的苦闷联系在一起，它与中国社会的落后性一样绵延不绝。现代作家们还在延续‘家’这个话题”。[①] 确实，家庭问题一直是文学描写的重要问题之一，家庭是人伦最集中的表演场与表达地，如何对待亲情、爱情、人情，往往在家庭中可以得到集中的体现，曹禺戏剧中的家庭问题，关于“罪”的代际遗传，关于伦常失序的幽暗，关于人性与社会性问题的凸显，往往表现得淋漓尽致，但缺少批判。

坂野学注意到了1949年之后的思想改造对于曹禺话剧写作的影响，认为曹禺是认同思想改造并将思想改造的现实运动场面，再现于艺术舞台。这种再现是不加批判的再现，身体力行的认同的再现，“曹禺是赞同思想改造的，在这部作品（《明朗的天》）中，舞台上虽然没有再现运动的所有场面，但是，这可以表明曹禺的见地，不应该受到指责”。[②] 坂野学在论文中，再现了曹禺戏剧的文本，从几位知识分子——医务工作者宋方洁、凌士湘、尤晓峰、江道宗的立场与视角进行分析，关于知识分子改造的问题，在曹禺的《明朗的天》中，有相当明确的时代感，与当时的主流意识形态并无分野，对于不容抹杀的十七年的历史在文学中的表现，晚年曹禺并未有所反思与忏悔。

第三是曹禺话剧的审美价值与艺术价值以及比较研究。主要论文有：牧阳一的《曹禺与厨川白村》《基督教式的悲剧——曹禺的〈雷雨〉、〈日出〉和〈原野〉》，阿部幸夫的《〈正在想〉溯源考察：“笑剧”肚子里的填充物——从墨西哥民俗演剧到曹禺戏剧的道路》等。牧阳一认为，曹禺对于厨川白村的接受与鲁迅不同，鲁迅看到了厨川白村的“优越意识与乐天主义”，而曹禺则是“接受了厨川白村的影响，并在作品中表现了白村所主张的文艺包含‘因袭’、‘权威’的社会‘压抑’下解放自己，表现自身作为‘社会存在物’与‘个人’，‘道德存在物’与自我‘本能’，以及‘神性’与‘兽性、恶魔性’，‘利他主义’与‘利己主义’，‘精神’与‘物质’，‘灵’与‘肉’，‘理想’与‘现实’等多重的二元对立之力的‘冲突’、‘纠葛’中产生的‘苦闷懊恼’”。[③] 牧阳一不仅比较了曹禺对厨川白村的接受与同质，也看到了鲁迅对厨川白村接受中的超越与否定。阿部幸夫在关注抗战戏剧的同时，看到曹禺的独幕剧《正在想》，跨越时空界限，“一方面，我从历史、地理角度对二十世纪一十年代以来与墨西哥革命相关的时空进行了总结，当然，另一方面也准备思考梳理一下1940年前后的大后方，

---

① 佐藤一郎：《古陶与黄土之子——曹禺的〈北京人〉》，《三田文学》第四十一卷第5期，1951年9月。

② 坂野学：『曹禺「明朗的天」における「思想改造」の描き方について』、函館大学論究第51輯第2号、2020年3月。

③ 牧阳一：《曹禺与厨川白村》，田本相、刘家鸣主编：《中外学者论曹禺》，南开大学出版社1992年版。

国统区的中心即作为中国抗战大本营的重庆一方，是如何接受这部戏剧的”。[①] 阿部幸夫在他的论文集《幻的重庆二流堂——日中战争下的艺术家群像》中，对陪都重庆的戏剧家进行综合评论，其中有郭沫若、老舍、夏衍、杨翰笙、吴祖光，曹禺也是其中之一。这部著作对于抗战之中的艺术家的命运进行分析，将曹禺改编的剧作和演出进行记述，“如果当时是由于改剧本中嗅到了某些危险气息而将其中断的话，那么这种动物性的感觉，恐怕是评价如何理解战争中敌国文艺的唯一一点值得关注之处”。

此外，在关于曹禺的戏剧研究中，很多日本的学者注意到了曹禺的多部话剧在 1949 年前后的改变，并详细进行了分析。如吉田幸夫《关于〈日出的修改〉》，其中包括曹禺所著的各个版本异同的比较列表；大芝孝的《新旧〈雷雨〉之比较研究》关注《雷雨》关于劳资问题处理的不同，鲁大海形象的演变，侍萍向神的祈祷，等等；大阪市立大学院文学研究科中国学研究室师生关于《〈雷雨〉的再评价》，认为《雷雨》从神秘的宿命色彩的命运悲剧、乱伦悲剧转向社会悲剧、阶级悲剧，其中凸显的时代特质是值得关注与分析的，究竟是何种力量导致作家对于作品进行大幅度修改，是世界观的转变还是人性的转变？诸如此类的分析和探讨，在日本的曹禺剧作研究中，相对比较集中。

日本对曹禺的研究，不仅存在于日本学界、演艺界，而且也存在于留日学生与学者中。例如，梁梦廻[②]从曹禺戏剧登陆日本开始，就一直关注曹禺戏剧，同时关注中国的戏剧与文学创作。1959—1962 年，在《新剧》杂志连续撰写了《现代中国的剧作家们》等文章，介绍曹禺以及欧阳玉倩、洪深、郭沫若、老舍、田汉、夏衍等戏剧作者，研究 1949—1959 年的 11 年间中国戏剧演出的发展变化，分析中国话剧与日本的关系，为在日本介绍曹禺及中国戏剧文学而笔耕不辍。

改革开放之后，随着留日学生的增加，部分在日本大学从事中国文学研究的学生，也以曹禺为对象进行研究，以日文发表研究论文，可以说是从某一方面，推进了曹禺戏剧在日本的研究。

① 阿部幸夫：『「正在想」からメキシコ万歳へ』、『幻の重慶二流堂——日中戦争下の芸術家群像——』、東方书店 2012 年版。

② 梁梦廻（1910—1977），原名梁延武，山西人。在日中国戏剧研究者。毕业于日本一桥大学，主要研究中国近现代戏剧。担任近畿大学讲师，东京亚非学院、外务省研究所中文讲师，NHK 国际广播汉语节目编导等。主要论著有：《昆曲关系日语资料目录》《秋田雨雀与中国演剧》《十一年来的中国演剧》等。

论儒家思想对朝鲜朝文学批评家徐居正的影响

朴哲希*

（辽宁师范大学文学院　辽宁大连　116081）

摘要：朝鲜古代汉文学与中国文学有着密切关联，不少朝鲜文人留学、出使中国，或与中国文人师承传递，或互相笔谈赠答，不仅创作出数量惊人的汉诗作品，而且佳作纷呈。因此，汉文学的兴盛自然会影响到朝鲜古代文学理论的发展。以徐居正为代表，朝鲜文人在文学理论的选择上，自觉地把中国诗话的评价标准、价值取向作为法则，在接受、比较中留下了大量儒家思想的烙印。即，主张“文以贯道”，把诗歌创作当作教化的手段；同时以尊儒尚孔为基调，对诗歌作品的评价，延续了儒家以道德规范为准则的批评标准和审美追求。

关键词：儒家思想；朝鲜朝；徐居正；影响

徐居正（1420—1488年），大邱人，字刚中，号四佳亭，朝鲜朝初期著名的文学批评家。其作为朝鲜朝初期的文坛领袖，是研究朝鲜古代诗学思想不可回避的主要人物之一，也一直是中韩两国学者研究的热点。国内关于徐居正的研究自20世纪90年代兴起，如今对徐居正的文学思想已有较为全面的认识，且已深入其具体的诗学观念中，如，“愈老愈奇说”“气象论”“女性文学观”“民族意识”等。① 而韩国学界，早在20世纪80年代便已产生专门研究徐居正的博士学位论文②，较为关注徐居正诗文与苏

---

* 朴哲希（1990— ），辽宁鞍山人，文学博士，辽宁师范大学文学院讲师。主要研究方向：中韩日古代诗学比较。本文系辽宁社会科学基金青年项目“朝鲜诗话的东亚视野与比较意识研究”（项目批准号：L20CWW001）阶段性研究成果。

① 国内相关研究如下：对徐居正“愈老愈奇说”的研究主要有马金科的《论朝鲜李朝徐居正“愈老愈奇”说的理论构成》，《中央民族大学学报》（哲学社会科学版）2013年第2期；对徐居正“气象论”的研究主要有朴贞宣的《浅谈〈东人诗话〉中的“气象论”》，《辽宁师范大学学报》（社会科学版）2008年第6期；对徐居正“女性文学观”的研究主要有马金科、朴哲希的《论朝鲜朝文学批评家徐居正的女性文学观》，《东疆学刊》2015年第2期；对徐居正“民族意识”的研究主要有王进明的《从民族文学自觉意识视角看〈破闲集〉对徐居正的影响》，《延边教育学院学报》2015年第1期等。

② 如，이종건的《徐居正诗文学研究》，博士学位论文，东国大学，1985年；한인석的《徐居正文学研究：〈东人诗话〉를中心으로》，博士学位论文，檀国大学，1989年等。

轼诗文、杜甫诗文、楚辞等中国文学以及和儒释道等文化间的关联。值得一提的是，近年来日本学界也有对徐居正研究的一些新进展，除了分析徐居正的民族意识外，从其汉诗中观照苏轼对日韩汉诗影响的不同。[①] 显而易见，三国对徐居正研究成果之丰厚。

在当时的社会历史文化语境中，这一时期程朱理学占统治地位，是统治国家的基本思想。从徐居正的成长环境上看，其自幼丧父，受外祖父权近的影响而接受儒家正统教育以及儒家的诗学观。权近乃是朝鲜半岛的性理学巨擘、著名的儒学者和诗人。对此，金守温（1431—1492 年）这样评价道："达城徐先生，生于东国大平之年，家传阳村诗礼之训，独步诗坛，名动中原"。[②] 显然，徐居正因为继承了外祖父的学问，最终扬名于诗坛，而这也是徐居正诗学观形成的主要原因之一。然而目前，国内外学界对徐居正诗学观与儒家思想之间关联的关注还少有专门的论述，使现有研究存在着一定的局限性，有必要加以探讨。

一 儒家思想在朝鲜半岛的流传轨迹

儒家思想是中国古典文化的象征之一，对东亚的影响可谓相当深远。从典籍的流传上看，儒家典籍能够流传朝鲜，依赖的是唐朝儒家文化的繁荣。《三国史记》载："帝（玄宗）谓璹曰：'新罗号为君子之国，颇知《书记》，有类中国。以卿惇儒，故持节往，宜演经义，使知大国儒教之盛。'"[③] 统治者推动儒家典籍传播的目的便在于"使知大国儒教之盛"，认为新罗适合学习、推广经书义理，自豪的同时亦有骄傲之意味。

新罗时期的真兴王三十七年（576），所奉之"花郎"就是儒释道三教融合的产物，证明儒家思想已影响到新罗人的审美意识领域。真德王二年（648），（唐太宗）仍赐御制温汤及晋祠碑并新撰《晋书》[④]；神文王六年（686），遣使入唐，奏请《礼记》并文章。则天令所司写《吉凶要礼》并于《文馆词林》，采其词涉规诫者，勒成五十卷赐之[⑤]；在《三国史记·强首传》中从强首所读之书中可知，已传入朝鲜半岛的儒家典籍有《孝经》《曲礼》《尔雅》《文选》等；孝成王元年（738），唐玄宗遣邢璹曰："新罗号君子国，知《诗》《书》"[⑥]；景德王二年（743），唐玄宗遣赞善大夫魏曜来吊祭，并

① 日本学界关于徐居正的研究集中在 2015 年，主要有：丹羽博之『蘇軾「澄邁駅通潮閣」诗の日韓漢诗への影響李氏朝鮮徐居正「三田渡途中」诗と日本漢诗』、『東アジア比較文化研究』、2015（06）；吉永寿『「東大诗話」にあらわれた徐居正（ソゴジョン）の民族意識』、『コリア研究』、2015（03）。

② ［朝］徐居正：《东人诗话》，《韩国诗话选》，太学社 1983 年版，第 191 页。

③ ［朝］金富轼：《三国史记》，杨军校勘，吉林大学出版社 2015 年版，第 122 页。

④ ［朝］金富轼：《三国史记》，杨军校勘，吉林大学出版社 2015 年版，第 65 页。

⑤ ［朝］金富轼：《三国史记》，杨军校勘，吉林大学出版社 2015 年版，第 195 页。

⑥ 姜孟山、刘子敏等主编：《中国正史中的朝鲜史料》（一），延边大学出版社 1996 年版，第 428 页。

赐御注《孝经》[①]；从读书三品制中的必读书目可见传入的典籍，“四年，春，始定读书三品以出身。读《春秋左氏传》，若《礼记》，若《文选》，而能通其义，兼明《论语》《孝经》者为上；读《曲礼》《论语》《孝经》者为中；读《曲礼》《孝经》者为下。若通五经、三史、诸子百家者，超擢用之”。[②]

不言而喻，《孝经》是学习的基础，《文选》《左传》《论语》才是区别的根本。综观前面提到的典籍，《晋书》由唐房玄龄等人合著，体现了当时唐朝写史的水平以及李世民渴望国家统一的政治理想；《孝经》是儒家十三经之一，中国古代汉族政治伦理著作；《文馆词林》为许敬宗所编的汉诗文总集，由此可见中国典籍在新罗已经形成了全面铺开的态势。这些典籍不仅孕育了朝鲜的选官制度，即学习者只有通过阅读这些书籍后才能参加考试，并按照成绩等级任命官职，改变了原有的依靠骨品、贵族世袭的官吏选拔制度，大大提高了新罗官员的文化水平，又使新罗读书人更加积极学习汉学，促使新罗的礼仪制度、思维方式、道德准则、行为举止都发生了巨大的改变。更为重要的是，此类典籍为新罗汉文学的发展提供充足的养料和创作的范本，成为日后朝鲜汉文学发展与繁荣的土壤。

高丽朝时，统治者以儒治国，以儒兴学，视儒家思想为治国理民的重要工具，涉及政治、经济、文化等多领域，具有极强的包容性，成为一种文明符号、一种精神信仰，形成了立足于本土、根植于儒学的独特价值取向与普世理念。1290 年，安珦将中国性理学引入朝鲜半岛，又经白颐正、权溥、李齐贤、李穀、李穑、郑梦周等几代人的推动，为儒家思想在朝鲜朝绝对统治地位的形成奠定基础。朝鲜朝建立之后，以程朱理学（性理学）为正统思想和官方哲学，并大力实行“崇儒排佛”的政策。因此，程朱理学成为朝鲜朝前期二百年，以至整个朝鲜朝五百年间的统治思想。[③]

文学的创作往往离不开政治铺垫与文化渲染。这些社会历史文化语境一方面为文学的发展提供了生长的沃土、成熟的环境基础以及完善的理论准备，另一方面也使朝鲜文人对诗人、诗文的批评理念体现出明显的儒化倾向。

二 徐居正儒化的批评特色

《东人诗话》大致成书于 1474 年，即中国明成化年间。该书不仅是朝鲜半岛第一部以“诗话”命名的文学作品，也是徐居正诗学观的集中体现。其在诗学批评中，以摘句、比较的形式辩证地看待诗歌的优劣，表现出鲜明的儒化特色，认为对诗文的价

① 《孝经》为玄宗御注，可见《孝经》在朝鲜诸典籍中地位较高。强首生活的时间大约在 7 世纪末—8 世纪初，此时玄宗尚未登基，说明在玄宗御赐之前，《孝经》早已传入朝鲜。本句出自［朝］金富轼《三国史记》，杨军校勘，吉林大学出版社 2015 年版，第 124 页。

② ［朝］金富轼：《三国史记》，杨军校勘，吉林大学出版社 2015 年版，第 135 页。

③ 任范松、金东勋：《朝鲜古典诗话研究》，延边大学出版社 1995 年版，第 85 页。

值评判不应在于诗句语言及结构，在于诗文是否具有教化价值，能否带来积极的理念影响，若不能满足这样的基本需求，诗文不会获得认可。

其一，重视诗歌的社会作用和伦理教化功能。在朝鲜朝前期，程朱理学垄断了文化学术界，程朱理学所标榜的“文以载道”思想，成为当时士大夫文学思想的核心。[①] 徐居正的《东人诗话》正是从“文以贯道”出发，重视诗歌的社会作用和伦理教化功能。姜希孟（1424—1483 年）在《东人诗话·序》中明确点明了《东人诗话》的宗旨：“不徒取其文词之美，隐然以维持世教为本。”[②] 这是《东人诗话》评选记事的标准。徐居正在文中也谈道：“诗者小技，或有关于世教，君子宜有所取之”[③]，“诗当先气节而后文藻”。[④] 在这里，再次点明诗歌与世教的关系。世教的作用就应该是以修己存养为目标，对儒家“忠孝节义”思想、“舍我其谁”担当精神的弘扬，实现齐家、治国、平天下的社会理想。而诗歌是实现其目的的重要媒介。如《东人诗话》中说：

> 林代言朴倜傥喜立名，尝如元。帝欲以德兴君，代恭愍王为王。朴曰：若从僧王，无异妇人背夫，誓死不从。朴将还，德兴倩诗，朴书其屏曰：“弃本淹淹逐末行，泰山还似一毫轻。投鞭真欲横江去，嗜饼徒劳画地成。得瓮醉时谁识破，吹竿混处谩求荣。莫将绘事迷人目，我爱天然古石屏。”范学士素叹曰：“不图千载之下，复见忠节之士也。”[⑤]
>
> 宋太祖灭蜀，召蜀主孟昶花蕊夫人费氏，使赋诗。诗曰：“君王城上竖降旗，妾在深宫那得知。十四万人齐解甲，也无一个是男儿。”读此诗，凡丈夫之兵败偷生屈膝者，无面目见于人。高丽穆宗时，契丹主入兴化镇。执副都总管李铉云协之。铉云献诗曰：“两眼已瞻新日月，一心何忆旧山川。”如铉云者，行若狗彘固不足论。然大丈夫，而曾不若一妇人，可耻之甚也。诗可易言哉。[⑥]

在衡论国患，以诗正德时，徐居正分别以记述欲废恭愍王和花蕊夫人之羞愤两件诗坛逸事，对变节投降者予以辛辣的讽刺。由材料可知，他在崇尚节义之美的同时透露出其文学观——重视“气节”。他认为废除恭愍王犹如“妇人背夫，誓死不从”。在朝鲜文人心目中最纯正的思想莫过于正统儒家思想，最高洁的品格莫过于儒家的忠孝节义，“忠臣之事君也，莫先于谏”，以死保节方为人臣者的最高境界。而北宋初年蜀主孟昶的花蕊夫人所作的《述国亡诗》虽泼辣但不失委婉，语带夸张却慷慨豪迈，不亢不卑，颇有气势，有力地写出了一个女子强烈地斥责李铉云的投降行为。徐居正评

① 李岩、池水涌：《朝鲜文学通史》（中），社会科学文献出版社 2010 年版，第 677 页。

② ［朝］徐居正：《东人诗话》，《韩国诗话选》，太学社 1983 年版，第 189 页。

③ ［朝］徐居正：《东人诗话》，《韩国诗话选》，太学社 1983 年版，第 241 页。

④ ［朝］徐居正：《东人诗话》，《韩国诗话选》，太学社 1983 年版，第 169 页。

⑤ ［朝］徐居正：《东人诗话》，《韩国诗话选》，太学社 1983 年版，第 228 页。

⑥ ［朝］徐居正：《东人诗话》，《韩国诗话选》，太学社 1983 年版，第 223 页。

价道："不若一妇人，可耻之甚也。"花蕊夫人的身上承载了东方女性所特有的韧性和守正不屈的儒家精神。① 由此可见，徐居正对花蕊夫人气节的赞叹和对耿耿忠心的礼赞是出于儒家思想的要求，目的是传播有益于教化的雅正内容。

其二，重视诗话的价值取向。儒家思想是高丽、朝鲜朝时期的统治思想，并具体体现在教育和科举制度中。这样，在社会中形成了儒家政治思想的笼罩，造成了强烈的政治思想氛围，而且培养和选拔了符合儒教思想的士林阶层。他们构成了符合儒家思想的创作主体。因此，儒家诗教必然是他所愿意尊奉的。徐居正执掌文坛二十三年，作为文坛领袖，他创作的《东人诗话》表现出对以往诗学的总结意义和对后代诗人创作的指导意义，对朝鲜朝初期文坛产生了深远的影响。纵览《东人诗话》，我们发现徐居正论述的中心已经实现了从论事记事到谈诗论诗的转变。他充分应用了诗话"记事功效"，记录并评论了诗坛风气，诗歌的本质、创作，以及从中国古代文艺理论的范畴探讨诗歌的习得规律。我们考察其诗话内容，不难发现其中所蕴含的诗歌理论价值和史实价值兼具的价值取向。

《东人诗话》的整体价值取向，在朝鲜朝文人的评价中也得到了证实。朝鲜朝文人姜希孟在《东人诗话·序》中概括道：

> 盖诗不可舍评而祛疵，医不可弃方而疗疾。自雅亡而骚，骚而古风，古风而律，众体繁兴，而评者亦多。如《总龟》《苕溪丛话》《菊庄》《玉屑》等编，议论精严，律格备具，实诗家之良方也。吾东方诗学大盛，作者往往自成一家，备全众体，而评者绝无闻焉。及益斋先生《栎翁稗说》，李大谏《破闲》等编作，而东方诗学精粹得有所考。②

材料中，姜希孟不仅较为全面地归纳了《东人诗话》的整体价值取向，也透露出其对徐居正的诗学观有着清楚的认识，即以正诗道、辨曲直为重，理论价值与史实价值兼具，不迷信先贤、有自身的独创性。这些诗教、诗道都出于传统儒家文化，经过朝鲜文人不断总结经验并反复指导创作实践，乃治疗诗坛疾病的"良方"，对浮糜奢华、浓纤富艳的文风也有正弊的作用，亦最终成为朝鲜诗话普遍的思维逻辑。

三 徐居正儒化的审美追求

讲究人品与文品的统一，是中国传统的重要的文学批评原则。在唐代，韩愈就提出："根之茂者其实遂，膏之沃者其实晔，仁义之人，其言蔼如也"。"人品甚高，胸中洒落如光风霁月，好读书，雅意林壑，初不为人窘束世故。"宋代，黄山谷亦十分注

---

① 马金科、朴哲希：《论朝鲜朝文学批评家徐居正的女性文学观》，《东疆学刊》2015 年第 2 期。

② ［朝］徐居正：《东人诗话》，《韩国诗话选》，太学社 1983 年版，第 189 页。

重内省心性修养功夫，并直接影响到他的文学创作和文学思想。他主张诗歌创作应本于“忠信笃敬”的人格和道义原则，以儒家传统为依托来抒写自己的情感和对现实的感悟。

其一，作诗当重人品。文学作品是积淀于作家头脑中的各种社会意识因素在与特定的文学表现对象发生交流之后所产生的，作者内心的爱憎、褒贬、抑扬等情感，往往通过艺术作品流露或显示出来。历史上，孔子最早把人的品德与创作联系起来。孔子曰：“有德者必有言，有言者不必有德。”（《论语·宪问》）他认为，品德好的人，言语一定好。

中国古代诗学一贯以儒家学说为准绳，沿用孔子的德言观。认为内心的情感、人之品质、个性、胸襟等往往影响和制约其作品的品格。因此，“作诗如其人”，中国文人历来追求人格之美。徐居正受此影响，特别推崇杜甫、黄庭坚、陈师道、陈与义等“江西诗派”的诗歌，其中原因之一在于他们的诗“皆出于忧国忧民，一饭不忘君之心”“诗贵含而不露”。徐居正《东人诗话》视杜甫为“诗圣”；朝鲜朝中期时，李晬光《芝峰类说》亦极力推崇杜诗为“诗史”，认为杜诗独步朝鲜千古诗坛。① 显然，这种诗学观和审美观源出儒家思想的要求，也恰好说明儒家思想对朝鲜诗话创作影响之深。

> 丁谓诗：“天门九重开，终当掉臂入。”王元之曰：“入公门鞠躬如也，天门岂可掉臂入耶，此人不忠。”近有儒士姓李者，尝在迁谪，押骊兴清心楼山字韵。自此，且对龙驭。见者知其有逆心，未几果诛。②
>
> 岁丁丑，高太常闰，奉使来题大平馆楼古风一篇。自批曰：“精深雅健、极尽豪华之态”。又赋却鞍马诗曰：“汉文既是轻千里，祖逖无心着一鞭。”自批曰：“老健”。观大平楼诗，浮糜轻纖，汉文却马非人巨所当用，是何等语，而高之自批若是乎，予薄其为人。③

《东人诗话》中，徐居正将论人和论诗结合为一，对诗歌进行评判。在这两则诗话中，他认为诗人的品格决定诗的品格。反过来，诗品反映人品，从诗的品格往往能看到人的品格。《宋史》卷二百八十三评价丁谓，“险狡过人，然而心术不正”。李姓儒生心中则萌生叛逆之心。所以，一个霍乱官场，对国家前途、民族命运和人民苦难漠不关心的人，一定不能写出情感炽热、志趣高远的诗，其诗的内容一定是捧场献媚、取悦逢迎。而高闰自批中自夸、骄傲则其为人必轻浮、浅薄。

其二，作诗当有大气象。徐居正认为诗是心声，不可违心而出。诗歌、文章与人的品格具有一致性。因诗中有“大气象”或金榜题名，或名利双收，或驰名文坛，故

---

① 蔡镇楚、龙宿莽：《比较诗话学》，北京图书馆出版社 2006 年版，第 278 页。

② ［朝］徐居正：《东人诗话》，《韩国诗话选》，太学社 1983 年版，第 254 页。

③ ［朝］徐居正：《东人诗话》，《韩国诗话选》，太学社 1983 年版，第 214 页。

此他提出了“气象”这一概念。“气象”所指的就是作家的作品中蕴含着作者的精神、气质、人品。

> 宋王沂公会微时，以所业贽吕文穆公。有早梅诗：“雪中未知和羹事，且向百花头山开。”吕日此生次第安排，当作大魁登岩廊。后果然。金学士黄元，作诗好使夕阳字，金学士富仪以为晚登要路之言谶。李陶隐登崧山诗“徐行终亦到山头”。论者以谓从宽缓，有远大气象，果能年踰八衮，辅相五朝，功名富贵终始双全。诗者，心之发，气之充。古人以谓“读其诗，可以知其人”，信哉！①

在此，徐居正认为诗歌创作最重要的是诗歌里呈现出的“气象”，而非技巧。通过鉴赏诗文能看出作者的“气象”。由“气象”推及诗人的胸怀和志趣，并以功名富贵为证。他在《东人诗话》下卷还借用春亭先生卞季良之口进一步阐明“气象”：“圃老豪迈俊壮，横放杰出气象，既于诗见之。”可见，不同的人有着不同的“气象”。内心正直之人表现出的是大志得伸，浩然满怀的“气象”；而内心险恶之人其“气象”必轻浮奢靡。我们通过诗中的“气象”便可感受到作者所处的环境、生活的态度和人生观的巨大差异。每个时代有自己的诗风，每个人有自己的“气象”，诗中若无“气象”，则浮响肤辞、无根无蒂、空洞无味。

其三，作诗当有大气度。在宋代，理学盛行，文人更加注重内心修养。与此相对应，在诗话评论中，胸襟、气度、胸怀之类的词语屡见不鲜。清代著名诗人、文学批评家沈德潜在《说诗晬语》中谈到诗人的气度、胸襟时说：“有第一等襟抱、第一等学识，斯有第一等真诗。”他把胸襟与学识提到同等重要的地位，认为有“第一等”的胸襟和学识，才可能有“第一等”的好诗。他明显强调诗人要有宽广高尚的胸襟，只有这样，其才、学、识等方面，才能得到有效的发挥，所创作的诗歌才会达到上乘。②

> 半山与东坡不相能，然读东坡雪后义韵诗，追次六七篇，终不可及，时人服其自知甚明。三峰假寐，族侄黄铉，从傍诵陶隐扈从诗：“鼓角沧江动，旌旗白日阴。词臣多侍从，会见献虞箴。”三峰忽开眼，令铉再诵曰：“语韵清圆似唐诗”。铉曰：“李签书崇仁所著也。”三峰曰：“儿子辈何从得恶诗来乎。”呜呼！以半山之执拗自是，尚不发公论，郑不及半山亦远矣。③

“文非一体，鲜能备善。”再好的作品，再大的作家，也不是无可挑剔的。因此一些文人常意气用事，“暗于自见，谓己为贤”。从上文可知，《东人诗话》把王安石有

---

① ［朝］徐居正：《东人诗话》，《韩国诗话选》，太学社 1983 年版，第 228 页。
② 宾之：《沈德潜论胸襟》，《西北师范大学学报》（社会科学版）1994 年第 3 期。
③ ［朝］徐居正：《东人诗话》，《韩国诗话选》，太学社 1983 年版，第 216 页。

“自知之明”和郑道传相轻李崇仁两件诗事相对照，认为郑不及王甚远。说明了“气量”对文人的重要，文人间应该有雅量、大气。

其四，作诗亦要抒情。徐居正一方面继承了《诗经》中“诗言志”的诗学传统，同时，也表现出对诗歌美感的重视，即诗歌抒情当“思无邪”的审美追求，要求诗歌“发乎情，止乎礼义”，将之视作评价诗歌优劣高下的尺度和标准。

> 高丽革命，诸王皆屏海岛，有僧与一王氏相善者，欲相别，追至海岸，已解缆矣。僧挥笠示之，王氏断衫袖血书云：“一声柔橹沧溟远，且问山僧奈尔何”，裹木头向岸掷之不及。僧泅得之，遥望烟波，已失船帆所在矣。僧痛哭而返。呜呼！王氏平生才藻，岂与潜相埒者欤？亦安可必信其尝知潜诗者？然临危竭情，自与古人诗语相合，其哀怨之词，至今使人不能无动，诗之感人深矣。①

材料中，徐居正把情感特征作为评论诗歌的尺度，认为王氏诗歌中的真情令人感动。此外，徐居正在《东人诗话》中还有诸多此类的点评，如“诗出肺腑”“能叙尽一时悲悼之怀”“能写尽欲归未归之志”等词句，自觉地以情感的深浅，表现的痛快、含蓄等评价诗人和诗作。② 不言而喻，他虽看重诗歌的社会作用，但对于诗歌的抒情写意的基本特征亦加以兼顾。

总而言之，徐居正受儒家思想的影响，在政治上一直以维护朝廷统治为己任；在文学主张上也以儒家文学观为核心，要求文章、立言都要关乎世教，创作出关乎世教的文章。他将对于文学社会性的追求放在了比较重要的位置，对诗文的功能性、实用性，以及产生的思想影响非常重视，强调诗歌的社会功用和伦理教化作用。这种诗学观念与中国儒家思想中的礼教文化如出一辙，在论诗的社会价值、宗旨和价值取向上具有清晰、丰厚的儒家思想之印迹，对朝鲜后世诗学发展产生了深远的引导作用。

---

① ［朝］徐居正：《东人诗话》，《韩国诗话选》，太学社 1983 年版，第 210 页。

② 任范松、金东勋：《朝鲜古典诗话研究》，延边大学出版社 1995 年版，第 102 页。

专栏:新媒介文艺批评

主持人语

单小曦

习近平总书记《在文艺工作座谈会上的讲话》（2014 年 10 月 15 日）中指出："互联网技术和新媒体改变了文艺形态，催生了一大批新的文艺类型，也带来文艺观念和文艺实践的深刻变化。"这里所说的"一大批新的文艺类型"就是我们所说的新媒介文艺。今天，可以把新媒介文艺简单理解为依托计算机网络、移动互联网、大数据、云计算、人工智能等数字媒介进行生产、传播、消费的文学、艺术、泛艺术形态的总称。笔者倡导的媒介文艺学研究认为，当前新媒介文艺呈现出四大走向：一是以新媒介艺术为代表的精英化走向，二是以网络文学和网络影视、动漫、游戏等为代表的大众化走向，三是以自媒体文艺短视频为代表的自娱化走向，四是以人工智能文艺为代表的智能化走向。每一个走向上都已经出现了异彩纷呈、不同于传统印刷文艺特点的大量作品和现象。但今天的主流文艺批评尚未关注或很少关注这些作品和现象，更缺少切近文本和现象的批评。本人主持的国家社科基金重大项目"中国新媒介文艺研究"（项目批准号：18ZDA282）专设了"中国新媒介文艺批评实践"方向，在诞生于中国现实文化土壤的新媒介文艺现象中选取代表性作品和现象展开批评实践，以弥补当代文艺批评在新媒介文艺领域的缺席与不足。本栏目选出的三篇论文，属于"学—研"结合的"合作式批评"实践的产物，即以杭师大新媒介文艺批评研讨课为载体进行批评创作，从选题到研讨再到写作都把合作精神落到了实处，最终成果文责由第一作者负责。现将之推出，希望引起学界的关注，以期促进中国新媒介文艺批评乃至中国新媒介文艺研究的进一步发展。

本文系杭州师范大学单小曦教授主持的《新媒介文艺批评》研讨课系列成果之一。

朴素与温情

——独立动画《罗小黑战记》的个人化风格及其价值

单小曦　叶龄颖*

（杭州师范大学人文学院、文艺批评研究院　浙江杭州　311121）

摘要：独立动画《罗小黑战记》以其独特的朴素与温情打动人心，体现了创作者鲜明的个人风格。在三维立体动画大行其道的背景下，创作者坚持传统的二维动画创作模式，主动进行了技术降维；作品在“治愈系”的成长叙事中渗透着创作者的个体生命感悟；作品在文本空间营造、受众审美价值实现、理想主义的创作实践等方面呈现出了超越性美学追求。《罗小黑战记》在呈现个人化创作风格、坚守独立艺术创作道路方面，对国产动画具有示范意义。

关键词：《罗小黑战记》；技术降维；治愈系；日常叙事

独立动画指“由个人或团体（包含公司）发起制作的小成本动画，该类动画不依赖专业动画公司，拍摄制作相对自由，其题材不限，既可拍商业动画，也可拍试验性动画，并有权参加任何动画奖项的小型创作组织作品”[①]。独立动画创作中，多是创作者一人身兼导演、编剧、原画、动画、后期制作等数职，主要依靠个人或小团队力量完成，受商业化因素干扰小，自由度较大，是一种纯粹为了表达创作者个人意愿，能够充分彰显创作者个人风格、审美趣味和价值观的动画制片模式。一个时期以来，国内涌现出了大量各具特色的独立动画作品，在动画生产领域产生了重要影响。以朴素和温情为突出特点的《罗小黑战记》（后文缩称《罗小黑》）就是其中的代表作之一。

《罗小黑》是由独立动画制作人 MTJJ（木头）及其工作室[②]创作的一部 Flash 动画剧，在哔哩哔哩平台上的播放量高达 3.1 亿，追番量达到 580 万。《罗小黑》TV 版动

---

* 作者简介：单小曦（1971— ），吉林松原人，文学博士，杭州师范大学人文学院、文艺批评研究院教授，硕士生导师。主要研究方向：媒介文艺学。叶龄颖（2001—），杭州师范大学人文学院 2019 级本科生。本文系国家社科基金重大项目“中国新媒介文艺研究”（项目批准号：18ZDA282）阶段性成果。

① 黄霁风：《浅谈新海诚动画的启示及中国独立动画的发展趋势》，《数位时尚》（新视觉艺术）2009 年第 4 期。

② 北京寒木春华动画技术有限公司，一般称其为“罗小黑工作室”。作为独立动画团队，从最初的导演 MTJJ 一人发展到七人团队；后来逐渐增加到了五十多人。

画剧集自2011年3月开始出品，目前已连载至30余集，其同名动画电影于2019年上映。这部以一只小黑猫为主角的动画短片剧集，凭借简约自然的作画风格、温情生动的日常叙事以及充满童趣却不失深度的主题内容，获得了创作上的成功，收获了大量忠实粉丝。作为一部优秀的独立动画作品，《罗小黑》具有鲜明的个人主义色彩，有着独立的艺术价值和艺术追求。《大鱼海棠》的导演张春对《罗小黑》的评价是："简单，干净，温暖，治愈，一切都很自然，一切都刚刚好。"[①]《罗小黑》所呈现出来的这种风格，离不开导演MTJJ本人对人生和社会的独立思考和个人价值观的审美表达。本文从技术降维的形式追求、"治愈系"的日常成长叙事、超越性审美价值追求等几方面，探究朴素与温情的个人风格在《罗小黑》中的体现。

一　三维动画普及背景下的技术降维

在当前日趋同质化、产业流程化的动画生产领域中，《罗小黑》可谓一朵"逆流而动"的奇葩。它在明显倾向三维化走向的动画市场中，主动进行技术上的降维，坚持传统的二维动画创作模式，并以复古的Flash[②]软件作为技术载体进行动画制作。同时以Flash二维动画技术和视觉表达相得益彰地体现个人色彩。而从这种主动降维的形式追求和独具特色的动画风格中，我们也能窥见MTJJ作为一个有情怀的独立动画人所秉持的创作态度和理念。

随着计算机的发展和普及，以及三维动画软件、CGI数字合成技术的成熟，三维动画蓬勃发展，国内外越来越多的动画创作团队选择以三维动画作为呈现形式，传统二维动画则显得黯然而落伍。与二维动画相比，三维动画有更为强烈的视觉冲击，如华丽的特效、逼真的人物、绚丽的色彩和背景等，更受市场欢迎。国际著名动画公司梦工厂、迪士尼等明显倾向于制作三维动画。2003年，梦工厂宣布全面使用CG技术；2004年，迪士尼关闭奥兰多传统动画工作室，并于2006年斥资几十亿美元收购了一家著名的数码动画工作室。自从《玩具总动员》《怪物史莱克》等电脑三维动画大获成功、火遍全球市场，动画走出了一条全新的道路，一时间几乎所有的动画都要用三维技术、数字合成技术来显示自己的与时俱进。据统计，1995—2018年，全球票房排名前100位的动画电影中，有94部为三维动画作品；2014年以来在大陆上映的动画电影票房排行榜前15名中，有13部是三维动画；以《哪吒之魔童降世》《西游记之大圣归来》《白蛇：缘起》等作品为代表，近年引起大众讨论的国产爆款动画电影也以三维动画居多。除了商业动画领域的普遍三维化，在独立动画领域，由于三维动画软件价格不断下降，个人创作者也可以承担得起制作三维动画的成本，越来越多的独立动画人

① 李俐：《〈罗小黑战记〉接棒〈哪吒〉上映》，《北京晚报》2019年9月6日。

② Adobe Flash（原称Macromedia Flash，简称Flash），是美国Macromedia公司（已被Adobe公司收购）开发的一种二维动画软件。属于矢量软件，以分层、逐帧绘制为技术特征，以绘画性为主要风格形式。

选择以三维形式创作。而就在三维动画形式普及和 CGI 合成技术大行其道的形势和背景下，《罗小黑》以特立独行、逆流而动、返璞归真的姿态，主动进行了技术降维，采用二维动画和平面方式加以呈现，并获得了较大成功，这是非常值得关注和探讨的现象。

除了从三维到二维，《罗小黑》还在制作技术上进行了从主流使用的位图软件到复古 Flash 软件的降维。Flash 属于矢量软件，以分层、逐帧绘制为技术特征，以绘画性为主要风格形式。21 世纪初，Flash 动画在中国出现过一个短暂发展的高潮，Flash 作为一种学习、使用起来较简单便捷、制作动画成本较低的软件，是许多动画爱好者创作独立动画的首要选择。一群创作 Flash 动画的独立动画创作者聚集在网站“闪客帝国”上，被称为“闪客”。但随着互联网以及动画制作技术的进一步发展，以及商业动画对市场的占领，Flash 作为矢量软件无法制作太过丰富、精巧的画面的缺点，逐渐显现。取而代之的是能够承载更多画面信息量的位图软件，例如 RETAS、Clip Studio Paint 等，Flash 动画创作的高潮以及“闪客”们也逐渐远去，消失在人们的视野中。但《罗小黑》却在制作技术上，选择依靠“古老”的 Flash 技术和逐帧动画形式，画面质朴，没有花里胡哨的渐变和华丽炫酷的技能特效。Flash 以矢量化、绘画性为特点的动画风格，加之二维平面动画的呈现形式，能够充分发挥出创作者的艺术感知力和主观能动性，这种技术、形式上的降维追求，有助于充分发挥和展现 MTJJ 显著的个人化作画方式和动画风格。在如下两大方面尤为突出。

首先，在视觉呈现上体现出了 MTJJ 特色的典型平面简笔画风，这种简笔画风格自然清新、纯粹冲淡，给人带来童真朴素而温馨的感受。Flash 动画所特有的物体边缘与背景颜色界限清晰、颜色平整的平面特征，体现在《罗小黑》粗线条、大色块、无阴影的简笔画作画方式上。尽管是线条、色彩简单的简笔画形式，但形象仍不失立体感、体积感和流动感，画面也简洁开阔和富有韵味，简单舒适，具较高的辨识度。在形象绘制上，《罗小黑》使用粗线条描绘人物轮廓，并明显地弱化了阴影。在番剧角色的立绘中，几乎只有线条看不到阴影；电影方面，出于要将画面搬上大银幕而需要更细节化、精致化的考量，也只是在边缘浅浅地描出一层，基本上沿袭了一以贯之的粗线条、无阴影作画方式。这种作画方式在塑造形体上就需要用上单纯的线条和平涂色彩，要求绘制者具有相当高的对色彩、线条以及整体画面的把握能力，这也体现了 MTJJ 的强大作画功底。同时这种作画方式还使画面整体色调相比复杂的混色更加单纯，给人直接纯粹之感，凸显了《罗小黑》作品纯真可爱的气质，与动画的整体基调相契合。在画面展现上，《罗小黑》通过简练勾勒和色块铺陈，开阔了二维动画的视觉平面，承袭了传统中式的美学风格。如番剧中的乡村田园全景画面，晴空、白云、绿野仅用简单的线条勾勒和大块的单色铺陈，就描绘出一幅安详的郊外乡村场景；电影中无限和小黑在海上漂流，海天一线间几朵闲适的白云，一叶筏子上的一人一猫，汪洋漂流的壮阔感便迎面而来。通过点、线、面的巧妙组合，以及大面积的留白，使二维动画的视觉平面瞬间变得开阔起来，并使人物与画面融为一体，大有水墨画言有尽而意无穷的神韵。

其次，天马行空、行云流水的空间布局和虚实相生的意境创造，带有 MTJJ 的强烈艺术个性。与前文所提到的简笔画风相得益彰的是，呈现扁平化的画面和人物更具有弹性和张力，便于保持画面动态感的统一和动作的流畅感，简单的人物线条轮廓带来了较大的动态形变空间和高速打斗动作发挥的可能，最突出地体现在打斗场景上。与参照现实三维空间绘制的三维动画相比，采用二维平面作画方式的《罗小黑》，为观众开拓了更广阔的想象空间和二度创作的可能性。而与其他的二维动画作品相比，例如新海诚导演注重细腻、精致的背景画的所带来的立体、真实感，宫崎骏导演注重运用 Layout，目的是“用 2D 的作画也能精确表现 3D 的视觉效果”①，许多二维动画导演即便是呈现二维画面，也注重三维空间的逼真写实感。而《罗小黑》对极简扁平画面的大胆使用，是其较之其他作品不同的突出特点，也为其作品中空间运用的动态风格带来了更大的发挥空间。含有轻冒险元素的《罗小黑》有较多的打斗场景，与三维动画相比，《罗小黑》打斗场景的一大特点便是动作速度快，动态感强烈，运镜变化多，天马行空，紧凑利落，流畅自由，与平常悠闲舒缓的慢节奏风格形成鲜明的对比和张力，带来强烈快感。酣畅淋漓的高速打斗戏也正是《罗小黑》动画的一大吸睛之处，乍一看眼花缭乱，仔细看却能看清一招一式，在电光火石之间蕴藏着大量信息。这不仅在 TV 版番剧中有所体现，在制作更为精良的大电影中表现更为出色。其画面效果在国产二维动画中堪称上乘，展现了 MTJJ 工作室动作设计和作画的强大功底，甚至得到了身为二维动画大国的日本动画界的高度认可。井上俊之②评价道，“打画得太厉害了，角色在空间中的动作、运镜很棒，电影里有很多大运镜场面，但是其中完全没有破绽”。③ MTJJ 表示，这是他所理解的正常时间下的“超战斗”，是创作者审美观念的有意呈现。④

《罗小黑》的 Flash 二维画面也带来了虚实相生的意境创造。相对于三维画面力求“再现”，达到身临其境的真实效果，二维画面则注重“表现”，尽管缺乏了立体感、逼真感，但二维带来的留白，却营造出了“境生于象外”的审美氛围，给观众留下了更广阔的想象空间。受中国国画传统的虚实相生的留白之法的启迪，《罗小黑》在画面构图上化繁为简，化实为虚，舍去了对现实的繁复细节，在作画上以简单的渲染来虚化背景，并以粗线条的勾勒来提纯画面，营造出朦胧感和层次感，呈现出更为澄澈、纯净的效果。在色彩运用上选择了饱和度更低的颜色，使画面更趋向于传统国画的单纯

---

① 张琪：《动画设计原理》，吉林美术出版社 2019 年版，第 101 页。

② 井上俊之，日本知名动画人，曾在宫崎骏、押井守、今敏、庵野秀明等导演的作品中担任重要场景的原画与作画监督，主要作品有《黑色残骸》《怪物之子》等。

③ 《井上俊之谈〈罗小黑战记〉》，https：//weibo. com/5127988964/JsnNtl90w？from＝page _ 1005055127988964 _ profile&wvr＝6&mod＝weibotime&type＝comment＃ _ rnd1623292364855。

④ 参见《MTJJ 木头的创作谈》，https：//weibo. com/1260555362/IeWya7yMY？type＝comment＃ _ rnd1621871079760。

色调，使画面达到空灵、悠远的审美意境。将现实中的实体物质形态进行主观的变形和取舍，化画面的实物为主观情思，使画面中有限的“实”通向无限的“虚”，而“虚”带来的多义性和不确定性又能够诱发观众的想象，超越有限的画面，产生审美自由遐想，创造出了“虚”“实”相生的意境。

《罗小黑》坚持 Flash 二维动画的呈现形式，离不开创作者 MTJJ 对动画的“作画感”和“设计感”的坚持和追求。“我们选择二维，就是因为它的‘作画感’——我们都喜欢画画”，MTJJ 认为三维动画的制作流程里除了前期设定，缺少“作画感”，多是对技术的调整。出于绘画爱好者对作画的喜爱，MTJJ 选择二维手绘的动画制作模式。“如果非要我说二维有比三维好的，那可能就是会更‘自由’吧。”① 但现实情况的限制是，由于需要人工手绘，制作二维动画比三维动画更加费时、费钱、费力。由于罗小黑制作团队对画面品质和动态效果的追求，每 1 秒就需要绘制 12 张原画，而 100 多分钟的电影则总共需要 7 万多张的原画。Flash 二维动画不仅需要大量的人工手绘，还需通过输入和编辑关键帧，计算和生成中间帧，定义和显示运动路径，才能形成运动的画面；而高技术精度的三维动画主要靠建模和动画编辑、动画解算来实现动画制作，主要是技术上的开发和制作，三维动画师的人力主要花费在通过对特定软件和插件的控制，对模型细节和动作进行反复调整和渲染，如模型构建、骨骼调整、布料质感、毛发渲染、动力学系统等，而缺失了 MTJJ 所坚持和追求的二维动画所特有的形变和动态所带来的动画的设计感，和全程参与作画这一流程本身。从中，我们也能感受到《罗小黑》这部动画中所展现出的 MTJJ 作为一个有情怀、有信念的独立动画创作者所秉持和坚守的创作态度和理念。

二 “治愈系”的成长叙事

“治愈系”的概念最早来源于日本，指清新、温暖、抚慰人心，能给人以持久的舒适感的事物。有研究者得出结论，治愈系动画作品有以下三个突出特征：一是节奏舒缓，情节平淡，以各种细节去诠释现实生活现状；二是励志倾向，能够使观众获得力量、产生共鸣，但区别于热血励志作品，前者给人以淡淡的、宁静而确实的希望；三是没有绝对的邪恶，也没有明显的色情暴力。②《罗小黑》作为一部治愈系作品，在叙事模式、叙事节奏、叙事氛围方面都契合这些特征。在过多现实题材作品贩卖焦虑的当下，在众多以成长议题的苦难描写和伤痕叙事博取眼球的环境中，《罗小黑》以简单自然的日常生活叙事模式、舒缓平和的叙事节奏、温情脉脉的叙事氛围，打造了一个审美想象空间，给观众带来温情治愈的情感体验。但《罗小黑》的治愈叙事绝非为取

---

① 彼方等：《〈罗小黑战记〉的作者，终究没能躲过我们的专访》，https：//www.sohu.com/a/337862070_482993。

② 邓文婧：《日本动漫中“治愈系”现象的呈现研究》，硕士学位论文，西南政法大学，2012 年，第 8 页。

悦观众而精心定制的产业化元素的简单拼凑，而是渗透着创作者的个体生命体悟，脱胎自成年人阅尽俗世后仍珍视如初的童趣、饱经风霜仍挂在心头的乐观，是审美情感的自然流露和自由灵魂的创造性抒发。

《罗小黑》拒绝宏大构架，采用的是简单自然、细水长流的日常背景中的成长叙事模式，讲述的是质朴、真实、细腻的日常生活故事，在细节处描摹现实生活，是叙事模式上的“治愈系”体现。有研究者认为，取得较大成功的同代国产动画作品，如《哪吒之魔童降世》和《西游记之大圣归来》，采用的都是“肯定—否定—寻找，再肯定—再否定—再寻找”① 的基本成长叙事模式。这种叙事模式的特点是，有明显的情节冲突节点，以主要角色为叙事中心展开，重点描绘主要角色经历了某些特殊、重大事件，从而发生了一系列的变化而促进角色的成长。《罗小黑》虽然同样以情感关系、角色成长、重大事件作为重要叙事推动力，但却有意将重大事件消解在日常生活的细水长流中，没有矛盾激烈的重大情节冲突节点，没有离奇的情节、曲折的剧情，只是将日常故事徐徐道来。在把日常生活中的简单温馨、平淡诙谐向观众娓娓道来的同时，呈现着角色的内心成长和精神养成。从 2011 年开始制作时，制作组给《罗小黑》打的标签是“少年”“治愈”“搞笑”“温馨”，注重讲述日常生活故事。即便是将标签转换为“冒险”“奇幻”的大电影中，其日常成长叙事的内核依然延续着。TV 版番剧主要讲述了一些悠闲、小打小闹的日常生活小事，例如在罗小白和父母家中的家庭琐事，小白和山新好朋友之间的相处，在乡下的爷爷和阿根家里的悠闲田园生活，都向观众展现了一幅幅质朴自然而又真实的生活场景。就在这些细碎的日常叙事中，几个孩子逐渐形成了积极向上的人生价值观，身心获得了健康成长。主打冒险的大电影中也很注重日常叙事的重要性，例如电影中无限与小黑的流浪历程，据 MTJJ 本人对创作经历的声明，在最初的剧情设置中本来有类似于出现海怪的大事件，但经创作者的考量后，将这段情节全部变成了平淡的日常叙事。正是在这些点滴的日常经历中，使小黑看到了人类世界的善意与美好，意识到人妖两族并非处于绝对的对立状态，也可以和谐共生。这些润物细无声的对生活的点滴体悟，使小黑逐渐形成了对世界的完整认知和判断是非善恶的价值标准。

日常的成长叙事模式，也带来了舒缓平和的叙事节奏，也是《罗小黑》“治愈系”的一大体现。《罗小黑》的叙事节奏有一种娓娓道来的淡然，仿佛在听 MTJJ 不紧不慢地讲一个个小故事，并不追求叙事的紧凑和张力，而是让观众跟着小黑参与到故事中来。创作者在娓娓的讲述中慢悠悠地将故事主线和世界背景徐徐展开。这种叙事风格的形成，与 MTJJ 本人温和如水的性格有关。MTJJ 在谈及作品创作经历时说：“在创作剧本的故事中，我们做过很多版本，烧脑的、复杂的、多线的，最后选择了最简单的一个，一个慢悠悠的故事”，“节奏慢是我的选择，我觉得适合这个故事最舒服的节

① 林茜：《国产动画电影的成长叙事模式探究——以〈西游记之大圣归来〉和〈哪吒之魔童降世〉为例》，《四川戏剧》2021 年第 3 期。

奏就是这样”[①]。事实证明，这种《罗小黑》特色的慢节奏叙事，的确与一众主打热血燃情的作品构成了鲜明的对照，形成了自己独有的如水般的平和舒缓风格。

同时，《罗小黑》温情脉脉、轻松愉快的叙事氛围，也成就了它“治愈系”的风格。主角罗小黑等年龄为 10 岁，于是故事便以孩子的眼光叙述，隐去了血与火的暴力厮杀、权力争夺的钩心斗角，也没有绝对的邪恶，主要是童趣、质朴的温馨表达，而这也是 MTJJ 通过创作展现出来的一个理想投影——一个纯粹、真诚的单纯世界。《罗小黑》中没有大奸大恶之徒，没有让观众恨之入骨的形象，没有真正的贪婪、丑陋或邪念，更多地在传达爱与善意。看似站在对立面的“反派”，并非传统的脸谱化反面人物，在对他们形象的塑造中，同样蕴含着对善良与勇敢的赞扬，对和谐与真诚的呼吁。例如 TV 版番剧中先后抢夺天明珠的小花妖粉末和幕斯、阿先一伙妖精以及青丘、破老一伙妖精，乍一看是与主角等对立的反派团伙，但实际上他们并非受邪恶贪念驱使的扁平反派，他们的抢夺行为背后是出于使用天明珠进行修炼或救性命垂危的友人的迫切需要；又如电影中的风息，仇恨人类的他，几十年来虽屡有伤害人类的事件，却从没杀过人，也没有伤害过妖精，他的“恶行”是因为迷失在了夺回故乡的执念中，在结局化身为树时，他也对自己的所作所为感到愧疚。没有绝对的恶意，同时没有钩心斗角、居心叵测的猜忌，而是一直在进行善良、真诚与信任的表达。作品中，有争功夺宝，但恩情与友谊却能让人放弃名利；有寻仇作恶，但没有人真心喜欢并顺从仇与恶；有冲突死斗，但每一个人最后都能明白，打架争不出结果，打完架后带着敬意与善意的沟通才能解决问题；有立场对立，却也不互相伤害，而是努力追求和谐共生。在这个世界里充满温情，抹除了一切侵略性，它将现实成人社会理想化，带着观众重拾儿童时代对世界无所惧怕、无所歧视的视角，重新看看这个复杂而可爱的世界，用温情融化人心，使观众从中获得心灵的力量，产生灵魂的共鸣，拥有宁静的希望。

《罗小黑》的温情呈现，也渗透着创作者 MTJJ 对世界、对人生、对生命的深刻体验和感悟。或许《罗小黑》所展示的世界正是 MTJJ 心目中一个理想纯粹的社会状态。对于一些创作者而言，创作与个人阅历密切相关，创作常常就是作者自身经历的体验和物化，“每个人做出来的东西都是源自自己的所见所闻”[②]。创作者作为艺术主体，同时身处现实生活和艺术世界中，他把生活世界和艺术世界紧密联系在了一起。《罗小黑》中天蓝水碧、悠闲安适的乡村田园生活，住在公寓顶层经常爬上天台的小黑猫，都是取材自 MTJJ 本人所经历、体验过的真实生活。但创作者既身在现实生活之中，又超越其上。《罗小黑》中的艺术表现并非 MTJJ 对生活毫无选择的如实记录，而是对日常生活的艺术提炼和加工，是一种经过创作者主体化、心理化之后的生活折射，渗透着他对人生的深刻感悟，对生命意义的个体化阐释。例如在《罗小黑》中所体现出

① 参见《MTJJ 木头的创作谈》，https：//weibo. com/1260555362/IeWya7yMY？type＝comment＃_rnd1621871079760。

② 《独立动画新势力专访“罗小黑战记”作者 MTJJ》，《数字娱乐技术》2011 年第 4 期。

的对儿时记忆的怀旧、对亲人的怀念等。虽然创作原料取材自自己的生活记忆，但又不将《罗小黑》仅仅局限在个人的情感回忆中，而是用一种平静的朴素的语言来展开他理想中的社会现实，将他的理解、感悟、思考等等融进他创造出的这一个理想社会中，是社会现实经过艺术再创作后的面貌，使作品留下了作者本人的影子，具有强烈的个人主义风格。MTJJ 用创作这种独特的方式表达自己对人生的思考、对生存环境的注视、对人类问题的担忧，在生活世界的基础上不断进行提纯和涤荡，最终形成了《罗小黑》这一部打动人心的作品。

总之，《罗小黑》作为一部“治愈系”作品，并没有如许多现实主义作品那般对成长进行苦难描写和伤痕叙事，它对成长历程的描写是平淡、简单、自然的，将宏大的成长话题寄寓在简单温馨的日常生活和轻冒险中，把日常生活中的幽默温情向观众点点滴滴地道来，从细腻处诠释现实生活现状；冒险经历也没有大开大合的激烈矛盾冲突，而是以舒缓温和的方式铺展，在一众主打热血燃情的作品中形成自身的治愈风格。观众既可以看到小黑和其他角色之间幽默治愈的温馨日常，也能够通过他们的冒险和成长经历，感受并产生一种对生活的热爱和向往的积极情绪。这种在作品中恒久传递的脉脉温情，是 MTJJ 对人生成长、对社会和世界的独特思考，从中足以窥见 MTJJ 作品中充满人文关怀的精神内核。

三　超越性的美学追求

《罗小黑》从文本、受众接受、作者创造三个层面实现了审美超越性构建。作为新媒介文艺文本，《罗小黑》形成了对现实世界的模拟与超离；在受众接受上，能带来治愈感受的《罗小黑》为深受现代精神危机困扰的观众提供了一个激发感受和审美想象的理想空间，唤起人们对作品中所呈现的单纯温馨世界的憧憬和对美好生活的积极向往；在作者创造层面上，MTJJ 始终如一地坚持去资本化和去消费主义的创作态度，体现了不流于俗的价值取向和难能可贵的对快消费世俗语境的超脱。

首先，作为新媒介文艺文本的《罗小黑》，形成了对现实真实世界的模拟与超离。什克洛夫斯基在《作为手法的艺术》一文中提出，“艺术的手法是事物的‘反常化’手法，是复杂化形式的手法，它增加了感受的难度和时延”。[①]《罗小黑》中既有熟悉又有陌生的元素，对现实世界进行了颠覆和重构，以“反常化”的处理方式产生了超离现实的效果。其一，体现在动画中所展现的是一个创造性的奇异世界。这个世界里妖精与人类共生，灵力与科技共存，违背了正常的科学常识，建立了新的秩序。在车水马龙的现代都市中，既生活着利用高科技的人类，又存在着使用超自然灵术的妖精；妖精在人类社会中的活动实际非常活跃，《罗小黑战记》TV 版番剧第 26 集中有一句台词

① ［苏］维克多·什克洛夫斯基：《作为手法的艺术》，《俄国形式主义文论选》，方珊译，生活·读书·新知三联书店 1989 年版，第 44 页。

说:“妖精上新闻的事件频率大概一年会有十几次”。妖精在人类世界中生活需要隐瞒身份,而妖灵会馆这一妖精组织的介入,使人类世界与妖精世界维持着微妙的平衡。这样一个普通人类与异族共存,既矛盾冲突又相互依赖的世界,对观众生活的现实世界进行了重建与解构,带来了奇异化效果。其二,体现为《罗小黑》“御灵系统”的灵力设定,脱胎于中国网络玄幻小说,但又进行了全新的改创。中国网络玄幻小说吸收了中国古代仙侠志怪的民间文学、江湖武侠小说、西方奇幻小说,以及网络游戏里升级打怪的叙事程式,形成了修真炼仙的玄幻系统。[①]《罗小黑》对其进行了一定的吸纳和形式上的创新,创造出了全新面貌“御灵系统”。“御灵系统”分为御灵系、空间系、造物系、锁御系、心灵系、生灵系六大系,各个系别中又有金系、木系、冰系、土系、火系、空间系、傀儡系等的细分。各个系别之间能力不同、使用方式不同,对传统中国网络玄幻小说中的以金、木、水、火、土五大灵根为主的灵力模式进行了改编和创新,构建了新的叙事空间。其三,动画中大量破壁的二次元彩蛋和吐槽,形成了两套话语在同一语境下的对立。《罗小黑》将两套不同的话语放置在同一语境下,一套是作品与观众对话时本应遵循对话合作原则的话语,一套是《罗小黑》实际在与观众对话过程中对合作原则违背的话语。两套话语既构成对立关系,又和谐地达成统一,形成了对“次元壁”的打破和颠覆。例如藏在背景暗处写着“不要催更”“催更者斩”“人多画着也累”等制作组成员的吐槽,往往借“爷爷”这个人物口中说出的脱离动画角色语境的官方吐槽话语,无处不在的 MTJJ 签名,等等。它们“制造一种鲜活的、令人意外的感受,阻滞读者的理解”[②],在这种对正常理解的变形中,观众对动画作品的理解被延宕,审美感受得到延长,从而实现了审美性超越。

不过,需要一提的是,文本对现实的超离若过度则容易造成从物质世界的抽离、难以找到现实映射和落脚点的缺陷。“御灵系统”的世界观虽然看起来复杂神秘,却比现实世界更接近游戏设定,难以寻找到更高层次的价值落脚点。与世界优秀动画作品相比,如宫崎骏导演的《千与千寻》,其中光怪陆离的各路神怪映射着现世人类的异化与物化,也有对泡沫经济和环境污染的批判,一部动画作品表现出对现实社会的深刻关切和反思。这是《罗小黑》中存在的问题和局限。

其次,从受众层面来看,治愈系的《罗小黑》为深受现代精神危机困扰的观众提供了一个激发感受和审美想象的理想空间。“任何艺术作品都是其时代的产儿,同时也是孕育我们情感的母亲,每个世纪的文明必然产生出它特有的艺术,而且是无法重复的。”[③] 20世纪末21世纪初,巨大的社会变革带来巨大的生存压力,社会中的年轻人越来越陷入迷茫和焦虑。人们急需寻找寄托精神苦闷的突破口,纾解内心的压抑和焦虑。同时,

---

① 王伟:《审美与意识形态——中国当代通俗文化批评》,山东大学出版社2013年版,第171—173页。

② [苏]维克多·什克洛夫斯基:《作为手法的艺术》,《俄国形式主义文论选》,方珊译,生活·读书·新知三联书店1989年版,第46页。

③ [俄]康定斯基:《艺术中的精神》,李政文、魏大海译,中国人民大学出版社2004年版,第11页。

21 世纪的人们身处网络时代，现实交往越来越少，更多地进行线上的虚拟交流，人与人之间交流的隔膜和壁障越筑越高，现实中人际关系日趋冷漠、割裂。有调查数据显示，《罗小黑》的受众主要为 29 岁以下的人群，多是青少年和步入社会不久的年轻人，普遍存在上述较严重的焦虑心理和孤岛状态的精神危机。轻松温情的《罗小黑》则给身陷精神危机的人们带来了超离压抑现实的、可容纳和放置感性诉求的理想空间。MTJJ 向人们展示，想象的神奇力量可以抵消现实世界中的痛苦，《罗小黑》唤起了人们对作品中所呈现的单纯温馨的世界的憧憬和对美好生活的积极向往。在《罗小黑》日常生活叙事的书写中，充满对平凡人、平凡生活价值的肯定，观众在其中能够找到自我身份的落脚点并发现真实的自我。《罗小黑》对生活的细腻温情呈现，让观众仿佛也置身于那个质朴、真实、自然的世界中，发现身边一草一木皆有可爱之处，甚至连麻雀和瓢虫也有故事，感受到简单纯粹的美好。《罗小黑》故事中对人性闪光点的发掘、对理想人际关系的展现，也唤起了观众对现世人生的积极向往。同时，《罗小黑》以独有的治愈风格，给人柔软情感和慰藉，给人内心注入温暖治愈的力量。

最后，从作者层面来看，MTJJ 对创作初心和情怀坚守如一，体现了他不流于俗的价值取向和对快消费世俗语境的超脱。“从来不为别人创作，不为‘资本’也不为‘粉丝’”，“只做自己认为好，自己喜欢的故事”[①]，坚持自我独立创作的本心高于世俗利益，不为了迎合他人导向改变自己的价值取向和对“创作”本身的信仰。这主要体现在两方面。一是去资本化的创作态度。“我们不够商业化，不符合剧本结构，劝退大部分资方”，不为了商业盈利而违心地找一个资本投资方，产出千篇一律的商业流水线作品。对于资本，MTJJ 视其为合作者，而非任其插手创作的上位者，拒绝因作品受资本化的影响而改变原有面貌。目前来说，罗小黑电影作为资本直接介入的产物，仍保有较高程度的创作自由和原汁原味的风格内核，作品质量不因资本介入而流水化。甚至由于制作预算提升，电影在质量上比番剧更有所提高。例如沿袭了番剧一贯的简笔风格的同时，原型人物增加了更丰富的细节补充；画面的精致程度和动画流畅度做得比番剧更出彩，还增添了更繁复绚丽的城市街景以及复杂的热血战斗场景。由此可见，MTJJ 的创作并不为资本的直接介入所动摇，作品保持了一如既往的较高品质以及较高程度的个人风格稳定性和审美生命力。二是去消费主义的创作态度。MTJJ 不会刻意去迎合、取悦大量的消费粉丝群体，而是坚持创作独立性。粉丝是具有消费文化特质的群体，往往会出于狂热心理而进行非理性的过度消费，是消费主义风气形成的一大主力人群。充分满足粉丝兴趣和诉求的确是作品受到喜爱的基础之一，但并不意味着作品要去消极地迎合粉丝与消费主义之风。就当下的创作市场来看，有许多作品因过度迎合消费主义和粉丝导向，而消解了作品的意义性。对 MTJJ 来说，粉丝的喜爱是创作的一大动力，但却不能影响他的创作独立性。即便是粉丝出于喜爱情感的催更，MTJJ

---

① 参见《MTJJ 木头的创作谈》，https：//weibo.com/1260555362/IeWya7yMY？type＝comment＃_rndl621871079760。

也尽量不受其影响，坚定地将作品以自己的方式、自己的节奏呈现。尽管会带来一些缺憾，例如由于制作周期非常长（同时有独立工作室小体量的原因），TV 版番剧的更新频率平均一年只有两三集，一部电影的制作则花费了五年，难以留住大众群体的普通观众，有“破圈”艰难的局限性。但以对信念的坚守制作出的《罗小黑》，是创作者忠于自己和创作本身的真心呈现，是坚持个体创作自由和创作独立性的践行，是对快消费世俗风气的可贵反叛与超脱。

本文系杭州师范大学单小曦教授主持的《新媒介文艺批评》研讨课系列成果之一。

“怪物”的超文本生产及其意味

——以“SCP－CN－185 鲲”为中心的考察

刘　欣　翁佳莉*

（杭州师范大学人文学院、文艺批评研究院　浙江杭州　311121）

摘要：作为一种起源于美国的新媒介文艺现象，“SCP 基金会”发展出独特的“中国分部”，它运用超文本技术更新了中国的“怪物”生产，通过叙述文体、叙述语言等方面的“陌生化”处理，塑造了一批极具现代气息和科技气息的“怪物”，由此构筑了一种开放式的中国“怪物”宇宙。“SCP－CN－185 鲲”作为其中的一个典型作品，在具备技术性因素的同时，致力于在中国数字时代语境中引领一场重构“人—物”关系的美学革命，从而走出“人类纪”的定式思维。

关键词：SCP 基金会；怪物；超文本；物导向诗学

“SCP 基金会”是一群用户在一个共同的虚构世界观下自发创建、组织和管理的超文本文艺生产平台。被公认为“SCP 基金会”最初之作的“SCP－173”雕像原是一篇发布在美国“4chan”论坛上的“creepypasta”（恐怖小短文）。该文严谨的基调、怪恐的氛围激发了部分用户的创作热情。他们以这篇“creepypasta”为模仿对象，围绕“SCP 基金会”这一虚拟性组织展开了一场集群性创作活动。

事实上，“SCP 基金会”中国分部作为“SCP 维基”（Wikidot）在中国设立的站点，成立的初衷是将英语作品翻译成中文，以便中文读者能更好地体会 SCP 写作的魅力，但最终发展出独特的中国分部。其创作者基于超文本技术，形成了独特的“怪物”叙述方式，从而生产出极具现代气息和现实气息的“怪物”。可以说，这一新媒介文艺形态的出现极大地冲击了中国“怪物”的书写传统，依托技术加成为中国读者提供了一种新颖的互动阅读体验，甚至可能在中国数字时代的语境中引领一场关于“怪物”的美学革命，从而走出“人类纪”的定式思维。其中，“SCP－CN－185 鲲”作为该平

---

* 刘欣（1986— ），安徽桐城人，文学博士，杭州师范大学人文学院、文艺批评研究院副教授，硕士生导师。主要研究方向：新媒介文艺、现代西方文论研究。翁佳莉，杭州师范大学人文学院 2019 级本科生。本文系国家社会科学基金重大项目“中国新媒介文艺研究”（项目批准号：18ZDA282）阶段性成果。

台的典型作品之一，继承“总部”的超文本创作形式，对中国的古典“怪物”鲲进行再生产。它不仅在形式上超越了传统的“怪物”文本，更生发出不同于传统“怪物”书写的审美价值和思想价值，具有探索“物导向”诗学的研究潜能。

一　中国的“怪物”生产

“怪物”形象的生产最早可追溯到上古时期。从“异物”到“怪物”，有关“怪异之物”的书写在《山海经》《异物志》等古代典籍和文学作品中皆有迹可循。“异物”原指异域之物，它是一个相对概念，以讲述者所处的自然、社会、文化系统为立足点，对游离于系统之外的事物进行加工叙述。而发端于“异物”书写的“怪物”生产也恰恰呈现出在科技落后的文化语境中，人类努力想象未知事物、指认“怪物”的好奇与忧虑。

《山海经》记载约40个邦国，550座山，300条水道，塑造了450多种“怪物”形象，可视作中国“怪物”生产的源头。正如西汉刘歆在《上〈山海经〉表》中所说，《山海经》“内别五方之山，外分八方之海，纪其珍宝奇物异方之所生，水土草木禽兽昆虫麟凤之所止，祯祥之所隐，及四海之外，绝域之国，殊类之人”[①]。它所展现出的“化外之域”多数为人所不识，并非时人所熟悉的世界。即便书中对这些事物的面貌进行了翔实的描述，但绝大多数异物的形貌是通过类比已知事物的方式来展现的。在《山海经》之后，以《异物志》为书名的相关著作最早出现在东汉时期。东汉杨孚的《异物志》应为我国古人写地志以《异物志》为书名之创始。关于他撰述《异物志》的原因，学界的说法有二。其中一种便是当时中原人限于五岭的横断，对边陲之地知之甚少，粤人出身的议郎杨孚试图将岭南风情推介至中原，“以便朝廷和士民能了解真实的岭南，以消除传闻失实之误，又可供从交趾刺史部以下各级属员资政之需”。[②] 但是对于大部分中原人来说，岭南仍然是不可知的文化边缘地带。书中所记载之物往往同他们所熟悉的事物相差甚远，读来难免有一种荒诞之感。该书最早见诸《隋书·经籍志》，与杨孚《异物志》同时被收录其中的还有三国吴人沈莹《临海水土异物志》、吴人丹阳太守万震《南州异物志》、三国吴人朱应《扶南异物志》、汉晋间人佚名《凉州异物志》。[③] 在这之后，《文选》注引、《新唐书·艺文志》、《初学记》引、《太平御览》引、《宋史·艺文志》等古籍中也都出现了同类著作。魏晋南北朝时期，除了逐步繁荣的《异物志》著述外，在玄学风气以及佛教、道教的孕育之下，以记叙神异鬼怪故事传说为主体内容的志怪小说也开始迸发出蓬勃的力量，同样丰富了中国的“怪物”生产。

---

① 王应麟：《汉艺文志考证》卷十，清文渊阁四库全书本，第400页。

② 杨孚撰，吴永章校注：《异物志辑佚校注》，广东人民出版社2010年版，第9页。

③ 杨孚撰，吴永章校注：《异物志辑佚校注》，广东人民出版社2010年版，第9页。

事实上，无论《山海经》、“异物志”等古代典籍和文学作品，它们的诞生与当时人们的认识水平和思想状况密切相关。单从这一点来看，中国“怪物”生产的发端便同西方“怪物”有着惊人的相似之处。“怪物”所触及的正是古希腊哲学发端之处的根本问题，即“原因”（aitia）：“以往自然哲学家所说的原因其实只是万物生灭的物质‘条件’”①，知道万物为什么产生，为什么消灭。根据这一思路，“我们像前苏格拉底的自然哲学家那般将万物生命的本源归于物质性的原因，那么就自然会得出这样的推论：如果任令——动物，动物体中——物质，各自行其演变，世上该有不可胜数的虚妄的动物，而每一动物又将有好多不相符应的器官了”。② 然而事实却是，这个世界上的“怪物”并未泛滥成灾。于是，苏格拉底又认为，真正的“原因”应当属于目的论，必须关注事物积极发展的一面，即相信万物创生总是朝着一个“最好”的目的发展。若事物的发展都会趋向合法的结局，那么象征着失序的“怪物”便不会存在了。显然，这又同“怪物”时常出现的事实不符。总之，苏格拉底在“原因”和“条件”上的辨析到了“怪物”这里出现了无法弥补的逻辑漏洞。为了解决这一问题，他曾试图在科学和理性的框架下将“怪物”解释为“畸形”，主张“怪物”是一种被自然所允许的畸形存在，以此来缓冲“怪物”同“目的论”的冲突。这一言说实际上削弱了“怪物”的力量，并导致“怪物”在之后的哲学中举步维艰。不过，“怪物”最终在西方“怪物”文艺中找到了栖居之所。

与哲学对“怪物”的压抑不同，玛丽·雪莱的《弗兰肯斯坦》，威尔斯的《时间机器》《隐身人》，克拉克的《太空漫游》《地球反照》，以及阿西莫夫的《银河帝国三部曲》等西方科幻小说，都正视了“怪物”本身所蕴含的力量，用科学和幻想孕育了一大批光怪陆离的“怪物”。这一文学现象对20世纪下半叶以来的中国文艺领域产生了重要影响。1991年，吴岩率先在北京师范大学讲授科幻文学，着手科幻人才的系统化培养。正如他所说：“南巡讲话扫除了阻挡本土科幻发展的障碍……从20世纪90年代开始，新一代科幻作家、作品、期刊，甚至电影都开始涌现。”③ 自此，国内文坛上开始出现了一大批反思科技与人类关系的作家，他们超越了晚清以“科学强国”④ 为创作中心的科幻写作，致力于书写科技语境下的个体生存感觉，不约而同地将科学和幻想融合在一起，成功创造出了一系列非传统生物形态的“怪物”。“这批‘怪物’形象呈现出在科技迅猛发展的文化语境中，文学对社会进化趋势下人类躯体形态、情感知觉、主体意识以及社会形态变异的好奇与忧虑。”⑤ 从这一层面上来说，无论是传统文学，

---

① 姜宇辉、刘美娟：《“怪物”、畸形与幽灵——“怪物”概念的三重变体》，《探索与争鸣》2018年第3期。

② 姜宇辉、刘美娟：《“怪物”、畸形与幽灵——“怪物”概念的三重变体》，《探索与争鸣》2018年第3期。

③ 陈舒劼：《“他者”的挑战——1990年代以来中国科幻小说的“怪物”想象》，《中国现代文学研究丛刊》2020年第11期。

④ 陈舒劼：《“他者”的挑战——1990年代以来中国科幻小说的“怪物”想象》，《中国现代文学研究丛刊》2020年第11期。

⑤ 陈舒劼：《“他者”的挑战——1990年代以来中国科幻小说的“怪物”想象》，《中国现代文学研究丛刊》2020年第11期。

抑或网络文学，它们对“怪物”的书写都具有鲜明的时代性，体现出当今时代下，创作者试图投身人与世界、人与物之关系的探索并“超越当下数字资本主义的虚体僵尸学”① 的创作初衷。其中，网络文学更是体现出了文本形式上的变化。而后，起源于美国的“SCP基金会”之所以能在中国落地生根并发展，很大程度上也是源于它接续了90年代以来重新书写“怪物”的热情，并在此基础上发展出独特的“怪物”超文本生产现象，并为中国读者提供了一种新颖的互动阅读体验。

二 “怪物”的超文本生产

作为一种新媒介文艺现象，“SCP基金会”最终发展出独特的“SCP”式超文本生产形态。目前汉语学界已有《维基平台上的“怪恐”叙述——作为新媒介文艺的“SCP基金会”现象研究》一文对“SCP”作品的超文本形式②作了独到的分析，故下文不再赘述。我们将聚焦“中国分部”的具体作品，从叙述层面出发，探讨超文本技术在生产“怪物”的过程中所带来的“陌生化”效果。

从叙述文体上来看，创作者选择档案体作为叙述形式，实现了叙述接受者和叙述者的双重“陌生化”。叙述接受者实际上突破了传统的读者身份，不再是普通的“读者”，而是进入基金会的世界观中，成为A级、B级、C级或任一层级中的一员。由此，叙述者便可以自然而然地凭借研究者的身份向叙述接受者报告SCP-CN-185的相关信息。值得注意的是，“基金会授予的安全权限代表人员获准访问的信息最高级别以及类型。获得任何权限等级不等于自动获准访问该级别的所有信息：人员只能访问基于‘须知’原则允许的信息，而每个部门都有指定的信息披露官负责判断此类事务”。③ 在基金会严格的保密机制下，创作者必须遵守“须知”原则，有选择性地给读者披露信息。其中，诸如“█████”这样的“信息马赛克”便是创作者对信息进行删减的结果。一方面，创作者可以通过遮蔽信息以引导读者自发地去思考这一信息的内涵、意义。在“SCP-CN-185鲲”中，创作者对SCP-CN-185的首次发现时间、停泊地点以及相关的人物名称等信息节点进行了马赛克处理。而这些信息恰恰可能是虚构世界与现实世界重合之处。马赛克本身就暗示了被遮蔽信息的重要性，因此在接受这个“暗示”之后，读者的好奇心便被调动起来。另一方面，关键信息被马赛克替代的同时，也意味着创作者“简单地剥去这一事件中的理所当然的、众所周知的和显而易见的东西，从而制造出对它的惊愕和新奇感”。④ 本应被读者获取的信息因基金会

① 蓝江：《环世界、虚体与神圣人——数字时代的“怪物”学纲要》，《探索与争鸣》2018年第3期。

② 单小曦、朱守涵：《维基平台上的“怪恐”叙述——作为新媒介文艺的“SCP基金会”现象研究》，《四川戏剧》2020年第12期。

③ “SCP-CN-185鲲”作品页：http://scp-wiki-cn.wikidot.com/scp-cn-185。

④ [德]贝托尔特·布莱希特：《布莱希特论戏剧》，丁扬忠、李健鸣译，中国戏剧出版社1990年版，第62页。

的保密制度而被选择性消解，这将给习惯了在信息大爆炸时代接受大量信息的读者带来难以言喻的新奇体验。

此外，“SCP－CN－185 鲲”由“项目编号”、“项目等级”、“特殊收容措施”、“描述”和6个“附录”构成。按照传统的线性阅读习惯，读者将无法获得所有信息。这是因为创作者在选择档案体作为自己的叙述文体时，把 SCP－CN－185 各个功能区块的介绍都单独放置在“可折叠方块”（collapsible blocks）之中。回顾传统媒介时代，传统的“怪物”文本往往无法承载过多的信息量，但“SCP”式的“怪物”文本却可以借助超链接的优势突破这一局限，从而摆脱篇幅和版面的束缚。在“SCP－CN－185 鲲”中，当读者用屏幕上的光标点击“附录1：飞船概览”下的“[＋查看概览]”项时，条目便会实时展开有关飞船内部的结构、设施说明等，原先的“[＋查看概览]”也会在同一时间变成“[－收起]”。读者阅读完毕，便可选择点击“[－收起]”以收回“附录1”的内容，由此实现了文学作品在有限的版面下收录丰富文本的构想。观察发现，这样的“可折叠方块”在“SCP－CN－185 鲲”中一共出现了四次，分别收纳了“飞船概览”“飞船生活区域”“科研中心报告”“科研中心回收材料”这四个一级条目下的二级文本。这四个可折叠方块互不干扰，根据读者的展开与否可构成16种阅读顺序。这些偶然秩序的总和便构成了“SCP－CN－185 鲲”的脚本单元[①]（scriptons）。相应的，“项目编号”“项目等级”“特殊收容措施”“描述”这些板块的内容，以及可折叠方块下的文本则构成了“SCP－CN－185 鲲”的文本单元[②]（tex－tons）。读者在阅读的同时，必须付出“非常规的努力”——点击“可折叠方块”——以帮助“SCP－CN－185 鲲”完成从文本单元到脚本单元的跨越，即发挥读者的探索功能，实现读者同文本之间的交互行为后，才能使整个作品变得完整起来。除了页面内部的超链接，“SCP－CN－185 鲲”也设有页面与页面之间的外部超链接，即在一个页面中内嵌其他页面：在展开“附录1：飞船概览”这一“可折叠方块”后，我们可以看到明显标红的“文件夹185－A”字样，点击即可让原先的页面[③]自动转换成目标页面[④]。这一新页面集合了 SCP－CN－185 其他区域的报告，补充说明了 SCP－CN－185 的武器系统、舰载机以及能源动力，完善了“SCP－CN－185 鲲”的超文本结构，深化了文体的“陌生化”效果。

从叙述语言上看，作品中科学、客观的理性语言同虚构、主观的非理性内容形成了反差效果，复合符号的存在则丰富了文本对“怪物”的塑造。首先，在作者煞有其事地使用“临床腔”叙述后，进一步模糊现实与虚构之间的界限，增强了叙述张力。

---

① [芬] 莱恩·考斯基马：《数字文学：从文本到超文本及其超越》，单小曦等译，广西师范大学出版社2011年版，第47—49页。

② [芬] 莱恩·考斯基马：《数字文学：从文本到超文本及其超越》，单小曦等译，广西师范大学出版社2011年版，第47—49页。

③ “SCP－CN－185 鲲”作品页：http：//scp－wiki－cn.wikidot.com/scp－cn－185。

④ “SCP－CN－185－A”页面：http：//scp－wiki－cn.wikidot.com/scp－cn－185－a。

所谓“临床腔”，是SCP创作者必须采用的一种语调，其专业、严肃程度类似于实验报告所采用的口吻。它的诞生同科学的发展息息相关，要求语言精确、简练、专业，同时允许刻意而适当的删减[①]。我们注意到，“SCP-CN-185鲲”的每一内容分区所采用的语言都同“SCP”式的“临床腔”风格相契合。在这里，《逍遥游》中对“鲲”充满修辞意味的叙述被彻底消解，转换为一种更为科学、理性的描述：在谈及SCP-CN-185的外部特征时，创作者舍弃庄子“不知其几千里也”“其翼若垂天之云”[②]类的文学性叙述语言，选择了“全长为960km，宽度为880km”这样科学性的语言；在谈及飞船生活区域时，创作者对区域的面积描述也以“约40万平方公里”[③]这样科学估算的方式呈现。其次，复合符号系统的存在则有利于读者通过视觉、听觉等多个感官形成对“怪物”的立体认识。“SCP-CN-185鲲”不仅有“医学腔”的文字符号，还有图片、视频符号。比如图片：一张从舰船表面取下的生物材料样本图，一张SCP-CN-185的内部走廊图等。再比如“视频”：一段由文字描述和时间条构成的太空母舰飞行记录。总之，“SCP-CN-185鲲”充分利用了数字化综合艺术，将图像、“视频”（以文字化的方式）和文本囊括在内，形成一个复合符号系统。这个复合符号系统帮助创作者制造出一个高度逼真的虚构世界。在这个虚拟世界中，SCP-CN-185被基金会成员以严谨的研究精神收录在册。

从“怪物”名称的特殊处理来看，中国分部的作品延续了基金会本部的命名风格，统一归于“SCP-CN”系列名下并依次编号。当读者在目录页上看到“SCP-CN-185鲲”这样的命名时，对古籍有所了解的人必定会产生期待心理，好奇创作者究竟在“鲲”这一神兽形象的基础上作出何种创新性处理。事实上，虽然中国分部的作品名称在目录页上均显示为“编号加收容物中文名”这一格式，但在打开作品页面后会发现，作品本身的名称只有编号而并无中文名。该收容物的中文名称往往被化为文章内容的一部分，只在特定的地方出现。此外，在“SCP-CN-185鲲”中，上古神兽“鲲”被创作者融入了现代气息和科技气息：其中的鲲不再是《庄子·逍遥游》中的自然生物，而是完成了从自然生命向科技产物的转变，异化为“一艘推测有能力进行恒星际航行的太空母舰”[④]。“SCP-CN-185”的创作者甚至将《庄子·逍遥游》视为关于SCP-CN-185的历史记载，从而颠倒了SCP-CN-185和“鲲”两者的历史先后性，暗示庄子所看到的鲲应当为这艘母舰，只是由于当时的知识落后才被误认为神兽，并有“鲲”这一名称。由此，创作者试图重构“鲲”这一名称背后的意蕴，试图用“太空母舰”代替“神兽”这一原有象征义。复古的收容物名字能够引起读者的感慨和追忆，同时被重构的“怪物”与古典“怪物”之间的相遇和碰撞，具有强烈的“陌生化”效果。

---

① 《如何撰写一篇SCP文档》：http：//scp-wiki-cn.wikidot.com/how-to-write-an-scp。

② 孙通海译注：《庄子》，中华书局2007年版，第4页。

③ “SCP-CN-185鲲”作品页：http：//scp-wiki-cn.wikidot.com/scp-cn-185。

④ “SCP-CN-185鲲”作品页：http：//scp-wiki-cn.wikidot.com/scp-cn-185。

总体来看，中国分部的超文本作品不仅在形式上更新了自古以来的“怪物”生产，更是在叙述层面上形成不同于传统“怪物”生产的风貌，在产生“陌生化”效果的同时开辟了一条独特的“怪物”复魅之路。中国分部的创作者们在对古典“怪物”进行再生产的过程中，消磨以往朴素的奇幻思维，取而代之的是同数字技术、前沿物理等息息相关的科幻思维。即便其中的部分作品仍旧保留了神话“怪物”的固有称谓，但它们的具体设定却出现颠覆性变化，融入军事、反物理定律、城市、星际等极具现代气息的要素。19世纪以来，随着人类活动正成为影响和改变地球的主导力量，人们对周边世界的恐惧感正不断消解。越来越多的“异物”得到了科学的解释，失去了它们的神秘色彩。“当我们恐惧的事物越来越少，我们开始更理智地看待这个世界。然而，不能解释的事物并没有消失，好像宇宙故意要表现出荒谬与不可思议一样。人类不能再生活在恐惧中。没有东西能保护我们，我们必须保护我们自己。”[①] 在这一创作初衷的引领下，中国分部的部分作者主动地将目光投向历史，追溯中国传统的“怪物”生产，并通过种种手段实现了对古典“怪物”的再生产，展现出为古典“怪物”复魅的野心。“SCP－CN－185 鲲”将上古神兽“鲲”塑造成太空母舰，打造了一种以人类目前的水平无法达成的科技产物，通过超文本形式展现人类对更高等文明的好奇与反思。“SCP－CN－864”则用虚构的奇术反应来解释上古圣树的外形特征，企图用科学和理性来解释古人的奇幻思维，体现了数字时代下人们追求真理的科学精神。“SCP－CN－500”颠覆了“饕餮为贪食凶兽”的刻板印象，添加了“可以把无形的概念吃掉”这样极具现代思维的新鲜设定，借此讽刺了比所谓凶兽有过之而无不及的人之劣根性。显然，这些作品不仅在形式、叙述方面实现了“陌生化”效果，更带来对人、物关系的重新思考。基于这一视域，中国分部的作品可以被视为“物导向”哲学在文艺领域的辐射，具有重构人与物关系的美学意义。

三 “怪物”生产的美学意义

有关人、物关系的思考跨越了人文学术的诸多领域。现代社会形成一种“以人观物”的经典范式，其基础思维便是坚持以物为客体，以人为主体，物只有作为“主体异化的、被诅咒的部分”[②] 才可以理解。如今，科技已经深刻地改变了人们的日常生活，物的入侵势不可当。网络通信、网络购物、网络娱乐，这些林林总总的数字化生存场景无时无刻不在提醒着我们，我们所身处的“环世界”[③] 正不断被数字化“虚体”所重构。无论是人工智能，抑或虚拟现实，这些数不胜数的数字新事物充斥着我们的周遭，冲击着人类的主体地位，同时也催生着人类的焦虑，“当传统的需要人的身体大

① 《关于基金会》，http：//scp－wiki－cn.wikidot.com/about－the－scp－foundation。

② 张进：《通向一种物性诗学》，《兰州学刊》2016年第5期。

③ 参见蓝江《环世界、虚体与神圣人——数字时代的怪物学纲要》，《探索与争鸣》2018年第3期。

量参与的人与物关系让位于物与物关系的主导、人的作用被边缘化时，人产生了一种焦虑”。[①] 这种焦虑所带来的“怪恐”情感引发人们对“物”的重新思考，催生出一种不同于以往“以人观物”的新视点——“物导向”诗学。哈曼（Graham Harman）通过阐发文艺作品的意义产生机制，以对“人类中心主义”的批判，提出一种新型的人与物关系，即人与物、物与物在文艺作品中的共生。从这一层面看，将“怪物”作为创作对象的“SCP 基金会”中国分部，直面“人类中心主义”带来的危机，促生重构人与物关系的美学革命。实际上，在“SCP－CN－185 鲲”这一文艺作品中，包含两种层面的物，其一是作为物的“SCP－CN－185 鲲”这一新媒介文艺作品；其二是作为物的 SCP－CN－185 这一收容物。

首先是作为文艺作品的“SCP－CN－185 鲲”。在物导向视域下，哈曼对“美”的释义区别于传统对“美”的定义。他在强调美学是第一哲学的同时，基于“物”的视点重构了美学，认为美是“实在物与其感性性质裂缝的剧场性演绎”[②]。这包含着双重意味：其一，文艺作品的实在性与其感性性质之间存在着张力，这构成了引诱的来源；其二，观者对文艺作品的介入[③]。可以说，哈曼的这一观点不仅触及文艺作品的意义产生机制，即文艺作品的“引诱”来源于实在物和感性性质的张力，也揭示了读者介入文艺作品的重要性。“SCP－CN－185 鲲”这一文艺作品作为实在物脱离了读者常规的认知，它的无限隐退导致读者无法穷尽文本的意义。作为超文本文艺作品，“SCP－CN－185 鲲”具有同传统“怪物”文本截然不同的叙述形态。它不仅要求读者具备一定的阅读理解能力，还要求读者具有较高的信息素养。然而，尽管部分读者可以游刃有余地面对形式的更新，但是他们依旧无法迫近作品的全部意义。如胡塞尔所言，“无论我们如何完整地感知一个事物，它永远也不会在感知中全面地展现出它所拥有的，以及感性事物性地构成它自身的那些特征”。[④] 总的来说，读者从文本中获取的感性性质实际上并不能反映作品本身。它们只是构成了 SCP－CN－185 的部分印象，而非作品的全部意义。在文艺作品不断隐逸的基础上，读者只能依靠由自身和作品所构成的第三物以实现审美体验。超文本的语境下，读者必须借助超链接实现和文本的互动，作品才能完整起来。作为某些链接的执行者，读者也被卷入“感性性质”的浮现过程中，由此获得一种剧场化的审美体验。在这里，“感性性质”指向我们在感知文艺作品的过程中所获得的偶然性质。由此构成的“读者—SCP－CN－185 鲲”这一第三物，意味着读者不再是以“旁观者”的身份阅览作品，而是真正进入作品内部并扮演着相应的角色，从而成为这“感性性质”的载体。为了方便读者和创作者的互动，中国分部也设置了“讨论区”以供交流。在讨论的过程中，“读者—SCP－CN－185 鲲”这一第三物

---

① 王炳钧：《人与物关系的演变》，《外国文学》2019 年第 6 期。

② Graham Harman, *Art and Objects*, Cambridge: Polity Publishing, p. 140.

③ 王宝如：《格拉汉姆·哈曼的“物导向”诗学研究》，硕士学位论文，杭州师范大学，2021 年，第 55—56 页。

④ 倪梁康：《胡塞尔现象学概念通释》，商务印书馆 2016 年版，第 4 页。

的意蕴不断叠加。

其次是作为物的 SCP－CN－185 这一收容物。SCP－CN－185 是一艘推测有能力进行恒星际航行的太空母舰，"全长为 960km，宽度为 880km。它的形体扁平，大致呈流线型，外观为青黑色且几乎不发光"。[①] 它之所以呈现青黑色的外观，是因为周身覆盖着一种黑灰色的生物材料。这种生物材料"带有方向统一的纹路，触感十分有弹性"，不仅"与空气和水的摩擦低于大多数正常材料"，而且具有"较好的耐极端温度、压力、冲击力的特性"，成为包围在 SCP－CN－185 表面的感性物质。值得注意的是，现实世界中并不存在被这种生物材料覆盖的太空母舰。这一违背人类社会实际科技水平的感性性质实际上是虚构作品与现实社会之间的一条"沟壑"，在产生"陌生化"效果的同时，与太空母舰这一感性物共同形成一种张力，构成了对读者的引诱。文本中，探索小队在进入太空母舰后发现，SCP－CN－185 能够识别第一批探索人员，甚至随时允许他们的下一次进入。此外，SCP－CN－185 的所有设备均使用一种象形文字，和金文有部分相似之处，主控制室还为基金会探索人员提供了一份词典（文 185/A001），介绍了部分设备所用文字和现代汉语之间的对应关系，专为破译提供便利。可见，SCP－CN－185 似乎已经做好了被人类研究的准备，对人类表示极大的友好，甚至准备欢迎和介绍界面以告知每台设备的功能，"同时夹带有大量的数学、物理定律，简单图例等以辅助说明"[②]。从这一点看，SCP－CN－185 并不排斥向外界展现自己，甚至还帮助外界认识自己，由此不断地引诱着读者。然而，SCP－CN－185 却仍具有不可捉摸性。如上文所提及的生物材料。试图对其加以剖析利用的基金会成员发现，取下的样本竟失去了它原有的特性。无独有偶，同样的现象也出现在太空母舰内部。通过文本可知，尽管 SCP－CN－185 内置维护系统似乎并不要求访问者做到正确回答所有提问，但人们对于它的自译解系统依旧一头雾水，也尚未完全解明 SCP－CN－185 的结构和功能。总之，SCP－CN－185 这一收容物本身，在引起人类好奇的同时却又不断地隐退自己，拒绝被人类全面了解。即便它不对人类设防，允许人类用多种方式感知它自身，但仍在零碎的材料中保持着一种神秘的姿态。

当然，除了上文所提及的两个层级的"物"，我们也应该注意到，SCP－CN－185 这一母舰的怪异之处不仅在于它本身，更在于它背后的"人"。在"SCP－CN－185 鲲"中，一共有两类"人"。一类是我们所属的"人类"，另一类则是曾居住在 SCP－CN－185 上、智慧水平超越人类的"先人"。对于后者我们无法解释他们的存在，他们自视为"先人"并始终坚持观察人类。在对母舰的科研中心进行详细搜查后，基金会成员找到了一本笔记本，该笔记本记载着对人类的观察记录：

看看我们自己吧，看看这艘船。它曾经是［未知符号］最大的科学之城，是

① "SCP－CN－185 鲲"作品页：http：//scp－wiki－cn. wikidot. com/scp－cn－185。

② "SCP－CN－185 鲲"作品页：http：//scp－wiki－cn. wikidot. com/scp－cn－185。

星海中的明珠。但现在我们在做什么？我们已经多久没有将新文明的信息放入计算机中，或是去瞻仰宇宙万象之美了？一群自称高等文明的人们抱着过去的记载洋洋自得，将他们的避风港停靠在一颗星球，假装一切都和失落的那个时代一样。他们连真正的星空都没有仰望过一次。

看看地表的孩子们。我们见过千万个文明的发展，但每一次回来时，我们自己的种族都最为令人惊奇。他们依然很原始，但学习而且好奇心十足。他们正在蓬勃发展，而我们止步不前，甚至日益倾颓。我说，让我们走出［SCP - CN - 185］，加入他们的世界吧①

仅这些文字，我们便可以获得许多信息。单从文字表层上来看，居住在 SCP - CN - 185 上的“人类”自诩为人类前辈，并表达了对地球文明的认可，否定自身的文明成果。不过，这其中是存在文本缝隙的。无论是 SCP - CN - 185 周身的生物材料还是它的运行机制，都远远超出人类现有的技术水平。而现在这个强大的集体却给予人类这一种族以高度的赞扬，不顾双方的维度差异，试图重新融入人类集体。一句“自称高等文明的人们抱着过去的记载洋洋自得”或许不仅仅是他们的自嘲，更蕴含着以“人类中心主义”攻击“人类中心主义”的批判逻辑，以此作为他们对人类的警戒。

无论是面对“物”的“SCP - CN - 185 鲲”这一作品，还是作为“物”的 SCP - CN - 185 这一收容物，“人”都处于被动的地位。对前者，读者无法穷尽它的全部意义，必须被重构为“第三物”才可得到完整的审美体验；对后者，读者在被引诱的同时也面临着收容物不断隐退的问题，甚至要接受“先人”含蓄而尖锐的“拷问”。基于此，“SCP - CN - 185 鲲”在一定程度上构成对“人类中心主义”的解构，通过两个层面上的“物”、两个维度上的“人”，建立起新型的人与物关系类型。

超文本文艺作品“SCP - CN - 185 鲲”以其独特的叙述文体、语言等完成了对上古神兽“鲲”的重塑。相较中国传统的“怪物”，它融入了军事、反物理定律、星际等要素，使“鲲”这一概念兼具现实气息和现代气息，在超文本技术的加持下大放异彩。且更为重要的是，在形式和内容之上，“SCP - CN - 185 鲲”产生了和“物导向”诗学相策应的美学意义：主动思考人与物的关系问题，直面“人类中心主义”所带来的危机。以这一作品为切入点，我们大体可以窥见“中国分部”怪物美学的先锋性及其思想锋芒。

本文系杭州师范大学单小曦教授主持的《新媒介文艺批评》研讨课系列成果之一。

① “SCP - CN - 185 鲲”作品页：http：//scp - wiki - cn. wikidot. com/scp - cn - 185。

网文空间中的乡村世情书写及其身份表征

——论女性向种田文

王若存　沈　逸*

（杭州师范大学人文学院、文艺批评研究院　浙江杭州　311121）

摘要：女性向种田文作为与玛丽苏式网络小说背道而驰的一种网文类型，收获了大量的读者群体。作为一种网络小说类型，其内核从最初带有游戏化经验的写作，逐渐发展成一种关于乡村世情的女性化书写。文本多以片段化的叙事来刻画女主人公的平凡人物形象，情节内容往往聚焦于“种田”等日常生活劳作。作品的精神意蕴呈现了虚拟田园空间所带来的审美理想，但也蕴含着女性身份表征中的纠结与妥协。

关键词：女性向种田文；网络文学；乡村世情书写；身份表征

中国网络文学从“纯文学网络化”阶段发展到更追求爽感价值的“大众文学数字资本化”阶段，再到“大 IP 产业化与‘文’‘艺’交融生产”阶段，网络文学创作在重在趣味性、消遣娱乐、生命超越性的幻想类作品和重在日常生活、关注人生、描写现实的现实类作品上都呈现出一种探索和开掘的特性。[①] 在“玛丽苏”“灰姑娘”“万能女主”之类的女性向网络文学主题大肆流行的时候，一种女性向的种田文偏偏反其道而行之，打破了一直以来的写作套路，凭借清新朴素的风格，靠着“种田”“烹饪”等标签迅速获得了非常高的点击量，收获了庞大的受众群体，逐渐成为近些年走红的一类网络小说，在女频作品中占据很大的比重。如果说西方网络文学最突出的方面是其着重于革新性，但缺少和忽略了普通网民的文学生产，中国网络大众生产的海量作品则为世界提供了足够丰富的此类文学现象与史实。[②] 虽然女性向种田文也存在内容相对

---

* 王若存（1985— ），浙江杭州人，美学博士，杭州师范大学人文学院、文艺批评研究院讲师。主要研究方向：新媒介文艺、实用主义美学研究。沈逸，杭州师范大学人文学院 2017 级本科生。本文系浙江省哲学社会科学重点研究基地杭州师范大学文艺批评研究院课题“当代中国新媒介文艺批评话语建构研究”（项目批准号：20JDZD045）成果；国家社科基金重大项目“中国新媒介文艺研究”（项目批准号：18ZDA282）阶段性成果；杭州师范大学科研启动经费项目（项目批准号：RWSK20180516）成果。

① 单小曦：《网络文学的“内部研究”：现实依据、问题域与实践探索》，《学术研究》2020 年第 12 期。

② 黎杨全：《虚拟体验与文学想象——中国网络文学新论》，《中国社会科学》2018 年第 1 期。

单一、情节比较雷同等类型化网文普遍存在的问题，但是它不仅为女性向小说的发展带来了新的形态，也反映了大量读者的时代需求，成为一个值得探究的问题。

一 类型内核：从游戏化写作到乡村世情的女性书写

当我们谈论作为一种网络小说类型的女性向种田文时，必须先对其发生与发展有所辨别和界定。总体上看，在计算机和互联网的新媒介社会文化环境下，网络文学写作的新媒介性有着双重性，首先是生产与传播环境的新媒介化，其次是生产内容的新媒介特性，比如网络文学写作的“游戏化”。网络社会带来了虚拟世界，而网络文学的写手们对虚拟世界的感知主要是以游戏经验为中介的。[①] “从形式层面来看，中国网络文学融入了大量媒介化写作经验，其中最重要的就是游戏经验的借鉴与网络语言的融入。”[②] 根据“百度百科”的“种田文”词条定义，种田文的出现如很多网络文学类型一样，最初和游戏有些渊源，“种田”概念衍生于一些策略类游戏（Strategy Game）。游戏玩家的目标是通过“高筑墙、广积粮、缓称王”的策略，积聚足够的财富和资源，努力维护自己的地盘并逐渐向外扩张，最终吞并其他势力地盘，征服天下。如此看来，种田文也就是基于这样的游戏设定和玩法逻辑所衍生出来的网络小说，即在一些历史架空、玄幻、异世等类型的世界中，主角不断建立和发展自己的根据地和人脉，并在此基础上逐步发展农业、经济、军事和政治制度等各方面，在此过程中实行韬光养晦的策略，不与其他势力交锋，最终凭借经济科技、内政经营等方面的优势击败对手。[③] 但值得注意的是，这种定义其实更偏向于男性向种田文，侧重大型战略游戏中的开荒、基建等游戏设定和目标。女性向种田文的主题和内容有着很大的不同，当然也具有聚焦于“种田”的游戏性特征和创作内核，但主要是将其中的“经营”元素融入源自现实生活的“种田”之中。[④] 如今，包括网络文学在内的新媒介文艺都具有一种“泛游戏化”属性，网络游戏的“游戏精神”对文学创作也产生了辐射作用。[⑤] 游戏经验为网络文学提供了广泛存在的架空、异时空、平行世界、穿越和切换等想象“世界”的全新方式，具有一种外部玩家介入故事世界并改变情节走向的“超叙事”特征。[⑥] 在种田文的世界中，最重要的“介入”方式就是不断培育自身实力的“种田”过程，主要篇幅都是紧密围绕着种田过程而展开的。显然，女性向种田文更符合其字面意思，曾有人指出“种田”一词应出自唐朝文人独孤及的两句诗“种田不遇岁，策名不遭时”，指向

---

① 黎杨全：《中国网络文学与游戏经验》，《文艺研究》2018 年第 4 期。

② 黎杨全：《网络文学、本土经验与新媒介文论中国话语的建构》，《文学评论》2020 年第 6 期。

③ 具体请参见 https：//baike. baidu. com/item/种田文/1644809？fr＝aladdin。

④ 男性向和女性向的种田文主题和内容之间其实是有交叉的，男性向种田文有一些是关于都市打工人返乡种田的故事，而女性向种田文里也有许多星际流、末世流的开荒和基建故事。

⑤ 鲍远福：《网络游戏与新媒体时代的文艺理论》，《内蒙古社会科学》（汉文版）2019 年第 6 期。

⑥ 黎杨全：《中国网络文学与游戏经验》，《文艺研究》2018 年第 4 期。

的是与策名、科考相对的务农与劳作。

现在最主流的女性向种田文，多以描写平凡小人物的衣食住行、家长里短、鸡毛蒜皮的琐碎日常生活为主。其故事核心是生存或者说生活本身，而且细节考究、逻辑严谨、人情味浓厚。“概括来说，不管是类似于文字版策略游戏的早期种田文还是充满烟火人情味的后期种田文，都以从无到有的人生奋斗经历为基本模式，较少有大起大落的戏剧冲突，作者用娓娓道来、从容不迫的叙事节奏铺垫、整理好走向圆满结局路上的每个细节，如同精心侍弄田地、经历漫长等待的种田农夫，故名之‘种田文’。”[①] 如果就女性向种田文的真正兴起而言，可以追溯到 2007 年仟佰禾的《又见炊烟起》，在晋江文学网站上连载。这部小说可以算是许多人看的第一部现代女性向种田文，讲述了一位都市白领辞职回老家养猪的故事，其对于乡村世情的记叙以及诙谐生动的风格受到了众多读者的追捧。2008 年，一部大火的女性向种田文《明朝五好家庭》更是将这个类型的小说推上高峰。该小说由扫雪煮酒创作，在起点中文网连载，讲述了一对夫妻穿越到明朝地主家庭的故事，运用直白简朴的语言描绘了平民百姓的生活日常。从此在网络小说的巨浪中涌入了一股田园之潮，女性向种田文也进入了大规模的发展时期，出现了越来越多的创作者，受到了大批读者的拥趸。佳作层出不穷，如假面的盛宴的《名门闺秀与农夫》、仙草藤的《王爷要入赘》、福宝的《那人那村那傻瓜》、仗剑红颜的《桃林深处有人家》等。这些作品被认为是原创女性向种田文的代表作，或可称为该类型网文的经典之作。

值得注意的是，无论对于作者、读者还是研究者而言，女性向种田文这一网文类型的界定并非单一的。因为其中常会涉及穿越、重生、奇幻、宅斗等背景，或者增添随身空间、悬疑推理、甜宠、系统、异能等元素，所以难免与一些其他类型的网文有概念或设定重合之处。女性向种田文自身内部的类别也五花八门，若借鉴其他类型网络小说的分类方式，可以看到最具典型性的就是以小说架构的世界背景作为分类依据。如果以这种标准来看，女性向种田文一般可以分为古穿类、架空类、现代类等。古穿和架空类种田文主要指现代灵魂穿越到古代或者在完全虚构的历史时空和社会背景中的故事，如《明朝五好家庭》《南宋生活顾问》《三姑娘的婚事》等。其中的区别在于古穿类都是穿越到某个历史上真实存在的时期，环境基本符合史实，无论是重生自我或是借助他人身体和身份，故事往往跨越主角的一生。而架空类大部分也可以看作“拟古”，在一个类似于中国古代的时空中糅合进各种神话、传说以及虚构出来的社会风俗；除了“拟古”，有的架空类小说的世界背景甚至就完全是一个“异界”。古穿和架空两类种田文的篇幅往往很长，这是由于其中对于“种田”的事无巨细的描写所导致的。现代类就是主角作为普通人在距离今天不远的现实社会里的故事，如《重生小保姆》《又见炊烟起》。现代类的种田文相比之下篇幅就没有那么冗长，往往是娓娓道

① 孙英馨：《种田文与传统文学精神气质的背离——“种田文”研究文献综述》，《青年文学家》2019 年第 33 期。

来乡村生活的家长里短，相对平淡，最跌宕的情节往往是主角回到了童年或少年时代，以弥补曾经的过错。除了世界架构这种最基本的分类方式之外，其实也可以按照作品的基调进行大致划分：一种是倾向于经营生活的作品，如《小地主》《随身装着一口泉》，这类作品的情节内容中冲突较少，最激烈的无非就是“斗极品”之类的情节；另一种是着重刻画较矛盾复杂的“宅/宫”斗的作品，如《穿越以和为贵》《知否知否应是绿肥红瘦》。

当然，由于女性向种田文的作品中往往包含一些其他网络小说的流行元素，与其他类型的网文形成交叉和重叠，所以对它的划分并不绝对。在正规的原创网络小说平台上，几乎很难找到种田文的单独分类，反倒是在一些盗版网文平台上才能看到关于种田文的版块分类。其实仔细探究会发现，虽然这些正规网文平台中只划分了穿越、玄幻、耽美等几个大类，但是在这些大类下还是能寻到种田文的影子。例如在起点中文网上，女性频道的古代言情下就有“经商种田”的阅读选项；在晋江文学网站中，种田文已经成为一个标签和搜索热词，读者可以通过点击“布衣生活”“市井生活”等选项进行选择。对于当下的大部分读者来说，真正意义上的女性向种田文一般是以乡村田野为背景，描写女主是如何做家务、干农活、做手工来维持生活的过程，并且文本中会较大篇幅描绘女主做美食、享受美食的内容。可见，不同于其他一些类型的穿越小说，女性向种田文的主角不再依赖“金手指”，并不经历充满光环的冒险旅程，不太具有完美的形象和身份，而是田园生活中的平凡小人物，还时常透露着恬淡从容的处世情怀。女性向种田文的作者往往在平台上为自己的作品贴上“布衣生活”“平淡温馨”等标签。

从接受的角度看，虽然各种主流网络小说平台上并未给予种田文明确的板块分类，但是不得不承认女性向种田文能在大火的耽美类、穿越类、都市青春类脱颖而出，的确是近些年非常热门的女性向网络小说类型之一——虽然相较其最热门的时期略显沉寂，但每年还是有大量的种田文产生，关于种田文的网络评价和推荐也非常多。比如在晋江文学网，除去许多早年间创作而如今被锁的作品，带有“布衣生活”“市井人家”等标签的作品至少有两三千部，另外还有许多增添了其他元素的女性向种田文。而且不仅在起点、晋江之类的主要文学网站上充斥着大量的女性向种田文作品，甚至在各大社交平台也存在着女性向种田文读者圈，比如种田文帖吧的发帖量就有上百万条，各种网文公众号对于女性向种田文的推荐也随处可见。因此，女性向种田文为何具有如此多的受众也成了一个值得思考的问题。有研究就指出，由于种田文与现实社会生活有着相似或相通的经验空间，会使读者产生较大的认同感、带入感，满足那种“够得着的成功”或者“小确幸”的“爽感”需求。①

本文认为，关键不仅在于女性向种田文所具有的以从无到有的人生奋斗经历为基

① 张霄：《“种田文”中受众的心理与行为研究》，《今传媒》2017 年第 5 期。

本模式的“爽点”，而且又与该如何真正命名与定义女性向种田文的艺术内核相关。从现有的女性向种田文研究来看，有的聚焦于《知否知否应是绿肥红瘦》《重生小地主》《庶女生存手册》等描写女性个体成长史和家族盛衰史的女性向种田文，将其称为“女性网络家族小说”。[①] 有的研究将诸如《平凡的清穿日子》《重生小保姆》《重生之乡路漫长》等文风朴实、侧重平实的女性向种田文归类为“网络乡土文学”，指出其中所蕴含的回到现代理想中的乡村去这一鲜明主题。[②] 也有研究将《天启悠闲生活》《平凡的清穿日子》《知否知否应是绿肥红瘦》等女性向种田文的兴起视作某种意义上的“新世情小说”的复兴，因为它在语言、内容、文体结构等方面很大程度地继承了宋元话本及明清通俗世情小说的叙事传统。[③] 还有的研究将《春光里》《以和为贵》《再嫁》等女性向种田文称作“拟古世情小说”，指出其中不再着重强调性别冲突的女性话语转向问题。[④] 这些研究无疑在不同维度上呈现了女性向种田文的某些重要特质，但似乎还缺乏对于作为一种网络小说类型的女性向种田文的文学内核的概括和定义。如果能更为深入地挖掘，其实可以看到，抛开各种作品那烦琐杂多的设定，就最为主流的女性向种田文的关键特征而论，其文学类型内核表现为一种围绕乡村生活所展开的世情书写及其女性身份表征。正是这样的一种网文类型内核，直接决定了其艺术特征和精神意蕴。

二 艺术特征：平凡人物及其日常生活的片段化叙事

在类型化网络小说充斥赛博空间的今天，任何网文的“爽点”都基于虚拟审美空间为读者所提供的对于现实生活空间的理想化改造和想象性补偿。女性向种田文作为一种网文类型，其内容与形式难免与已有的小说类型，例如经典穿越类网络小说有一定的承接，但相比之下它所呈现的艺术改造和审美补充更像是网络小说中的一股清流。女性向种田文不再凸显金手指、万人迷、征服星辰大海等传统网文元素，更多展现的是有关平凡人物、田园风光和世俗生活的日常性描绘和碎片化叙述，这些可谓女性向种田文的最显著、最独特的艺术特征。

笼统而言，女性向网络小说对女主人公的刻画大致经历了三个阶段。第一个阶段热衷于塑造“英雄”“女神”式的完美主角。在此阶段中，大多数作品的女主人公都是集美貌和才华于一身的完美女性，她们多是名门闺秀，学识丰富，还可以轻易拥有巨大的财富，所遇到的男性也都是出身高贵的豪门望族，能吸引无数青年才俊为之着迷，并且会与这些男性展开一段段浪漫无比的爱情故事。比如《步步惊心》里的若曦，《一

① 王萌：《女性网络家族小说的叙事策略》，《中华女子学院学报》2018 年第 4 期。

② 李一鸣：《故土与家园：新世纪网络乡土文学透视》，《海南师范大学学报》（社会科学版）2017 年第 5 期。

③ 李昊：《新世情小说的复兴——浅谈“种田文”的走红》，《当代文坛》2013 年第 5 期。

④ 粟斌：《网络小说中女性主义的话语转向——以拟古世情小说为例》，《西华师范大学学报》（哲学社会科学版）2021 年第 3 期。

世倾城》中的苏落等。这些女主的命运往往一帆风顺，承载了大量女性读者对于完美人生的幻想与期待。在第二阶段，女主人公不再那么“完美”，开始贴近普通人了。与前一类女主相比，这类主角的背景并不足够强大，她们的人生经历更加坎坷，并不是一帆风顺的。但是与普通人比较时，她们又显得很幸运，虽然出身平凡，却拥有强大的主角光环。即使生于微末，常常经历许多困境，但总能化险为夷，一路高升，成就一番事业，例如在《穿越小村姑》《恶毒姐姐重生了》等作品中所呈现的。这一阶段在人物塑造上已经有意识地开始打破虚幻，期望能与现实产生一些联系，只不过即使主角走下了“神坛”，身上仍旧有着超乎寻常的能力与气运。到了第三阶段，网文创作者们在女性向种田文中开始真正刻画那些平凡的、普通的小人物，那些既不完美又没有特殊能力的女主人公们。女性向种田文虽常以穿越历史或架空历史进行故事世界架构，女主人公大部分也是穿越、重生的，可她们却全然不同于经典穿越小说中无所不能的主人公。比如女主穿越到古代后，并非通晓古今、无所不知的，既没有医病、经商、发明、才艺等方面的特长，也不会吸引那些王爷、将军、公子围绕在旁，更不可能一统江湖、执掌朝纲，成为万人之上的掌权者。从人物塑造的嬗变上可以看出，女性向网络小说在生发出种田文这一类型时，已经带有一种明显的“去玛丽苏化”或者“反玛丽苏化”的特征。

如上所述，女性向种田文的主角人物塑造倾向不仅抹去了高大上的主角光环，而且还尽量凸显其平凡人、小人物的身世，比如出身贫穷人家的小村姑，带着“拖油瓶”的小寡妇，败落家庭的庶女小姐，地主家的丫鬟等。[①] 在故事的发展上，种田文女主的身份不仅平凡、普通，没有超常的能力与才智，没有因穿越而与众不同，而且前期处境往往很是困难，生存艰辛，甚至穷困潦倒。例如《春光里》的淳英穿越成古代丫鬟，不得不坚持奋斗以摆脱奴籍；《市井人家》中的蔡小满，她穿越到一位傻子的身上，后与一位落难的穷酸秀才在一起；《桃林深处有人家》中的香秀为逃避被卖的危险，无奈自毁清白赖上了村里的破落户贾志春。即使到了后期，女主凭借劳动或稍微开动了一下“金手指”——懂一些简单的农业知识，或对美食很有研究——也只是生活水平的改善，社会地位并未真正提高。这同时也决定了她们没有搅动世界格局的能力，再加上恪守着低调做人、小心做事的行事准则，所以种田文里的女主们终其一生可能也就是小村姑或小商贩。“女主人公对虚构的‘社会环境’及其‘社会关系’中的自我角色和性别权益，定位十分冷静，非常清晰，并不视男性为天然具有伟岸形象和理想人格的对象。”[②] 在婚姻、家庭的选择上，女主更倾向于选择同样平凡、地位相当的男性，

---

① 诚然，女性向种田文中也有一小部分女主人公出身显贵，左右天下命运，实现人生远大价值的作品；或者是卷入大家族嫡庶宅斗之中，嫁得良人，赢得尊重的作品。但是在总体上大多数还是讲述平凡人物为改善生活而努力劳作的作品。

② 粟斌：《网络小说中女性主义的话语转向——以拟古世情小说为例》，《西华师范大学学报》（哲学社会科学版）2021年第3期。

不仅不是高富帅，反倒多是一些有所欠缺的角色形象，如《锦玉良田》中腿脚有问题的柴衍峰、《桃林深处有人家》的鳏夫等。同样，这也意味着女主不会有社会阶层的上升。所以说，“种田文让主角摘掉了神秘的光环，所刻画的主角形象更加贴近普罗大众，还原了世俗生活小人物的真实面貌”。①

本文想进一步指出的是，通过归纳和分析对女性向种田文的人物形象塑造特征，不难得出其背后的驱动力，即平凡小人物那种追求内心平和、追求淡然生活方式的形象特征与小说内容的世情书写和泛生活化基调之间的对应或者说一致。其实自20世纪90年代起，文学写作在形式主义的探索浪潮之后更多地回归到了一种注重细节和现实的、有关日常生活经验表达的书写。而在如今的女性向种田文中，也充分展现了一种有关想象性的乡村生活的世情书写，包含了衣食住行、四时八节、人伦礼仪、休闲娱乐等。这些作品大多是以一种温馨的基调来叙述乡村生活的，描绘了一幅朴实简单的生活画面，以求符合理想中农村世俗的生活状态。其实在种田文之前的女性向网络小说中，虽也有不少叙写日常生活的小说——比如一些青春校园题材、农村题材的小说——但是其更多的是在书写上层社会、都市生活，而对于普通民众的生活以及乡土生活的叙写很是少见。女性向种田文在这一方面所作出的改变和创新是巨大的，读者能读到许多描绘得非常细致的日常生活场景，如人物间的人际交流、生活的鸡毛蒜皮、情感的细碎心绪、乡村的世情伦理，网络小说似乎真正开始贴近普通小人物的日常生活了，因为小人物的平凡生活无非就是围绕这些家长里短展开的。在许多穿越类种田文中，女主虽身负现代知识，却满足于养鱼养虾、种花种田的乡村生活，如《刽子手与豆腐西施》里的女主拥有一个能随身携带的种田空间，照理说可以干出一番事业，可她却兴致盎然地当起了小村妇。在这类作品中，不再描写主角如何开挂，如何征服、改变世界的传奇经历，而是将目光彻底转向了现实生活。许多作品细致地描绘了农村的日常生活细节，比如《六零年代好生活》中对于开仓放粮的喜庆场面的刻画，并且因为小说中的这些场景是农村中常见的景象，所以就具有浓郁的生活气息与真实感。

除了对乡村生活场景、风俗习惯进行详细描写，女性向种田文还以极大量的笔墨描写食物与烹饪。“食色，性也”，口腹之欲在许多作品里表现得淋漓尽致，可以说对美食的书写是女性向种田文中一个很重要、很典型的生活表达元素。我们常常可以看到，女主掌握的一个关键技能就是能够烧一手好菜以引得无数人追捧，比如《食味记》的花小麦，《知味记》里的林小竹等。在上述小说中，对美食的描写占据了全文较多的篇幅，基本上每隔一二章，就会有关于美食或烹饪的叙述。同时，为了向读者展现这些食物的美味与吸引力，小说不仅详细描写了料理的全过程，还将一众“吃客”的感受也刻画了出来。当然，乡村生活的日常描写少不了女主人公对于人际关系的处理。农村是一个伦理关系复杂的集体，除去对琐碎家务活儿的书写外，女主人公在过上安

① 魏晓彤：《回归·救赎·祛魅：网络种田文的流行元素及文学价值》，《文艺评论》2017年第12期。

静祥和的“种田生活”前，大多是在“斗极品”中度过的，这些极品可能是家人、邻居或是亲戚。被欺负、反击、分家等元素也充斥着许多作品，像《名门闺秀与农夫》中有三分之二的篇幅是在讲述主角与各类极品亲戚周旋、斗争。总之，无论是对家务活儿、美食的书写还是对人际关系的描写，女性向种田文都在尽力呈现出最接近普通人日常的乡村生活状态，像是一种简单朴实的生活纪事，将零碎的生活铺展开。

在这样一种有关乡村生活的世情书写中，除了人物的平凡化与情节的生活化，必然有着与之匹配的叙事风格和手法。其实在以往无论男性向还是女性向的经典网络小说中，往往存在着一种“宏大”的叙事风格。或者更准确地说，是一种以升级模式、成功模式替代深度模式、成长模式的“拟宏大叙事”的变体。[①] 在以往大多数穿越、架空、重生类小说中，主角常常会凭借时空和思维差异的“金手指”在另一个时空或世界中传播先进思想和现代科技，在新的人生界面上决定历史的走向，肩负起人民与国家的责任，成就一代伟业。这些征服领土、筑就国家、改革社会、实现理想的豪情壮志和轰轰烈烈成了小说叙事的主线，而且这些作品往往是大长篇，因此其整体叙事就显得非常宏大。而且由于网络小说处在消费导向的环境中，必须满足定期更新的要求，所以得将情节内容尽可能地延长，像那些玄幻类的作品就可以用大量笔墨来介绍世界观、宇宙观，刻画大量人物形象并构建各种势力范围。比如在阅文集团旗下网站连载数年的《邪王追妻：废材逆天小姐》已更新了一万多章，作为典型的升级流玄幻小说，故事情节通过不断更换地图“升级打怪”来展开，至少有一半以上的篇幅在介绍人物、势力背景。相比之下，当着眼于乡村世情书写和日常生活叙事的女性向种田文出现时，确实属于难得一见的网络小说类型。几十万字或上百万字的篇幅对于缺乏跌宕起伏情节的乡村世情和日常生活的叙写实属不易，所以女性向种田文的篇幅一般不长，常常一两百章就结尾了。由于女性向种田文的故事性较弱，有些甚至没有主线，通过以女主人公为中心的一些人物之间的日常对话和行动来展开情节，基本上每若干章就是一个单元形式，在叙事架构上具有很强的碎片感和重复感。比如有的作品会将寻找食材—烹饪—享受食物这一不断重复的过程当作主要线索来拼接情节模块，像《今天你吃了吗》中干脆就直接将“油泼面”“四喜丸子”“地锅鸡”“三不沾”等菜名作为章节的名称。当种田文选择以片段化叙事的风格来进行日常生活的平铺直叙的描写时，这种形式更有利于将乡村日常生活进行切割，把它还原为无数个片段。这种日常重点在于从无数细节切入个体的生活体验，从而使读者可以通过大量细节来观察小说人物性格变化及情感波动，从多个角度来感受乡村人情世态的方方面面。这种片段式结构不仅能不断地增添新的故事情节，同时也能使读者更快地产生认同感和代入感。作品中的情节发展大多是情理之中的，对于人情往来和生活日常的描写都是站在大众普遍接受的角度展开的。

---

① 邵燕君：《网络文学的“断代史”与“传统网文”的经典化》，《中国现代文学研究丛刊》2019 年第 2 期。

不过我们也应该看到，女性向种田文的这种类型化的乡村世情书写，往往围绕着平凡人物和日常生活展开大量内容相似甚至情节重复的叙事，是具有其存在基础的。“或许，叙事的类型化和重复化模式，就是一种文学原型。……网络在消解印刷精英文学的同时，也释放了这种叙事原型。这种状况与读者追求‘爽感’的需求也是合拍的。对于大部分读者而言，不愿意浪费更多的脑细胞用在叙事模式的探究上，在他们熟悉的框架下更容易被‘爽’到。”① 在今天看来，网络文学的“爽”的追求无可厚非，甚至还是有意义的，只要不是“娱乐至死”，只要娱乐化动机不脱离艺术的靶的。② 不仅要明白“爽感”描写所具有的情感代入与沉浸体验等审美功能，更为关键的是在理解这种文艺心理的过程中，继续挖掘其内在的精神意蕴。

三 精神意蕴：田园空间的虚拟审美与女性身份表征的纠结

在女性向种田文中，表现了平凡人、普通人日常的、世俗的生活，通过发生在乡村、田园中的空间叙事，肯定了这样的生活状态与生命形式，但其中也始终隐含着关于身份表征的困扰。可以说，尽管“言情”一贯是女性向小说的首要主题，但随着思想观念的转换以及与之相对应的网文发展，作者和读者都不再将才子佳人、王子公主的爱情理想看作叙事的核心，而是将言情的真正指向扩大到整个世俗生活的层面上。种田文一定程度上打破了网络小说中有关美好生活必须建立在浪漫爱情之上的幻想和泡沫，以另一种想象的方式将世俗生活的面目还原，并对这种虚拟生活的日常性、世俗化体验投以审美的目光。在小说中，作者以及读者都将审美的目光投射到大众生活的日常性上，将自己的世俗化体验代入其中，对世俗生活展现出了一种平淡的热爱。

前文已提到女性向种田文的叙事元素大都是乡村世俗生活中常见的事物，如砍柴、耕田、种菜、做饭、洗衣、生娃，透露出浓厚的生活气息，那些欲望、情感、物质等世俗化元素成为大肆书写的重点。小说人物从早到晚、吃喝拉撒的日常生活场景，以及人情世态中喜怒哀乐的心理状态全部被表现了出来。比如作者在作品中尽情释放诸如饮食男女、男婚女嫁等最普遍、最日常的欲望，书写人物对世俗生活的享受和对世俗幸福的追求。作者在作品中丝毫不吝啬对美食的描写，可以说很大一部分女性向种田文甚至可以被称为美食文。而在人物的婚姻方面，女主人公往往也期望找到如意郎君而有所依靠，享受婚姻所带来的幸福。又比如女性向种田文中复杂的人际关系问题，包括婆媳关系、友邻关系、母子关系等，往往写得很精彩，常使读者产生共鸣。女性向种田文中对美食、人际关系、婚姻家庭等世俗生活体验的书写，将这些世俗生活的场景泛审美化，代表了网络文学的主题对于平凡生活领域的一次诗意回归。而这种泛

① 单小曦：《“作家中心”·“读者中心”·“数字交互”——新媒介时代文学写作方式的媒介文艺学分析》，《学习与探索》2018年第8期。

② 欧阳友权：《网络文学虚拟审美的娱乐边界》，《社会科学辑刊》2021年第1期。

审美化的诗意回归正是依靠虚拟的田园生活来形成其得以成立的叙事空间的。

网络小说作为一个针对网文读者的欲望所设计的对象，一个可以寄存大众的欲求和幻想的乌托邦，当它遭遇田园或乡村这样的文化象征时，其所展现的精神内核就会很特别。在中国的文化传统中，自陶渊明以来“田园”就成为悠闲而隐逸的诗意生活的代名词，“采菊东篱下”代表着一种无拘无束、自由宁静的生活状态，从文人笔下个体生命的安慰剂转化成了总体文化心理中最后的庇护所。今天，随着城市化的迅猛进展，城市的生存空间不断受到挤压。当代人长期处于极度紧张的生活状态，面临着激烈的竞争和巨大的压力，诸如“内卷化”等各种问题不断困扰着人们。在城市病日益严重的情况下，压抑的都市人越来越怀念日出而作、日落而息的简单生活，迫切想要找到一个可以远离城市喧嚣，安静祥和的替代性精神家园。田园就是这个家园所指涉的，因为它不仅引领生命从喧哗走向宁静，同时也代表了人与自然的生命相依和精神内应。所以在期待惯例中与城市生活相对的田园生活、乡村生活就成了人们寄托理想生存状态的空间，而种田文这种类型尤其是女性向种田文的出现，恰恰实现了人们对于田园空间的虚拟生活体验。“那些生命力强大、可以衍生无数变体的类型文，大都既根源于人类古老的欲望，又传达着一个时代的核心焦虑，携带着极其丰富的时代信息，并且形成了一套独特的快感机制和审美方式。”[①] 可以说，网络小说的类型化就像是作者和读者的欲望从抽象变为具象的模式化运动，而各种各样的网络小说也正是凭借着各自类型化的形式表现并解决这些欲望的，女性向种田文给予了作者和读者缓解，甚至消解现实焦虑的一种可能性途径。网络类型文就是其作者们心理欲望模式的文学延伸，是其作者们在社会转型期心理变化的文学表征。[②] 在小说构建的虚拟世界中，作者和读者可以根据自己的幻想去生活，种田、养花、抓鱼变成了生活的日常，人们不再需要考虑现实生活中的各种复杂问题，能够相对简单随性地生活。比如《重生小地主》里的小夫妻回归田园，他们不仅在种田的过程中收获了快乐，也找到了心灵的归宿。在各类网络小说中，“空间固然拓展了现实人们的时空体验，但更关键的是以审美建构的方式，将生活中的欲望、焦虑等进行了转移，实现着文学的意识形态的功用”。[③]

女性向种田文正是通过围绕田园空间的叙事来发挥虚拟审美的功效，来实现网络文学的意识形态功用。其实可以看到在女性向种田文蕴含的意识形态中，不仅将田园、乡村空间中的虚拟生活叙事当作一种抚慰当代生存焦虑的诗意回归，同时也展示了“我种田我快乐”的劳作所蕴含的疗愈性力量。作品中的专心“种田”往往意味着随性豁达的生活态度，没有过多野心与抱负，过着佛系、随缘的人生。在许多作品中，即使女主人公拥有金手指可以改变历史进程，她也不会参与其中，而是试图隐藏自己的实力，降低卷入历史变革的可能性。从文本自身的诠释来看，她们认识到金手指并不

① 邵燕君：《网络文学的“网络性”与“经典性”》，《北京大学学报》（哲学社会科学版）2015年第1期。

② 邵燕君：《网络文学的“断代史”与“传统网文”的经典化》，《中国现代文学研究丛刊》2019年第2期。

③ 周冰：《网络小说的空间叙事论略》，《网络文学研究》2018年第6期。

是万能的，自己也并不追求崇高宏大的目标，反而更加期望过上平凡而自由的生活。从网文类型的外部比较看，经典穿越小说中的强大的金手指已经由于过度泛滥而逐渐丧失了激起读者似真幻觉的作用，逐渐削弱了给予读者爽感满足的功能。而在女性向种田文中那经过艺术加工的精美温馨的乡村“桃花源”，经过艺术润色的诗情画意的田园空间，为一种具有治愈功能的劳作的想象性表达提供了基础。所以女性向种田文中的劳作或许可被看作“对现实中中产阶级所可能面临的工作异化问题的想象性解决……以看似消极、‘废柴’的人生态度书写一种刻苦、勤勉的奋斗精神……预示着当代青年向‘家/宅’的回归和对休闲、舒适的‘中产梦’的迷恋，这成为青年对抗现实困境的一种想象方式”。[①]

必须要留意的是，虽然在女性向种田文的虚拟审美空间中充斥着对于现实生活中日常困境的艺术转化，并且提供了大量解决困境的想象性的、理想化的经验，但是其中所涉及的女性身份表征往往是一个更为复杂的问题，昭示着一种纠结的女性意识。总体而言，女性向种田文全部基于女性视角，常常会从自身的欲望和诉求出发，构建一个以女性为主的世界，并进一步通过塑造平凡人物形象，设置日常化故事情节，来描摹人生百态，反映了当代女性在现实生活中的困惑与困扰。我们可以看到，在许多种田文的前半部分，女主人公总会想极力摆脱原生家庭的束缚，那是一个建立在“男性秩序”上的传统家庭，在这种家庭中，女性地位低下，承担家中的绝大部分家务，甚至被当作物品一样对待，只为了扶持家中的男性。而女主人公的反抗代表着她的女性意识开始觉醒，比如小说中的“分家”便是女性期待获得自由，逃脱父权桎梏的表现。但在这个阶段，女主对自己的诉求往往还不够清晰。直到作品的后半部分，女主的奋斗史才彰显了女性对自己生存处境的清醒认识以及反抗，女主所懂得的知识以及所掌握的技能帮助她逐渐改善生存处境。但这些奋斗在反叛和颠覆男权社会价值观的同时恰恰又陷入其中，以一种反喻的、反向形成的方式巧合般证明了男权社会的伦理体系，无不透露着女性在男权意识形态下迷茫、困惑、焦虑以及妥协的情感诉求。[②] 而且在文本中，那些走出个体的私人领域去实现自己在家庭以外的作为女性的人生价值，实质上依然困顿于男权思想的牢笼之中，她们遭遇了“花木兰式困境”，在实现人生价值成为“大写的人”之后又将自己驱回家庭之中，并且反复强调的一点是来自男性的尊重。[③]

在女性意识到纠结于女性身份表征的妥协这点上，女性向种田文中对于爱情与婚姻家庭的描写非常典型地反映了一种传统伦理观念与现代女性意识杂糅的伦理关系。爱情与婚姻家庭一直是女性向小说中的重要主题，即使在女性向种田文所展现的对于

① 姜悦：《“玛丽苏”“中产梦”与“穿越热”——对“女性向”网络小说的一种考察》，《文艺争鸣》2017 年第 10 期。

② 刘云霞、张丽花、邢满：《女性的觉醒、焦虑、妥协——论女性种田文作家笔下的女性书写》，《牡丹江教育学院学报》2018 年第 10 期。

③ 吴小玲、张霄：《虚假的觉醒：“种田文”中的女性意识探析》，《天府新论》2018 年第 2 期。

乌托邦式的田园空间、乡村世情的向往与追求中，除去一部分只涉及亲情、友情的作品，大多也会有这样一条关于爱情与婚姻家庭的情感线。女主期望找到一个合自己心意的男性，而不是被挑选，无不表明女性期望能够在家庭中争取话语权，能够掌握自己命运的意识。当她拥有了自己的小家庭后，她在家庭中与夫君的关系往往也体现了其所拥有的一定的权利。但大量的女性向种田文尤其是古穿类和架空类作品，毕竟是以封建社会作为写作背景的，伦理之情的实现被认为是实现人生意义的重要内容，所以在宗法制伦理观念的束缚和压制下，女性还是很难真正完成自我觉醒或者说觉醒得并不彻底，对宗法伦理展现出的情感倾向，“由现当代文学作品中常见的呐喊、批判、揭露、否定的特点，大幅度地转向对小说故事所在的时空背景激起社会规范的尊重和维护”①。在作品中，时常能发现女主在成婚后的主体意识和价值取向会发生很大的变化。女主婚后往往会放弃自己的一些事业、爱好，将自己的全部重心转移到家庭与孩子身上。在许多女性向种田文中，女主都期望生下儿子，使自己的家能够立起来，甚至会为了孩子的未来而主动与宗族搞好关系，例如在《寡妇门前》的相关情节里就表现得很明显。生存于作品所呈现的传统且苛刻的封建男权社会中，女性的权利与地位太过渺小，只能依靠自己的配偶以及儿子来获得足够的保障与安全感，所以女主人公必须找到一个各方面都不错的、能够依赖的男子，并与其生下儿子来维护自己的家庭地位。可以说在女性向种田文的文本中，女性最终的理想归宿还是家庭，女性的价值完全是通过妻子和母亲两个身份来实现的，女性能够为了家庭牺牲自己，几乎将自己的全部奉献给家庭。回归家庭常常只是无奈的选择，更多的是一种关于自身身份的妥协。所以当女性向种田文将女主人公投入这样的社会文化中，女性意识的觉醒很难真正完成，若我们还期望她能觉醒并展开反抗显然只是理想化的一厢情愿。对于大多数作者和读者来说，回归家庭也许已经算一种关于女性身份的较为理想的表征模式了，通过“带有强烈反思和代入感受的叙述方式，完成了古典女性美德的传承与当下女性意识的现实发扬之间的无缝连接”。②

但无论存在着怎样的缺陷，女性向种田文从一种带有明显游戏经验的写作，发展为一种关于女性身份表征的乡村世情书写，已经具有不小的意义了。从泛游戏化的网文写作角度来看，它遵循“游戏逻辑”，是网文交互活动中网民抱有的以低成本幻想改变世界的游戏态度的体现，以抵抗话语权威，形成自我力量。③ 从更为成型的乡村世情女性网文书写来看，它折射了社会转型中的时代欲望与现代性想象，也投射了网络新生活与虚拟生存体验。④ 新媒介的出现，深刻改写与重塑了人们的日常生活、交往方式

① 粟斌：《文化自信与新保守主义——拟古世情小说中的历史想象与制度体认》，《中国文化研究》2016年第1期。

② 粟斌、孟川、付净：《网络拟古世情小说对当下意识形态的民间再构》，《西南石油大学学报》（社会科学版）2018年第4期。

③ 许苗苗：《游戏逻辑：网络文学的认同规则与抵抗策略》，《文学评论》2018年第1期。

④ 黎杨全：《网络文学、本土经验与新媒介文论中国话语的建构》，《文学评论》2020年第6期。

与精神体验，构成了现代人活跃驳杂的日常体验与生活想象，网络文学在一定程度上折射了这些“新现实”。[①] 在女性向种田文中，网络文学市场的消费趣味与女性意识的表达相结合，其核心要义在于女主人公如何获得自身的幸福，这种带有虚构意味的“现实内容”包含了女性在抗争与追求中的觉醒，在道德困境中的迷茫，在焦虑与摸索中对于婚姻家庭的较为理性的认识和回归。这一网文类型至少是在努力“联系起过往社会和当下时代中一些不变的东西，比如精神信仰、人际关系、自我的社会定位和人生态度等方面的内容，来探寻女性如何与社会、家庭和谐相处”。[②] 始终需要明确的是，网络文学遵循游戏逻辑的背后，起支配作用的仍然是“现实逻辑”，即对个体生存及其际遇的抵抗，网络文学的虚拟体验总是蕴含了社会转型期人们在赛博空间的梦想与抵抗。[③]

本文系杭州师范大学单小曦教授主持的《新媒介文艺批评》研讨课系列成果之一。

---

① 黎杨全：《新媒介现实主义的崛起》，《中州学刊》2019 年第 10 期。

② 粟斌：《“传统”的魅惑——兼议网络穿越小说出现的时代逻辑》，《青海社会科学》2013 年第 2 期。

③ 欧阳友权：《网络文学价值的三个维度》，《江海学刊》2020 年第 3 期。

访谈与书评

重塑儿童文学的边界:杜明城教授访谈录

张公善　杜明城*

（安徽师范大学文学院　安徽芜湖　241003；

台湾台东大学　台湾台东　95092）

摘要：儿童文学的边界一直饱受争议。当下儿童文学的各种观念尚处于西方话语的领导之下。鉴于中外儿童文学既有共性也有个性，因而有必要在中文世界重塑儿童文学的边界。重塑儿童文学边界并非一味抵制所谓的“文化霸权”，也不必完全依傍西方儿童文学观念。找到能够与西方儿童文学观念接轨的本民族儿童文学观念，乃是当务之急。重塑儿童文学的边界，旨在让更广泛的儿童文学作品被更广泛的儿童阅读，并享受到阅读所带来的快乐。

关键词：儿童文学；文化霸权；非典型儿童文学；话语体系

杜明城近著《儿童文学的边陲、版图、与疆界：社会学与大众文化观点的探究》（台北书林出版有限公司 2017 年版）可谓其研究成果的集中展示。纵观此书，笔者将其研究的主要贡献概括为三大方面：儿童文学所面临的问题及重新界定；儿童文学阅读与人文教育；非典型儿童文学专题研究。接下来我就从这三方面与杜先生一起进行交流与分享。

一　儿童文学面临的问题及重新界定

张公善（以下简称张）：杜先生认为儿童文学研究者面临的主要问题之一是选题越来越困难。本土知名作家早已被“网罗殆尽”，甚至连一些二线作家也进入了研究视野。另一问题是国外作家被普遍推崇，致使本土作家被严重排挤。杜先生认为这是一种文化霸权的表现，即西方文化对儿童文学的界定以及对儿童文学市场的强势占有。由此，您引出如何解读上述问题，或者说如何抵制西方文化霸权的一些策略。个人认

---

* 张公善（1971— ），安徽巢湖人，文学博士，安徽师范大学文学院副教授。主要研究方向：生活诗学与现当代文艺。杜明城（1956— ），台南人，美国南加州大学博士，台东大学儿童文学研究所教授，长期以社会学和大众文化视角从事儿童文学研究。

为杜先生有为研究生论文寻找出路的良好愿望，但我又觉得选题是一个研究者能不能胜任研究的一大关口。毫无疑问，现在的研究者越来越多，但同样的，现在的研究对象和研究视角也越来越广，所以研究生选题困难这笔账不能主要记在儿童文学作品的选择上，更应该聚焦研究生视野的狭小以及问题意识的缺乏。另外，如果从全球化视角来看待西方的文化霸权，我们可能无法阻挡这一西方文明为主导的现代化潮流。我个人非常反感现代文明的加速发展，但却又无可奈何。这里是否存在双赢现象，即西方文明获得了资本，东方或弱势文明也借此丰富了自己的文化。我想说的是，在全球化时代，杜先生是不是夸大了西方文化的负面性（霸权），而忽视了其可能具有的正面性？

杜明城（以下简称杜）：学生选题遇到瓶颈自然是自己学养不足最为关键，但也很可能是面临普遍性的学术盲点所致。文化霸权的概念指出儿童文学的概念是西方的界定，但却被不加批判地视为放诸四海皆准的范畴。这种无形的知识霸权因为习而不察，影响更为深不可测。了解到这个现象，也许研究与创作上都会更为开阔，不至于被西方的范畴分类绑手绑脚。我接受美式教育，阅读的西方文学远多于中国文学，不但欣赏，而且相信现阶段的西方儿童文学成就远高于其他文化。我借用了发展社会学的譬喻，认为问题在于持续性的依赖。而不自觉的依赖，将会丧失自己的主体，导致差距越来越大。我们接受外来文化是多多益善，只有它成了霸权才会是祸害。其实西方学者也注意到我提出的问题，“The Hegemony of Western Categorisation and the Underdevelopment of Children's Literature in ‘Other’ Worlds”这篇论文被列入 *The Routledge Companion to Children's Literature* 的参考书目中。儿童文学若真是全球性的，就不应该只是西方的概念。

张：杜先生应对西方文化对儿童文学主宰霸权的策略是，提出了一个新的儿童文学范畴构想，即“非典型儿童文学”。您旨在将历来不被儿童文学研究者重视的中国传统的武侠小说、传奇、笔记小说以及科幻、科普读物等等也纳入儿童文学的范畴中来。这里似乎也有自轻的感觉。凭什么用“非典型”呢？这不也间接认可了西方儿童文学的“典型性”了吗？“非典型儿童文学”的正当性似乎是挂靠在西方儿童文学的典型性旁边方可获得。非典型儿童文学观念有没有泛化儿童文学之嫌？因为那样的话，现当代文学中的许多作品，比如带有浓厚奇幻或魔幻色彩的莫言的《生死疲劳》或是余华的《第七天》等等，还有那些被改编为青少年版的世界名著，都可以成为非典型儿童文学了。那么，儿童文学的儿童性体现在何处？一个老问题还是绕不过去：究竟什么是儿童文学？目前从学理层面来说，西方占主宰地位，东方几乎没有自己的儿童文学范畴，不像美学文艺学，东方还有自己的一套范畴可以和西方对话。我的意思是，杜先生提出“非典型儿童文学”，旨在拓展儿童文学边界，但似乎还没有形成东方的儿童文学意识。如果要与西方儿童文学对话，就必须要有一套自己的话语体系。对此，我也想听听杜先生的高见。

杜：很好的问题，其实说来有点吊诡，像我反西方霸权借助的发展社会学世界体系理论本身也是西方理论。所谓非典型，我用的英文是 unconventional，也就是非习以为常的、非一般常识的。的确，西方界定的儿童文学是典型的，是核心的。而本书所欲揭橥的是非典型的、边陲的。不仅是在文化上，也在分类学（taxonomy）的意义上。做个比喻，就是以乡村包围都市。我的提议的确可能导致儿童文学的泛化，通俗小说、武侠小说、传奇笔记当然不能等同于儿童文学，我们应致力发掘的应该是其中的汇集处。譬如，《指环王》通常不被视为儿童文学，但是《哈比人》就是。也许你认为《鹿鼎记》不是儿童文学，但《侠客行》呢？儿童会在乎这种分界吗？当然不会！我认为只要是儿童能够着迷的阅读，就可以是我们探讨的范畴。儿童文学的范围也应当从童年概念的转变而扩充或修订，而那是不断界定的过程，不宜紧抱着一种童年本质的观点，且当作唯一的指导原则。所谓"童年性"也可能是一种虚构，Perry Nodelman 写过一篇文章"The other：Orientalism，colonialism and children's literature"。他认为孩童被儿童文学与儿童心理学连手给"东方主义化"了，我们总是以成人的傲慢眼光凝视他们，他们要是没有能力回眸，就只有冷漠以对。这有点逾题，孩童直接承袭网络文化，他们这方面的素养是远超过成人的，我们在许多方面应该以孩童为师。成人与孩童的知识的关系应该是对流的，而不是上下的。每当我们探讨所谓的儿童性，我就闻到一股浓烈的教育指导气息。

张：杜先生提出不要过度强调论文，而要借由制度的设计来提倡创作，"要建立一套以创作替代学位论文的制度"。① 当前论文已经汗牛充栋，中国已是举世闻名的论文大国，可惜真正有创新、有价值的论文可能并不多，大多是套用理论来论述某一个研究对象。杜先生这一建议可以说具有普遍现实意义。就儿童文学来说，将儿童文学创作纳入培养方案，可以弥补目前理论的遮天蔽日状况，让那些有创作才能的人既有理论的熏陶又有才华施展的途径。我想知道目前台东大学的儿童文学研究所有没有这种以创作代替学位论文的情况？如果有，你们是如何评审的呢？

杜：儿童文学以创作代替论文取得学位的办法从 2017 年上路，当然质疑的声浪不断，我们也不断在回应各方的意见做修正。整体来说，乐观其成的多，只是必须要设置门槛与提供必要的训练。以我对美国制度的理解，攻读创作硕士（Master of Fine Art，MFA）是要比一般文科硕士（Master of Art）要求严格许多的，因为那被视为终极学位（terminal degree），没有所谓创作博士的。前者该修的学分可能高过后者三分之一，那自然也大大影响毕业的年限。美国儿童文学的重镇 Hollins University 的 MFA 课程，以作家为教学主体，于暑假期间开课，一般需要五年才能拿到学位。文学名校 University of Iowa 毕业的 MFA，有不少人成为大家，也成为大学创作课程的核心师资。有人主张，创作硕士的指导教授必须本身具备创作甚至是得过重要文学奖的资历，这当然是一种理想。在学界供职的作家本来就很有限，无法符应越来越广阔的

① 杜明城：《儿童文学的边陲、版图、与疆界：社会学与大众文化观点的探究》，台北书林出版有限公司 2017 年版，第 103 页。

需求。去年我与来自澳洲 Deakin University 的学者谈过这个问题，他们有许多研究生选择创作代替论文，这是他们必须照顾的学术市场，没写过小说的老师也只好透过自己熟读文学的功夫指导学生了。我的着眼点是华人世界的儿童文学作品质量都过于薄弱，从制度面来努力，质量互变的结果才能有研究的凭借。

二　儿童文学阅读与人文教育

张：杜先生非常重视儿童阅读中的兴趣，提出应该让儿童读他们喜欢读的书，比如漫画，而不是过度干预他们。兴趣的确是最好的老师。但这里可能存在几个问题：兴趣是天生的吗？如果任由孩子按照其兴趣阅读，是否会有偏食的情况？我个人觉得兴趣有天生的成分，但后天的熏陶也可能起作用。所以我强调父母、社会及学校应该提供更多的阅读作品让孩子选择，并且鼓励孩子适当读他们不喜欢的作品，但又绝不能强制孩子阅读。也许有的孩子一开始不愿读，但读着读着也许就喜欢了。对此我有亲身经历。我一直不断地买些我认为是高大上的儿童文学作品，大概有三分之一的孩子都没有读。我有时候觉得挺可惜，就尝试着选择一些在他睡前读给他听，我发现有些书他过后还是不喜欢，但也有不少他却等不及我读给他听，便迫不及待地自己主动去读。我也干预过孩子的阅读。他小学时有段时间特别迷一本漫画杂志，班上许多同学都喜欢。我翻看后觉得里面过于阴暗，暴力和色情也屡屡出现。我就及时想办法让他不再去买。还有江南的玄幻小说《龙族》系列，我觉得太厚，孩子花费的阅读时间太多，就竭力劝阻他不要读。可是他不听告诫，还偷偷地去买了一本。当我观察到孩子沉浸其中的快乐模样，我非常羡慕，就主动给他买来一套，而且每有续集出来，就答应买回家。就我孩子的情况来看，他有自己的阅读兴趣，但我也的确引导了他的一部分兴趣，就是那些拥有高大上品位的作品。所以孩子阅读时兴趣至上可能并不合理。

杜：兴趣也是个空泛的概念，是天生的呢，还是培养的？我在《儿童阅读兴趣》一文中引用了杜威（John Dewey）和詹姆士（William James）两位实用主义哲学家的说法。杜威把兴趣（interest）这个词拆成 inter - rest，意思是联结两种有距离事物的中介，从起点到目的之间的连续历程。而詹姆士认为兴趣刚开始是生理性的，由此出发而连接到有意义的对象。两者的观点都认为兴趣是流动的，它有走向，但未必一成不变。我很欣赏意向性（intentionality）这个概念，孩子会对某类阅读感兴趣是因为当时具备了某种心向，所以他们看似信手拿起来读的书也不是偶然的。自发性的也好，指导性的也好，半强迫性的也好，都必须与此心向接轨才能奏效。强求孩子阅读某些著作而居然见到成效，应该是恰好频率对了。所以提供环境最为重要，提供多样的选择。不过我认为诉诸感官的兴趣是浅层的，教育者能做的就是在各阶段提供各种更深层的选择。我并不担心阅读偏食，那也是意向性的作用，着迷于某种类型读物未必是坏事。时机成熟，阅读的对象会随心向而转移。附带一提，漫画作为一种文类，已经发展出自身的一套美学，作为影像文化的一环，它也可以是自足的。但我认为，文字阅读仍然是最重要的主体，漫画如果能成为一个中介，那就更值得推广了。

张：现在阅读儿童文学的黄金阶段可能是从幼儿园到小学，中学因为面临升学考试的压力致使阅读时间非常少。我了解到杜先生曾深入中小学课堂推行通俗文学的阅读，这应该是“非典型儿童文学”观念的具体实践。我也听说杜先生去中学进行通俗文学阅读实验时也是选特定的时间段（往往是周末），而且学生家长还要签字同意孩子参与这项实践。这是很有意味的事情。杜先生的阅读研究实践对于那些孩子来说无疑有一种主动干预的成分，或者说带有一些强制性的有目的的阅读。我在想，要是杜先生利用这段时间，让学生读的不是通俗文学，而且那些经过时间检验的经典儿童文学，结果该如何呢？我的意思是，目前儿童文学研究者面临的一个尴尬在于：那些应该读儿童文学作品的中学生已经越来越远离儿童文学，而大人们却在想方设法让他们去读。不是读什么的问题，而是读不读的问题，才是让我们最为头疼的。杜先生内心的想法应该是孩子更愿意读通俗文学。但不论是通俗文学还是那些经典儿童文学，都存在一个可读性的问题。也就是说，并非所有的通俗小说都好读，经典也不一定不好读。我一直有个设想，要是国家从制度层面规定，将阅读纳入中学生的课程体系，情况会如何呢？

杜：只要是冠上经典之名就不免严肃，所以我在中学推动的阅读都以“好看”为主要考虑。好看的书通常以情节取胜，但这未必是经典文学所着重的。相较于学校教育割裂式的文本阅读，我的取材都是完整的作品。学校做的是要学生有目的导向的研读（studying），而不是以愉悦为主的阅读——“悦读”。周末参与的学生都是自发性的，我感受不到他们有任何受强制的不快，反而带着叛离教育体制的快乐。其实儿童文学与通俗小说都带有颠覆正统的色彩，永远无法、也不必要成为主流。若是由制度面来设计，那又成为正统的一部分，在中国人的教育体制里，各种评量的手段必然蜂拥而至，反而又是灾难了。我的实验教学只是对于正规体系一个小小的造反，让学生有个短暂的脱逃，但从学生身上表现出来的阅读成效，其实可以颠覆某些教育心理学根深蒂固的主张。社会学家米德（George Herbert Mead）认为学校太倚重以奖惩为手段、目标导向的教育心理学了，以阅读来说，强调互动的团体动力可以产生可观的效果，这在我们的研究中也得到验证。

张：杜先生曾经撰文提议把儿童文学作为大学的通识课程，将通俗小说和影视媒体结合起来，课程的设计包含六项：历史小说、武侠小说、言情小说、侦探推理小说、科幻小说及奇幻小说。课程以纯粹的阅读为目的，不太在意教化，因为“无用之用才是大用，不带目的的阅读才是真正的阅读。阅读本身即是教育”。[①] 在这个遍地手机低头族的时代，杜先生试图以通俗小说为手段，结合影像来引导大学生爱上阅读，听起

① 杜明城：《儿童文学的边陲、版图、与疆界：社会学与大众文化观点的探究》，台北书林出版有限公司2017年版，第189页。

来是个不错的想法，就是不知道杜先生有没有在大学课堂实践过？我曾经在自己的校选课《小说与生活》的课堂试验过两次。一次是以儿童小说替代原来的成人小说来组织课堂内容，另外一次我把故事图画书作为“微型小说”来上课。这两次让儿童文学走进大学课堂的实践，学生褒贬不一。但隐约能感觉到他们共同的心声有二：一是认为所讲内容与课程不一致，建议我把课程直接改成儿童文学课；二是觉得有些幼稚，儿童文学作品尤其是图画书讲多了，他们有些腻。

杜：我在大学本科担任“社会学”与“哲学概论”课程时喜欢以长篇小说来讨论社会学与哲学的概念，学生颇能接受。当然作家的书写并非以教育运用为目的，能否达到最贴切的融合是必须不断检讨与更新的。我也分别在大学本科和研究所开过“科幻小说”与“武侠小说”课，那一直是热门的科目。至于我曾主张将“儿童文学”纳入通识课程的选修，所持的理由在于儿童文学科目本身的颠覆性质，以作品的简洁批判文化的纷杂。但这种主张必须建立在儿童文学不应该被视为幼稚可爱的文学，而是简洁深刻的文学才有可为。

张：现在的教育过于强调知识，而对儿童的情感和欲望则过于忽视甚至无情打压。在情感教育这方面，杜先生认为“教育小说远远跨越了体制教育所能想象的纵深”①，《情窦初开：西方经典小说中的少男情怀》一文形象生动地揭示了三种男女情爱的可能面貌，即兄妹的、姊弟的以及母子的。这些小说或多或少带有自传成分，因而可信度大。在校园恋爱早已司空见惯的时代，选择与爱情相关的优秀儿童文学（尤其是教育小说）来对学生进行情感启蒙和教育，同时也等于推广了儿童文学，可谓一箭双雕，很有现实意义。杜先生对经典小说中少男情欲的关注让我想起一个一直以来纠结的话题：儿童文学中的爱情书写。许多儿童文学作家比较忌讳写儿童的情欲。但另外一些作家比如钱伯斯就比较开放地对待青少年的情欲问题。钱伯斯那本《在我坟上起舞》，我买回家后自己也没看，当时儿子大概是五年级，他看过后对我说这本书“少儿不宜”。我觉得挺有意味。成人和儿童对文学中的情欲描写可能体验完全不同。儿童文学写情爱，就可能有性描写，这就又牵涉儿童文学与成人文学的界限问题。不知道杜先生有何高见？

杜：这让我想到人类学家米德（Margaret Mead）在《萨摩亚人的成年》中所说的，西方青少年青春期的躁动原因不是生物性的，而是西方文化对孩童隐藏了性与死亡的秘密，而这也表现于儿童文学作品。《巧克力战争》的作者科米尔（Robert Cormier）写过一本很好看的书《褪行者的告白》。本为禁书的《巧克力战争》因为暴力描写，长期被拒于图书馆的门墙，但现在有谁不承认那是青少年小说的经典？我想还是用比较投机的方式来回答这个问题吧，没有所谓该不该的问题，只有写得好不好的问题。儿童作家自行放弃这个实存的少年情爱问题，等于割舍了一个广阔的创作版图，所以

① 杜明城：《儿童文学的边陲、版图、与疆界：社会学与大众文化观点的探究》，台北书林出版有限公司2017年版，第226页。

我们只好从西方经典作品取材了。

三 非典型儿童文学专题研究

张：可以看出，杜先生对武侠小说颇为厚爱，指出“武侠小说最核心的价值在于它是当代最能体现、延伸中国古典文学以及传统文化的文类”，同时又认为武侠小说已经衰落，因为它丧失了继续盛行的意识形态条件，进而也对武侠小说的阅读和欣赏带来了障碍。[①] 可是我并没有这么悲观，因为侠和英雄其实是每个人尤其是男孩子心中的一个“情结”，不可能消失。一个时代有一个时代武侠小说的形式。比如今天，校园武侠和玄幻武侠还是颇受欢迎的，只不过现在的武侠小说可能带有科幻、奇幻的因素在里面，如杨鹏的《校园三剑客》和马伯庸的《笔灵》等等。现在的问题是传统的那种武侠小说写法不适合现时代了，所以作家必须要突破传统，锐意进取，变化创新才能重新让武侠小说兴盛。这是其一。其二对于那些被认为已经大势已去的武侠小说，是不是就如同明日黄花，不堪一读？的确，港台的新派武侠小说中有意识形态的成分，比如民族主义和忠君思想，但武侠小说的内容是非常丰富的，不同的时代也可能有不同的解读。就此而言，那些经典的武侠小说的生命力可以说是超越时空的。即便我们无视这些思想内容，但就故事本身而言，阅读武侠小说有时也会很过瘾。

杜：我在《当代新派武侠小说的兴衰》一文中谈到，武侠小说的兴盛有其意识形态的基础，当这种条件消失，风潮不会再现。琴、棋、诗、画和缥缈的名山大川以及各式武功杂学，都为中国的乡愁提供了支撑这种意识形态的元素。当然目前仍有若干创作者延续武侠小说的创作，但能叫出名号者几希。我说新派武侠小说是中国古典小说的回光返照，但眼前的作品已经不再以文字著称，作品大多被影像化与游戏化了。马伯庸的《笔灵》与孙晓的《英雄志》确实都是佳构，却都未能完篇，似乎意味着这种文类之难以为继。奇幻与科幻（如黄易的《寻秦记》）的元素已经大举侵入武侠文学了，这并非不可为，毕竟文学也是随时必须赋予形式与内容以新的生命，但那也势必改变了原有的精神面貌。十多年前上我武侠小说课的研究生居然有几位连金庸都没读过，理由呢？因为已经读过漫画或是看过连续剧了。曾经有人提倡所谓的“儿童武侠”，这种常识或是实验值得欣赏，但其成果却难以乐观，等于是自行剔除若干武侠小说的质素了。盛行近百年的当代武侠，其实已经走过它的风光，文学形式也有其盛衰病老，无法成功转型也是无可奈何的事。作为武侠小说的爱好者，我很期望自己的判断是错误的，最近读了若干郑丰的作品，不禁又燃起一丝希望。

张：漫画书的确在近二十年来一直在中小学生当中非常流行。然而长期以来儿童文学并没有给予漫画足够的重视。杜先生注意到了上述现象，但不知道为什么在这本

---

① 杜明城：《儿童文学的边陲、版图、与疆界：社会学与大众文化观点的探究》，台北书林出版有限公司2017年版，第275—282页。

书里没有论及漫画。其实不仅仅是漫画，还有动画，现在已经成了一个新兴产业了。想听听杜先生将漫画（动画）纳入儿童文学的正当性何在？就我所看到的，漫画和动画（尤其是日本动漫）经常有色情、暴力的描绘，是否会对孩子产生负面影响？

杜：小学时有个极美好的漫画阅读经验，当时有位热心的班长每周向男女混合的同班同学收五毛钱，租回来几十册的漫画大家传阅。他挑书兼顾性别差异，男孩子武侠与历史为主，女生则偏爱文艺爱情，大家各取所需，也都读得开心。偶尔书籍会被收，但老师最后还是会还回来。中学以后就不再读漫画了，因为那常常被视为小儿科，20 世纪 60 年代从教育者的角度，连环图画都不算优良读物。儿童文学研究所目前已经开设相关课程，也已经有了数篇学位论文。在图像与影像逐渐成为主流时，我们所该关切的反而是动画、漫画是否造成文字阅读的排挤效应？是否会造成认知思考的贫瘠？我同意美国学者 Neil Postman 的看法，教育应该对文化的走势像保温器那样起均衡的作用才是正确的方向。台湾漫画家的境遇不佳，由日本直接输入成了阅读的替代，这的确是不好的现象，特别是色情的露骨描写最为不妥，负面影响是必然的。那是文化的集体现象，我不认为检查与分级制度能达到多好的成效。

张：杜先生对通俗小说情有独钟，并赋予其较多的功能。在本书绪论中有一句话很有意味："通俗小说更具有现代性，更能迅速地掌握当代议题，在大学的通识教育里，经典与通俗是可以并行不悖的，价值是内烁的而不是外砺的，只有阅读者才有资格赋予作品的价值。"我不太明白的是，既然杜先生认为武侠小说与历史小说是过去的取向，它们作为通俗小说如何表现现代性和当代议题呢？

杜：我在一篇文章提到过，肥皂剧除外，西方的通俗小说与影视节目都以科幻奇幻或是推理为主，而台湾地区与大陆则反复都是历史与武侠的题材。这很可能带来西方人尚前瞻，而我们则是习惯回顾的心向。为何武侠与历史也可以相当程度地反映社会议题呢？我想文学社会学或是文化研究可以提供若干答案。根据相关的论点，通俗文化能够盛行的条件在于它能投射当代人的意识，所以即使是改编的作品，必然会将比重摆在阅听大众能理解，并且呼应其感情者。我所谓的现代性即是各种类型的改编者或是创作者，都是有意识地投合现代人的心灵的，即使武侠与历史小说也不例外。相对的，经典小说则未必能达到这种效果，经典的条件在于其能表述某些更普同性的议题。

张：个人觉得杜先生的研究对于儿童文学来说有开拓意义，不管是不是被认可，但本书的许多见解和提议非常具有前瞻性和挑战性，因而我觉得非常有必要引起更多有识之士的关注和讨论。我们的目的只有一个：让更广泛的儿童文学作品被更广泛的儿童阅读，并享受到阅读所带来的快乐！谢谢杜先生！

《亚文化:风格的意义》问世35周年后:对迪克·赫伯迪格的一次集体访谈*

[英] 迪克·赫伯迪格 [葡] 保拉·盖拉 著 席志武 译**
(美国加州大学圣塔芭芭拉分校 美国圣塔芭芭拉;
葡萄牙波尔图大学 葡萄牙波尔图;
南昌大学新闻与传播学院 江西南昌 330031)

摘要: 2015 年 7 月,在葡萄牙波尔图市举办了第二届"保持简化、使之快速"(Keep It Simple, Make It Fast! 简略为 KISMIF)论坛,此次论坛的主题为"跨越地下音乐场景的边界"(Crossing Borders of Underground Music Scenes)。7 月 15 日,葡萄牙波尔图大学(University of Porto)的保拉·盖拉(Paula Guerra)教授主持了一场关于纪念《亚文化:风格的意义》问世 35 周年的访谈,参与访谈者有:保拉·盖拉、迪克·赫伯迪格(Dick Hebdige)、安迪·贝内特(Andy Bennett)、卡尔斯·费萨(Carles Feixa)、佩德罗·昆特拉(Pedro Quintela)等人,他们就《亚文化:风格的意义》一书的创作缘由、创作背景、创作影响等内容做了回顾与展望。《亚文化:风格的意义》是文化研究和社会学领域的里程碑式著作,本次访谈内容,将有助于学习亚文化理论的读者和学生更好地理解该著的社会与学术价值。

关键词: 迪克·赫伯迪格;《亚文化:风格的意义》;伯明翰学派;文化研究

---

* 本次访谈专门为纪念《亚文化:风格的意义》发行 35 周年而召集,访谈内容经过了作者审定,并尽量对口述内容做了本真的呈现。本文的翻译得到了 KISMIF 会议召集人与本文通讯作者保拉·盖拉(Paula Guerra)教授的授权。

** 迪克·赫伯迪格(1951—),男,当代著名文化批评家和理论家,早年在英国伯明翰大学当代文化研究中心(CCCS)攻读硕士学位,师从斯图亚特·霍尔,现为美国加州大学圣塔芭芭拉分校(UCSB)艺术与电影系教授。他的著述大多围绕青年亚文化与音乐、当代艺术与设计、消费与媒介文化等问题展开,代表作有《亚文化:风格的意义》(1979)、《灌制与混录:文化、身份与加勒比音乐》(1987)、《隐在亮光之中:流行文化中的形象与物》(1988)等。保拉·盖拉,葡萄牙波尔图大学的社会学教授,波尔图大学社会学研究所(IS-UP)和地理与空间规划研究中心(CEGOT)研究员,她是 KISMIF 会议的召集人和主创人员。研究方向为:青年文化、艺术与文化社会学、独立摇滚、地下音乐场景、DIY 和朋克等。近年与人合著出版了《DIY 文化与地下音乐场景》(*DIY Cultures and Underground Music Scenes*,2019 年,Routledge)一书。席志武(1985—),男,江西高安人,南昌大学新闻与传播学院副教授,复旦大学新闻学院博士后,译有《隐在亮光之中:流行文化中的形象与物》(重庆大学出版社 2020 年版)。

佩德罗·昆特拉[①]：您的《亚文化：风格的意义》一书出版于 1979 年，您能否先给我们讲一讲当时的情况，是什么原因让您获得特伦斯·霍克斯（Terence Hawkes)[②]的邀约，他作为“新腔调”（New Accents)[③] 系列丛书的策划人，为什么邀请您创作了这本书?

迪克·赫伯迪格：说实话，很多都是运气使然……我并没有受过社会学的专业训练。我非常敬畏这门学科，但我不能说我是社会学家。我在伯明翰大学时读的是英语文学的本科，后来参加了一个训练营，是由斯图亚特·霍尔创设的一个小组项目，他试图在大学里培养一种不同寻常的学术工作。

“文化研究”在学院里从来就没有一个恰当的定位。它最初只是理查德·霍加特在 1964 年创立的一个小型平台。霍加特是一个工人阶级知识分子，他在 1957 年写了一本非常有影响力的书：《识字的用途》（*The Use of Literacy*）。伯明翰大学英语系于是向霍加特抛出橄榄枝，给他提供一个席位，霍加特说：如果我能成立一个当代文化研究中心（CCCS)，不只是专门从事高雅文化的研究，而且可以运用文学研究中的批评标准与分析方法去对大众文化中的媒介形式进行研究，那么，我才会去的。斯图亚特·霍尔于 1964 年加入了该中心，成为“文化研究”的首位成员。1970 年，霍加特前往联合国教科文组织工作，霍尔就接任了“中心”主任一职。

我在伯明翰大学获得英语专业的学士学位。我来自伦敦的工人阶级。我进入文化研究的契机，是以回顾性方式写了一本富勒姆（Fulham）酒吧的民族志，富勒姆是我成长的地方，在我还是十六七八岁的青少年时，就开始关注这一问题。某种意义上说，我在那时已开始把自己的生活体验当成一种“民族志”。我关注发生在富勒姆的犯罪亚文化，并聚焦于其中发生的语言游戏和男性表演风格。这引起了霍尔的注意。他建议我拿到英语学位后申请“当代文化研究中心”攻读硕士学位。幸运的是，我被录取了。当时的“中心”，在某种程度上说是 1968 年思潮的延续，这在今天是无法想象的。“中心”是一个集体的团队，由霍尔担任领军人，当时的“中心”正在上升期，它是一个初具规模的强而有力的知识团队，“中心”的学生对于研究人员的去留都有发言权。后来，我成为这个优秀集体的一员。那时的“中心”是一个高强度运转的工作团体。“中心”内部建立了许多的学习小组，其内容包括青年的、运动的和媒体的，等等。我们每周三早上都要聚在一起举行一场大型的理论研讨会，霍尔坐在桌子的最前面，桌子

---

① 佩德罗·昆特拉是一名社会学家，曾在里斯本大学学院和克英布拉大学经济学院学习，他的研究方向为艺术与文化社会学、文化政策、城市研究、文化与创意产业、城市文化与文化中介等。——译者注

② 特伦斯·霍克斯（1932—2014)，生于伯明翰，生前为加的夫大学（Cardiff University）英国文学名誉教授，是英国最重要的莎士比亚研究专家，也是 20 世纪后期英国文学研究转型的关键人物，英国莎士比亚协会的创始人，在他的推动下，“新腔调”丛书系列为 20 世纪下半叶的文学研究与媒体文化领域开辟出新的理论和方法。——译者注

③ “新腔调”系列于 1977 年首次推出，并迅速改变了文学研究的面貌，其清晰简洁的内容给文学理论领域带来了新的气象，并为本科生教学带来一些新的主题和方法。“新腔调”系列如今已被确定为经典教材，并被广泛使用。——译者注

上堆满了书，他让我们一本一本地啃，萨特、阿尔都塞、列维—斯特劳斯、阿多诺、塔尔科特·帕森斯、葛兰西……在那种环境下，你很快就会沉浸于这些不同的分析传统之中。霍尔自己也每周要研读这些论著。我们努力地跟上他的节奏。在这些读书小组中，其中有一个是关于亚文化的——这个读书小组成立于 1972 年，我也是在这一年成了亚文化小组的成员。

我没有攻读博士学位，只是通过论文获得了硕士学位。从 1972 年到 1974 年，我在那里只待了短短两年。我的硕士论文由四个章节构成，这些章节后来在 CCCS 的授权下，分别以论文形式不定期地公开发表。我认为这也是前所未有的。我不认为现在可以做到这样——将学生的论文油印出来，并在论文封面印上伯明翰大学的标志拿去发表，就好像它是大学官方的研究成果的一部分。

我的硕士论文第一章是关于摩登族（Mods)。第二章是关于雷鬼（reggae)、粗野男孩（rudies）和拉斯塔法利亚主义（Rastafarianism)。第三章是关于 20 世纪 60 年代东伦敦的黑帮——克雷孪生兄弟（the Kray Twins）等，最后一章是关于它们的语言游戏。一定意义上说，这篇论文是关于亚文化的，但它并不专门针对青年亚文化。事实上，大部分内容都是对我过去成长环境中所关注到的伦敦工人阶级环境中的阳刚风格与男性展演。这篇论文的题目是《1960 年代越轨亚文化的风格问题研究》（*Aspects of Style in the Deviant Subcultures of the 1960s*)。

从“中心”获得硕士学位后，我开始在艺术学校兼职教学。在舒普音响系统(Shoop sound system）工作也是我当时在伯明翰养活自己的方式，但我仍然与“中心”保持着密切联系。大约在那时，加的夫大学英语系教授特伦斯·霍克斯推出了“新腔调”系列的应用理论丛书——这有点类似于 10 年之后在美国问世的 Semiotext① 书系。“新腔调”试图向英语文学研究领域的学人介绍欧洲大陆的批判理论，如法兰克福学派、结构主义、后结构主义、精神分析、接受理论等。霍克斯找到了霍尔，并问他是否有刚从“中心”毕业的学生对亚文化审美方面有兴趣。起初，霍克斯希望写一本关于黑人文化的书。霍尔推荐了我。我觉得自己没有能力去写一本关于黑人文化的书，但是我想写一本关于亚文化审美的书，涉及种族问题、身份认同、投射模式、以及来自加勒比的移民父母和英国白人孩子之间的互动关系，以这种视角来观照英国亚文化的历史。霍克斯听后就同意了。我在 1976 年签了出版合同，要求创作一本关于亚文化的书，这也是我在“中心”的读书小组中一直关心的问题。

托尼·杰斐逊（Tony Jefferson）研究过泰迪男孩，约翰·克拉克（John Clarke）研究过光头党和足球，我研究过摩登派，等等。在此基础上，我回顾了我们作为一个团队所共同从事的研究工作、研究历史与知识谱系。但是我也想探究一些关于种族和男性气质的问题……（诚如安吉拉·麦克罗比所指出的）我在《亚文化：风格的意义》

---

① Semiotext（e）是一个独立出版商，主要出版方向为：批判理论、小说、哲学、艺术批评、政治文本和非虚构作品等。——译者注

一书中，只是写了一些关于男孩的亚文化问题，从该书的第一页开始，都是关于“他”“他”“他”的话题。

我想将危机的观念从对资本与阶级的专注之中抽离出来，进而拓展到性别问题和种族问题，这也是让·热内（Jean Genet）和威廉·S. 巴勒斯（William S. Burroughs）给我的启发。我想将这些知识观念更直接地引入“中心”现有的文件档案之中。我想做一些颠覆，并使它们复杂化。

所以，我开始很努力地工作。正巧，当我正在和我的朋友迈克·霍斯曼（Mike Horseman）一起研究他的音响系统的时候，这时朋克现象开始出现。这些“北方灵魂”[①] 的孩子们，在一个周四的晚上，戴着剃刀片的耳环横空出世。我觉得这很有趣。然后我想：哇，这是我在写作时正发生的现象。我有一年的时间来写这本书。当时已是 1977 年，我的写作恰巧与朋克现象不谋而合——这堪称戴夫·莱因（Dave Laing）早些时候所说的“事件”，阿兰·巴迪欧（Alain Badiou）后来对此一概念亦有所发扬。

朋克现象爆发的时候，我正好以一种有意思的方式置身其中。我有一个朋友——他比我年长得多，我和他一起就伦敦酒吧做过一些早期民族志的工作——他的儿子在 The Unwanted 乐队中担任过贝斯手，1977 年初，这支乐队在科文特花园（Covent Garden）的洛克西俱乐部录制了第一张专辑《活在洛克西》（Live at the Roxy）。因此，我可以借此做一些关于伦敦的研究。与此同时，朋友的女儿当时正在和托珀·海顿（Topper Headon）[②] 约会，海顿又是当时著名朋克乐队 The Clash 的鼓手。通过这种七弯八拐的关系，我与朋克贵族发生了联系。然后，凭借我在伯明翰与舒普音响系统的工作关系，我又和中部地区发生的事情建立了联系。

正因为此，我感到自己如此幸运。我母亲的娘家姓氏就是 Luck（勒克，此处为双关语，有“幸运”之意）。这可能是“好运”（good luck），也可能是“厄运”（bad luck），但是我确实觉得自己在这本书的创作上有很好的运气。然后我想：好吧，反正我有一年的时间来做这件事，我想用朋克来测试一些想法，用朋克作为一个小尝试。所以当朋克出现的时候，我就开始密切追踪它。同时，我也试着去弄明白一些我在“中心”所学到的一知半解的理论模型，并将它们用来对朋克现象进行操演。我对罗兰·巴特的著作特别痴迷，我热爱他，至今仍是如此。我认为，罗兰·巴特的思想史地位在 1968 年以后开始被其他法国理论家所遮蔽。例如，福柯对社会理论产生了更为深远和持久的影响，并且在社会科学领域有着更明确的运用，常常被用来帮助我们理

① “北方灵魂”（Northern Soul）是一种音乐和舞蹈运动，它于 20 世纪 60 年代后期出现在英格兰北部、中部地区和苏格兰、威尔士等地，“北方灵魂”主要由美国黑人音乐和灵魂音乐的风格构成，它是基于 20 世纪 60 年代中期魔城唱片（Tamla Motown，于 1959 年在美国底特律创建，1971 年总部迁往洛杉矶，是以灵魂音乐及黑人音乐为主的公司）音响的沉重节拍与快速节奏而在英国摩登族中广泛流行。——译者注

② 托珀·海顿，生于 1955 年，因酷似托珀漫画中的猴子米奇而被称为“托珀”，他于 1977 年加入朋克摇滚乐队 The Clash 乐队，并因其击鼓技巧而闻名，1982 年因吸毒而被解雇。——译者注

解社会控制的运作方式、帮助我们理解监控（surveillance）、身体权力（biopower）[①]和性政治等等。但是，巴特……我非常热爱他，至今仍然热爱，我热爱他的写作方式以及他将乖僻（perversity）与精致（delicacy）融通一体的方式……我喜欢这样的融通，并试着向他学习这种平衡二者的方式……

我对巴特佩服得五体投地。他从不故步自封，始终坚持知识分子和作家的立场，不断地自我革命——他曾写道：你不应该被困在一个你不断重复自我的境地。他说：你在任何时候都不是必须放弃或收回你说过的话，但你要做的是找到新的方法来解决长期存在的问题——那些永远不会消失，也永远不会最终解决的问题。你必须改变你对这些事情进行思考和写作的方式，否则，语言将会成为你嘴里的腐尸（corpse），这就像1968年巴黎学生经常说的那样。

……我对写作本身是很感兴趣的，但这需要用很长的时间来验证！这是我准备好的问题。事实上，我脑子里已有了答案。对于其他问题，我可能只能回答说："是或者不是"。

卡尔斯·费萨[②]：我对1979年前后"中心"内部人员之间的和睦氛围很感兴趣。您能否讲一讲，您的同事保罗·威利斯（Paul Willis）、霍尔和其他一些在伯明翰求学的人员之间的人际关系？

迪克·赫伯迪格："中心"好比一个"熔炉"，但"熔炉"也会让人感到不舒服的。所以，"中心"内部既有友谊，也有对抗。我是在两次"大爆发"发生之前离开的"中心"。第一次"爆发"，就是女性主义者对马克思主义提出挑战，对我们倾注了大量精力、但未经重新建构的马克思主义阶级模式进行挑战，比如：大家通常所知道的，青年文化组中的男孩。当罗斯·科沃德（Ros Coward）、约翰·埃利斯（John Ellis）和其他人开始反对这一模式，并向霍尔施加压力，试图让霍尔意识到还有另一组分歧十分重要，而且需要扩展新的模式，那时我已经离开了"中心"。第二次"爆发"是在几年之后，当时保罗·吉尔罗伊（Paul Gilroy）来到了"中心"，他以种族（race）和种族政治（politics of ethnicity）的立场，向马克思主义提出了新的挑战。

这两次"大爆发"酝酿了相当长一段时间。由于"中心"是一个如此紧张激烈的环境，一个充满了激情的氛围，其影响可能会使"中心"变得相当不稳定。所以说，"中心"也不完全只有团结。这是一个高度紧张的团队，当然，如果你能学会如何将这种紧张转化为思考的能量，或许能够从中获益良多。我认为霍尔是一个老资历，他能够应付这些。虽然我认为担任"中心"主任一职对他而言或许很痛苦，但说实话，他

① Biopower（法语 biopouvoir），是法国思想家福柯创造的一个术语，它涉及现代民族国家的实践，及其通过大量多样的技术来实现对身体的征服和对人口的控制，并以此作为一种对臣民进行管理的方式。——译者注

② 卡尔斯·费萨（Carles Feixa）是西班牙庞贝法布大学（Universitat Pompeu Fabra）社会人类学教授，他调查过青年文化，并在西班牙和拉美进行实地考察，著有《青年、乐队与部落》（*De jovenes, bandas y tribus*）、《全球青年》等。——译者注

是一个极具领导力的知识分子，他非常慷慨，也承担了很多，他就像是一块磁铁，能够将许多矛盾物整合在一起。想必这是非常不容易的。我们基本上都拥戴霍尔，也非常敬佩他。为此，甚至出现了许多手足之争（sibling rivalry），比如：关于谁更能得到霍尔的青睐之类。

所以，并不是每个人都是坐在那里唱"库姆巴亚"（Kumbaya）①。如果你读到霍尔谈论智力工作的方式，就会发现，他并不希望人们在理论上完全顺畅。在他看来，唯一重要的理论是，你必须与之做斗争，并斗争到底。他把阅读阿尔都塞描述为"与天使搏斗"。霍尔痛恨阿尔都塞关于马克思主义的一切言论。他逐字逐句地与阿尔都塞搏斗，但也就是在这样的搏斗中（这确实有点尼采式的），霍尔的思想实际上被转移了——就像身体被转移了一样。"中心"的许多人也都这样。你的立场没有得到过多的确认。一切都在压力之下。"中心"就像是一个高压锅。一切都是非常令人振奋的！

这也是为什么我只在那里待了两年的原因，因为我实在受够了！（众人大笑）我后来去的一所艺术学校，那里处理事情的方式完全不同，因为他们在语言方面的投入不太一样。尽管如此，"中心"内部还是存在一些难以置信的强大纽带和友谊……就像老兵一起扛过枪、打过仗，当战争结束后，你去和别人见面，大家都很高兴地看到你仍然活着……

自从霍尔去世之后，我们都会聚在一起参加各种活动，包括在英国举行的两次会议。其中一次是在伯明翰大学，2002 年，伯明翰大学已关闭了当代文化研究中心。2014 年，我回到伯明翰大学参加的那次会议，实在是一次太过诡异的体验——那是我在霍尔 1979 年离开"中心"后第一次回到母校。学校当时正筹建 CCCS 档案馆，校方要求我们所有以前"中心"的职员和学生，呈送笔记、备忘录以及翻阅过的《资本论》副本，或者任何我们可能保存下来的东西。校方将它们收藏起来，然后在门墙上挂起一块蓝色的牌匾，上面写着："文化研究中心所在地"……但是，正是母校关闭了这个地方！

就我个人而言，我不得不说，我对于关闭"中心"这件事有着非常复杂的感情。因为一开始，至少从霍尔接手"中心"起，我们就占用了这座大楼——我们在里边工作，但绝对不是它的一部分。我们不应该以那样的方式合并……我有时觉得，霍尔可能对于关闭"中心"也有矛盾的感觉，虽然我并不是想为他说话。就我而言，CCCS 只是一个时间上的瞬间，不是一个物理上的空间。也许，它甚至都不是一个可持续发展的项目，至少我们在 20 世纪 70 年代设计它的发展规划时就是这样认为的。所以，如果你沉浸在这种不稳定的统一观念的话，那么，终有一天它也是要崩溃的。我从来不认为霍尔主要是为了制度建设——他是为了让事情发生，在我看来……那是一种更为

① 库姆巴亚（Kumbaya）源自一首同名的体现美国精神的民歌，它通常是以一种轻蔑的方式来指代和谐统一的时刻或集体努力。——译者注

游牧性（nomadic）的事业。

和我一起在“中心”工作过的同事有：戴夫·莫利（Dave Morley）、夏洛特·布伦斯顿（Charlotte Brunsdon）、托尼·杰斐逊等，他们至今仍是我很好的朋友。还有保罗·威利斯、伊恩·钱伯斯（Iain Chambers）、丽迪娅·柯蒂（Lidia Curti）和安吉拉·麦克罗比（Angela McRobbie）等，我们仍保持着密切的联系。现在，我们相聚的部分原因是关于霍尔的悼念，但在过去，霍尔和我们所有人都保持着联系。他让每一个和他共事过的人都感到亲近。去年（指2014年）11月，戈德史密斯学院（Goldsmith's College）举办了一次会议，我认为，该学院已成为英国文化研究的精神家园。他们建有一座理查德·霍加特大楼（Richard Hoggart Building），现在又有了一座斯图亚特·霍尔大楼（Staurt Hall Building），后者专门用于媒体实践。而这也正是霍尔自1997年从开放大学（the Open University）退休后，在伦敦瑞灵顿广场筹建黑人艺术中心（Black Arts Centre）的努力方向。

会议结束后的第二天，在伦敦举行了关于霍尔的追悼活动。活动期间，格雷格·麦克伦南（Greg Mclennan）用他的苏格兰式马克思主义的方式说：关于霍尔的事情，他一开始无法理解。为此，麦克伦南去和不同的人交谈，包括那些与自己政治立场相左的人。因为霍尔总是在与各种各样的人交谈，包括那些在纷争不断、派系分立的世界里可能会视之为敌人的人。但霍尔有一个更高的目标。他能够与所有人保持联系。这是联合的实践——作为一种建立网络和联盟的实践。并不是说霍尔是一个工具主义者或机会主义者。从某种意义上说，他正在发起一场运动，这显然超出了我们大多数人都无法有效思考的范畴。这就是霍尔，每个人都觉得自己与霍尔有一种特殊的、非凡的联系。但你在聚会时或许会想，那个人在这里干什么？人不可能只存在一种身份，所以从这一层面上说，霍尔正是以这种方式实践他所论述的关于身份的问题：使之增值并使之复杂化（multiplying and complexifying）。我不想谈论太多关于“圣徒传记”（hagiography）或英雄崇拜（hero worship）的故事，但霍尔身上有一些不同寻常的东西。这就是他的人格魅力。谈论这些总是很危险的。我在戈德史密斯学院的会议上说过，霍尔在公共场合讲话时，总是能够把你“炸飞”的。房间里的每一个人都能理解他在说什么，因为他可以适应他的听众，却不会因此稀释自己的观点或降低所讲内容的复杂性。但事后你去问别人他讲了什么，人们通常也都不记得（笑声）。即使那些立场不同的人也会赞同他，因为他演说时的所作所为都令人出乎意料。作为一个演说家，霍尔身上有一种加勒比的气质，这部分是因为一种精神上的传统，关于你如何连接、如何沟通……（这时，背景中响起警笛声）

卡尔斯·费萨：管制危机！（*Policing the Crisis*！）[①]（更多的笑声）

---

① Policing the Crisis！双关语，既指的是现实中的警示危机，又暗指霍尔等人于1978年出版的著作《管控危机》一书。——译者注

安迪·贝内特[①]：回到《亚文化：风格的意义》一书，你是在什么时候意识到这本书的影响。因为这本书对后来几十年的青年文化研究产生了某种范式性影响，你是如何处理这本书的“遗产”——无论是正面的引用和褒奖，或是负面的评论？

迪克·赫伯迪格：嗯，在这本书出版之后，我开始有点逃避青年文化研究。至少，我试过要逃离它。我一直说那是一本属于那个年代的书。事实上，我一直在奋力维持那本书的封面。劳特利奇（Routledge）出版商老是劝我换个封面，以便推出一个更新的版本。当然这是出版商喜欢做的事。我愣是一个字也不动，因为这本书是在那个时候出现的，就绝对地属于那个时刻。这也许听起来有些可笑，几乎有点像是小说或文学。你知道吗？我为什么要换一个封面呢？我认为随时去更新一些内容，这实在有些自以为是。在我这里是不可能的，因为当你在从事当代文化研究的时候，这种联系一定程度上说就是你当时在构建的。那些联系与你当时的感受息息相关，你感受到了当时发生的一切，然后你试着将它们写进去。而你每次的修改，都是在不同的时刻。因此，尝试不断修订作品的想法并不可行（事实上，我认为这是一个糟糕透顶的想法）。

但我确实感觉到，有些人想超出新闻业及英国广播公司（BBC）的规范去进行重新的思考……跳出自上而下的方法或假粉丝（faux-fan）的研究路径。我的问题是：是否有另一批读者不一定认同英国过去的所谓“文化与社会”传统（在这种传统中，要么是进步，要么是文化衰落）？我感觉人们对意识形态模糊的立场充满兴趣，因为这很复杂——有些读者可能真的很喜欢音乐或时尚之类的东西，他们不想急于做出判断。是否有对这些东西感兴趣的知识分子，他们不一定在大学或学院上课？所以，我觉得这本书有跨界的潜力，文化符号学（Cultural semiotics）就是 20 世纪 80 年代出现的一种跨界现象……我认为，媒体、图书出版和读者之间的关系发生了前所未有的变化。现在，我并不是说我预料到了我们现在身处其中的“互联世界”（wired world），而是说，人们对一些不那么有条理或在过去被过度强调的东西有一种渴望。首先，他们对我的书用了一个恐怖的封面。说到这些事情，我的确有一点唯美主义。那封面看起来就像是管护所（Probation Office）的东西。上面写着“青春”，附着一个令人讨厌的泰迪男孩的卡通图案，等等。我曾说这是一个滑稽作品（travesty）。他们不会在书中放任何插图。那时候这是不可能的，所以我让我的一个来自伍尔弗汉普顿理工学院（Wolverhampton Polytechnic）艺术系的学生画了一幅画（我不记得他的姓氏，出版社甚至也没有给他署名，但我知道他的名字叫迈克）。这幅画是根据约翰·莱登（John Lydon）和席德·维瑟斯（Sid Vicious）、约翰·贝弗利（John Beverly）在街上被一名英国警察盘问的新闻照片为原型而创作的。但是，后来我们找到一位平面设计师安

① 安迪·贝内特（Andy Bennett）是澳大利亚格里菲斯大学人文、语言和社会科学学院的文化社会学教授，他撰写和编辑过多本著作，包括《流行音乐和青年文化》（*Popular Music and Youth Culture*）、《音乐、风格和老龄化》（*Music, Style, and Aging*）以及《音乐场景》（*Music Scenes*，与理查德·A. 彼得森合编），他是青年社会学研究中心的创始成员。——译者注

迪·戴克（Andy Darke），由他来做一个不同的封面，我至今仍十分喜欢那个封面。它充分体现了20世纪80年代的精神风貌，上面有一张雌雄同体的大卫·鲍伊（David Bowie）的动漫肖像……栩栩如生的色彩。他们一直试图让我改变，但我总是说“不”，就这样好了，且不管它。然后我带着一些《亚文化：风格的意义》样书，去到维珍唱片公司（在牛津街或其他地方），对他们说：把这些书放在书架上怎么样？我知道这听起来像是一个商人在推销自己的东西，但我认为这是可行的，因为我生活在一个健全的体制之下，并且这就是我们所创造的一种文化，它不只是将文化视为一种等级的结构方式，而是要创造一种不同的文化，并推动文化的多元化……

保拉·盖拉：您的书对解读葡萄牙的现实社会有什么潜在的可能性？或者，更具体地说，您的书对解读一些非盎格鲁-撒克逊（non-Anglo-Saxon）国家的社会现实有怎样的潜在可能性？我知道您在2012年接受《欧洲文化研究》（*European Journal of Cultural Studies*）期刊[①]的采访时对此已有一些思考，但我还想听您再多谈一些。

迪克·赫伯迪格：是的。嗯，因为《亚文化：风格的意义》一书传播甚广，所以这对我而言是一个有些尴尬的问题。你知道的，我在这次回答中广泛地引用了那次访谈的内容，因为我真的对即兴讨论十分紧张——甚至我觉得这让我感到不自在。因为你永远都不知道自己嘴里会说出什么。有一件事我也感到很惭愧，那就是我是一个无知的单一语系作者（monolinguist）。我只会说英语。嗯，我好像现在也会说“美语”了。这是我在美国待了24年后的世界化程度。但我不会说其他的语言。这可以说也是我的幸运。多亏了大英帝国和美国英语的霸权，这本书得以向全世界传播，并被翻译成许多语言……但从人们在不同国家/文化语境对它的理解来看，我真的非常惊讶于它的适用性，因为你还要考虑到当时当地的文化特殊性，考虑到我在特定情境中使用能指和所指的状况。我意识到这是英国摇滚文化在全球传播的一部分。它沿着披头士（The Beatles）乐队和“石器时代”（The Stones）乐队开辟的道路向世界传播，所以，人们可能对英伦主义（Britishness）和英式酷儿（British cool）文化等有着浓厚的兴趣，但我希望还有一些其他的东西。我希望人们能意识到，无论你身在何处、在何种处境，都有机会去对经验细节进行探究。因为对我而言，一切都是细节。这是我真正专注的兴趣所在，所以这是一种美学的事物，但它也是一种伦理或道德的东西。你需要把细节弄清楚。因为如果你不注意细节的话，你所建构的东西随时都可能崩塌。《管控危机》是一本非常重要的书。从它对20世纪70年代英国社会的分析来看，它比我所统摄的东西重要得多，但存在一个小的事实错误，甚至在新版中也是如此。有人提到詹姆斯·布朗（James Brown）的“大声喊出来（Shout it Loud），我是黑人，我骄傲”，每次读到这儿我就会想：且慢，应该是“大声说出来”（Say it Loud）。这就形成了一个间离。如果你搞错了，就会失去一些东西——你可能会失去一个读者。是的，

① 访谈内容详见 Hebdige, Dick, “Contemporizing ‘Subculture’: 30 Years to Life”, *European Journal of Cultural Studies*, Vol. 15, No. 2, 2012, pp. 399-424。

这关乎可靠性（authenticity）的问题。

我希望可以去深挖伦敦、伯明翰的一些深层的东西，特别是伯明翰……伯明翰是第二个后工业的“铁锈地带”（Rust Belt）[①] 城市。老实说，直到最近它才被视为一个垃圾场（dump）。所以，我在文化研究领域的很多同事都很开心能够离开伯明翰，但我不是这样。事实上，我每年还是会回去。我是通过“音响系统”的环境结识了这些朋友，他们过去是、现在仍是我最亲密的朋友。我知道这听起来有点形而上学，但如果你深入细节——沃尔特·本雅明（Walter Benjamin）谈到过这一点——你就会挖掘出一些未来的东西。如果你能够以正确的态度对待这些细节，就可以从这些细节中归纳出一些东西。

……就像是在雕刻一些东西。我和艺术家们共事，他们有些人……正在制作东西……用他们的双手，他们的双手真的可以说是巧夺天工。有一种复古的力量正在对媒介数字做出抵抗，你知道的，人们想把双手利用起来（而不仅仅是指尖）。我现在工作的加州大学有一些来自艺术系的学生，他们制作的东西真的十分精巧。有一些东西是需要沉思的（几乎是朝圣性的），关于你尽己所能去雕琢创造的一些东西。不管怎样，我要追求的是一种精心制作的感觉，那对你而言就是一种使命（commitment），而这也是我所说的可靠性。一个研究项目要有一种使命，它可以用语言表达出来，然后，人们可以获得它、追随它。今天在校园里，有一位先生走到我的跟前，对我说：他对于运用这些关于杂交（hybridity）和文化（他自己的文化传统——与我所知道的完全不同）的观念十分感兴趣。奇怪的是，我认为正是细节的特殊性，使它得以传遍世界，乃至超出了我试图研究的一知半解的理论模型。

……我在采访中确实说过，我有时认为《亚文化：风格的意义》一书可能是一种科普读物（popularizer），我认为它可能也是从事文化研究的“诱导性毒药”（gate-way drug）。人们可能会读它，然后读到真正的东西……并就此沿着斯图亚特·霍尔和保罗·威尔斯（Paul Willis）的道路一直走下去。但我会像一个诱导人们去景点的露天叫卖者、推销员。有时我并不确定我的一些老伙计们是否会认为：完啦，赫伯迪格带我们上了一条贼船……因为霍尔的缘故，英国的文化研究享誉海内外。霍尔是一个有世界意义的标杆性人物，我的书也追随了他的脚步，因为我认为这是一种可达到的路径。我认为，可及性（accessibility）是很重要的。人们总是说：你一定很擅长将复杂的观念转译成让普通人能够理解的术语。但其实根本不是这样——我并不转译任何东西。那些都是我理解事物的术语而已。

我做了大量的教学工作，也教了相当多的本科生课程，如：《视觉素养导论》（*Introduction to Visual Literacy*）、《媒介研究导论》（*Introduction to Media Studies*）等等——我教的都是一些最基本的东西，而且还是大班上课。我想我从霍尔那里学到了

① Rust Belt，铁锈地带，指从前工业繁盛而今已衰落的发达国家一些地区。——译者注

一种观念，就是你必须找到一种方法，让人们能够接触当下紧迫的问题，并授之以渔，给他们对一些问题进行思考的工具。而这也是文化研究的内容之一。

安迪·班尼特：回到您刚才说的为普通人写作的问题。在《亚文化：风格的意义》的最后几页，您这样写道："亚文化主义者"（subculturalists）不太可能在书中认出自己。您还同意这样的说法吗？

迪克·赫伯迪格：嗯，实际上，我认为，保罗·加德纳，那个 The Unwanted 乐队的贝斯吉他手，他肯定不想读我的书。这就是我从他那里得到的一个完全抵抗的姿态。他的父亲喜欢听平克·弗洛伊德（Pink Floyd）① 的《墙上的另一块砖》（Another Brick in the Wall）。每次我走进他的房间，他都会放这首歌，你懂的，歌词里有一句："我们不需要接受教育"。

所以，我认为这些人对制度化的知识可能有一种非常强烈的抵制，我想我或许对此有些反应过度。我也试图为自己辩护，因为最后我意识到人们会关注它，并且这样想："你是不是有些过度解读了？"当时很多人就这样说过。但是，你知道的，关键那是我的特权。这就像我可以选择穿奇装异服或者粉色莫霍克衫之类的。谁告诉你什么是事物的极限（limits）？朋克是一个伟大催化剂（catalyst），它促使你去追问这些问题，即：你已经将文化给内化了。从这个意义上说，朋克是一种反文化（counterculture），我认为，因为它反对一种作为规范的内化（internalization of normativity）的文化，并据此提出了一个根本性问题。

保拉·盖拉：你那时见过唐·莱茨（Don Letts）② 吗？对于朋克来说，斯卡（ska③）是不是充满了活力？

迪克·赫伯迪格：我只见过他几次，我都怀疑他是否还记得我。据我的回忆，他相当腼腆、超脱，并且有着很强的幽默感。我的朋友迈克，那个播放音乐的人，在四个月前去世了。杰里·达默斯（Jerry Dammers）在悼词中说，正是由于舒普音乐系统和迈克播放的音乐，他才被斯卡乐深深地吸引。我认为杰里·达默斯有一点天才。他现在和 Sun Ra④ 在一起工作（达默斯通过模仿美国黑人爵士传奇 Sun Ra 的作品，于2006年创建了空间管弦乐队）。我只能说他是一个非常独特的人。

---

① 平克·弗洛伊德（Pink Floyd），是1965年在伦敦成立的英国摇滚乐队。它以迷幻的流行乐团而著称，以其创作广泛、音速实验、哲理的歌词和精心制作的现场表演而闻名，并成为渐进摇滚风格的领军乐队。——译者注

② 唐·莱茨（Don Letts），生于1956年，英国电影导演，DJ和音乐家。Letts 最初出任了 The Clash 的录像师，并执导了他们的几部音乐录影。1984年，莱茨与吉他手米克·琼斯（Mick Jones）共同创立 Big Audio Dynamite 乐队，1990年离开乐队。——译者注

③ 斯卡（ska），是一种音乐流派，源于20世纪50年代后期的牙买加，是摇滚乐和雷鬼乐的前身，它结合了加勒比门特（mento，一种牙买加民间音乐）和卡里普索（calypso，特立尼达岛上土人即兴演唱的歌曲）以及美国爵士乐、节奏乐和布鲁斯，斯卡乐的特点是低音鼓流动，并在节拍时带有节奏。——译者注

④ Sun Ra（1914—1993），原名为 Le Sony'r Ra，是美国爵士乐作曲家、乐队负责人、音乐家、合成器演奏家，也是诗人，以其实验音乐、宇宙哲学和丰富的作品与戏剧表演闻名。——译者注

我好像整晚都在“拽人名”(name dropping)①，但我想指出的是，过去我不只是远观这些东西，尽管现在我确实很喜欢听那些音乐。因为你要记住，伯明翰首先是重金属乐的故乡……奥齐・奥斯本(Ozzy Osborne)②、齐柏林飞艇乐队(Led Zeppelin)③、Motoörhead ④(尽管主创成员 Lemmy 来自斯托克)，等等，都是出自伯明翰。我也很喜欢这些东西。实际上，最近我经常听重金属乐。

① “拽人名”(name dropping) 指的是在对话、故事、歌曲和身份认证或其他交流中提及重要人物或机构的做法。该术语通常表示试图给人造成深刻印象的做法，这也被认为是一种负面的、在某种情况下可能是违反职业道德的行为。——译者注

② 奥齐・奥斯本(Ozzy Osborne，1948—)，是一位英国摇滚歌手，词曲创作者。20 世纪 70 年代早期，他作为英国先驱重金属乐队“黑色安息日”(Black Sabbath) 的主唱而成名，该乐队黑暗沉重的声音对重金属这一音乐类型的发展有关键影响。奥斯本于 1979 年退出“黑色安息日”，之后开启了成功的单飞生涯，发行了 11 张录音室唱片，其中的前 7 张在美国都得到了白金认证。他也多次和“黑色安息日”乐队重聚，最近的一次是 2011 年录制唱片《13》。他从作为“黑色安息日”成员到个人生涯，唱片总销售量超过一百万张。奥斯本的成就和艺术长青的音乐生涯使他获得“重金属音乐教父”的非正式头衔。——译者注

③ 齐柏林飞艇乐队(Led Zeppelin)，是一支于 1968 年在伦敦成立的英国摇滚乐队，乐队成员包括歌手罗伯特・普兰特(Robert Plant)、吉他手吉米・佩奇(Jimmy Page)、贝斯手/键盘手约翰・保罗・琼斯(John Paul Jones) 和鼓手约翰・邦纳姆(John Bonham) 等。——译者注

④ Motörhead 是成立于 1975 年的英国摇滚乐队，由贝斯手、歌手和词曲作者莱米(lan Fraser Kilmister，1945—2015) 等人主创组成，莱米以其外表、独特的沙哑声和低音演奏风格而闻名。——译者注

身体美学的本源性追问

——评舒斯特曼教授新著《情感与行动:实用主义之道》

李军学*

（西安理工大学人文与外国语学院　陕西西安　710048）

摘要：与欧洲的理性主义美学和英美的分析美学忽略认知科学的始源背景不同，实用主义美学认为人类的一切知识和意义的获取是语境的、具身的、社会的。正因如此，是身体行动而非抽象理性才是一切知识获取的起点，基于此，舒斯特曼教授创造性地提出身体美学这一学科，认为身体行动的动力来源于人类的情感，关注身体和改良身体的行动以及情感理论对于我们获取知识的始源背景具有重要意义，正是在此意义上，注重改良身体就显得不但必要而且重要。

关键词：身体；情感；行动

自美国实用主义美学家舒斯特曼教授提出并创立“身体美学”这门学科以来，舒斯特曼在“身体美学”方面进行的理论研究，旋即引起了各国学者特别是中国学者的极大关注。不但他的著作先后被译介到中国，而且他本人也多次受邀到中国传播和交流他在身体美学领域的研究成果。可以说，我国学者当前在身体美学理论的研究成果及理论进展，在很大程度上受益于舒斯特曼思想的启发和影响。

毋庸讳言，在当今人类知识体系日趋完善的情况下，提出并建立一门学科本身并不是一件容易的事情，更何况深化和完善这一学科的理论体系。舒斯特曼教授所提出的“身体美学”这门学科在获得赞誉的同时，也受到了来自不同学者的非议和批判。让人钦敬的是，年近古稀的舒斯特曼教授并不止步于仅仅抛出“身体美学”这门学科，而是在孜孜不倦地回应人们的质疑和批判过程中，不断完善和拓展身体美学研究论域，从而使身体美学这一学科成为国内外美学研究者共同关注的重要话题。2018 年由梁砚平博士翻译、商务印书馆出版发行的《情感与行动：实用主义之道》就是他在此方面

* 基金资助：教育部人文社科规划基金项目“后马克思主义符号消费的意识形态批判研究”（项目编号：16JA0010）；陕西省社科基金“立德树人视野下课程思政建设理念与路径研究”（项目编号：Sz2099）阶段性成果。

李军学（1971— ），陕西商洛人，西安理工大学人文与外国语学院副教授，哲学博士，研究方向为美学。

工作成果的一个杰出范例。

一 身体在被给予世界中的优先性

多年哲学研究使舒斯特曼教授认识到，哲学一直把揭示被给予的世界看作自己隐秘的渴望，但如何认识这个被给予的世界，历来哲学研究无外乎两种方式，一种是哲学家在从事哲学研究过程中，要么注重理论演绎和抽象玄思，把丰富驳杂的现实生活纳入先验逻辑体系，使哲学研究带有鲜明的"唯心论"色彩，要么注重语言分析和概念推演，使哲学研究置身现实生活之外，哲学研究者就像培根所比喻的"蜘蛛"，把一种基于自己趣好、习惯、训练的理论思考产物当作了世界的真正存在，成为远离现实生活向壁虚构的理论构造者。另一种哲学家则与之截然相反，他们不承认主体和客体的分离与对立这样一种形而上学，既不能先分后合，也不能先合后分，因为事物的本来面貌是没有这种分合的。他们把现实生活作为理论形成的源泉，并用现实生活中形成的理论不断来指导人类生活实践。就像培根所讲的"蜜蜂"酿蜜那样，使理论生产来自现实生活实践而不是纯理论的抽象思辨。舒斯特曼教授从分析哲学转向实用主义哲学，可以说就是经历了从"建构论的形而上学"向"具体的形而下学"、从"理论哲学"向"实践哲学"、从"蜘蛛型"哲学家向"蜜蜂型"哲学家的转变过程。在这一思想转变过程中，舒斯特曼教授认为在这个受可能性统治的多变的、偶然的世界中，拥有绝对的、永恒的、不容置疑的知识是一种不切实际的幻想。实际上，真理是什么的问题只有在弄清世界是什么问题之前才得以可能。人最初寻求知识，并非出于为真理而真理的理性主义目标，而是为实现生活的目标而进行的有效行动。行动、生存、需求的满足比真理和知识的观念更为根本，我们和世界的关系首先不是一种理论认知关系，而是一种生存实践关系，在这种生存实践关系中，我们所有的努力就是找回这种与世界的自然联系，以便最后给予世界一个哲学地位，而直接向我们显现的东西就是本体之所是。而这一显现过程离不开身体的行动，因为身体是我们感知外在世界的门户。依此舒斯特曼教授独出机杼，创造性地提出了身体美学学科，就是要用身体美学的理论来囊括和指导人类的身体实践，探究人类知识形成的身体根源，从而给我们认识自身和改造世界提供了一种新世界观的创造性理论。这一创造性理论转变，与 20 世纪朝向事物本身的"意识现象学"向世界的问题从"身体"开始的"身体现象学"演进的解构主义哲学的身体还原理论等思想不谋而合，是对传统形而上理论的拒斥和拓进，演奏了一部 20 世纪"身体转向"的理论交响曲。

依于本源而立者终难离弃本源。20 世纪美学的"身体转向"绝不是与传统美学的断裂与告别，而是对于传统美学本源的深层拓进。也就是说，它不是停留于传统美学的"是什么"，而是要深入传统美学未能言及的"如何是"。也就是要言及传统形而上学美学未曾深入的区域。正如舒斯特曼所说："哲学虽然宣称自身的理论和普遍客观性，说到底却是哲学家如何通过自身的经验及个性的棱镜而观看实在的个性化表达”,[①]人们的理性认识是在人们的实际行动之后才获得的，而人的行动又离不开人的身体。相反，人的理性认识不但无益于人的行动，反而会成为人们行动的阻碍。正如舒斯特曼所言：“即使思想不压抑行动，深思熟虑也会腐蚀行动，让行动滞缓或踌躇不前”。[②]因此，哲学家的身体行动是决定其哲学思想形成的重要源泉，他们的身之所历、目之所见乃至其身心疾患都决定着其哲学思想的形成和走向。但是，在传统的意识哲学中，身体往往被认为是心灵的牢笼、丧志的玩物、罪恶之源、堕落之根而频遭漠视，因此，舒斯特曼就是要把被颠倒的东西重新颠倒过来，把身体从久被压抑的思想牢笼中解放出来，肯定身体行动在人类认识活动中的基础性作用，使人的认识从意识哲学的“思在”同一走向身体哲学的“身在”合一，从“反省的”哲学走向“非反省”的哲学，从而把这种“身在”的、“非反省”生活看作哲学追求的初始的、一贯的、最终的处境，从而给人们带来一种重新审视世界的眼光，也给哲学研究赋予新的生机与活力。因为这个被给予的世界，总是以身体为中心，身体是视觉的中心、行动的中心、兴趣的中心。

二　情感是身体行动的内在动力

把“身体”而非“意识”作为哲学研究的阿基米德点，并非舒斯特曼教授的独创，而是在哲学研究过程中其来有自，但由于身体的脆弱性和有限性以及疾病与年龄增高导致身体日渐虚弱的困扰等诸多缺陷，在占统治地位的柏拉图—基督教—笛卡儿等西方意识哲学传统中，身体往往成为我们通达真理的障碍而成为被敌视、被排斥的对象，既使关注身体也是把身体当作意识的客体来对待。与传统的身体观相反，舒斯特曼认为身体是行动化的实践性身体，是意识化的主体性身体，也是身心一体化的身体，是一个活生生的、感受的、感觉的、有意象的身体，而不是毫无生命和感觉的生理物理意义的身体。如前所述，既然理性在一定程度上是我们身体行动的障碍，那么，在人类的具身性认识活动中，促发身体行动的动力性机制又来自哪里呢？舒斯特曼认为这一动力性的机制来自人的情感。就像传统美学因追求客观知识的普遍性而忽视人的身体行动在人类认识活动的基础性作用一样，人的情感也因为在认识活动中的辅助性功能而往往被轻慢，实际上，强烈的情感为思想的形成提供了外在行动（运动）或内在行动（思想活动、推理）能量之源和动力引擎。一如舒斯特曼所言：“心情是理解何物可以前景化为思想内容的必需，心情的弥漫性的、笼罩性的特质使我们感知到，经验中的哪些因素应该被表达为或前景化为意识的关注对象”。[③]也就是说，在人类的认识

① ［美］理查德·舒斯特曼：《情感与行动：实用主义之道》，高砚平译，商务印书馆2018年版，第15页。
② ［美］理查德·舒斯特曼：《情感与行动：实用主义之道》，高砚平译，商务印书馆2018年版，第14页。
③ ［美］理查德·舒斯特曼：《情感与行动：实用主义之道》，高砚平译，商务印书馆2018年版，第22页。

活动中，支配身体行动的目标和对象离不开情感的辅助性作用。在现实生活中，不是人的理性而是人的情感在人的行为活动中发挥着支配性的作用，对现实的感知更多的是情感问题而非反思问题，甚至人的意志、信念在很大程度上都受情感的左右。所以，更好地觉知情感也有助于更好地理解行为，反过来也可以改善行为和知识。而意识美学则往往把情感视作非理性的部分而埋汰掉。情感在人的行动中的作用还体现在情感在行动中的对于活动对象的选择性作用。“任何主导的心情都会自动排除一切与之不契合的事物，……它的触角会延伸到那些与之相近的事物，那些滋养并实现它的事物。唯有当情感消亡或分裂成碎片之际，与它相异的质料才会进入意识。”[①] 舒斯特曼认为，在人的认识活动中，“逻辑理性和科学皆受到想象力和欲望在审美上的指引”。[②] 所以在论及艺术与科学的关系上，实用主义哲学家普遍认为艺术高于科学，其根本原因在于艺术不像科学那样分析性地割裂事物，用推论性知识把现实变得千篇一律。艺术却用更有意义、更生动、更令人直接愉悦的方式，更加充分地卷入人的整体这个生命有机体。它不仅解释经验，而且给我们构造出极有意义的经验。正是艺术作品饱含丰富的情感、联想与想象，艺术可以为人类认知能力提供更多的支持。基于此，舒斯特曼批评了把意识和现实生活严重割裂的趋向，也批评了传统美学的对艺术的非功利性认识，认为艺术在丰富人类感知觉、敏锐度等经验方面具有无可比拟的优越性。

正是由于在人的认识活动中，人的感觉、知觉甚至人的情感、欲望、意志、信念和想象等发挥了重要的作用，而这些因素又都归因于人的身体，因此舒斯特曼在此基础上尝试性提出并建立身体美学这门学科。以此增强身体的各个器官感知外在对象的敏锐度和辨别力。纠正人类不良的身体习惯所给人类认知活动带来的影响。当然舒斯特曼的这一认识并非空穴来风，而是建立在对既往实用主义美学前贤批判继承的基础上，所以，在本书中，舒斯特曼教授先后梳理了实用主义美学家艾默生、詹姆斯、皮尔斯、布尔迪厄等思想家的身体美学思想。这些思想可以说与他前期的《身体意识与身体美学》一书中对于西方实用主义美学家的身体美学思想的挖掘互为补充，从而使舒斯特曼的身体美学思想不但具有雄厚的理论渊源，而且形成了全面而明晰的思想谱系。这一谱系为我们全面理解他的思想提供了一幅身体美学的全景图。

既然我们的生存、思考和行动都离不开我们的身体，既然身体是我们感知外在世界的门户，也是我们追求美好生活的源泉，既然身体在我们人类活动中所占据的本源性地位，那么，我们不能不善待和呵护我们的身体。尤其是随着人们自身保健意识的增强、人机互动工程的崛起、身体的自我修饰技术的发展、纳米技术和神经介入技术接入等的发展，使身体麻烦不断，因此，改善并呵护我们的身体无疑是新时代我们实现美好生活的基本前提，而身体美学将为这些问题的解决提供源源不断的理论指导。

另外，在身体美学研究中，针对人们对其“唯我论”“自私的审美主义”“自我外

---

① ［美］理查德·舒斯特曼：《情感与行动：实用主义之道》，高砚平译，商务印书馆2018年版，第22页。

② ［美］理查德·舒斯特曼：《情感与行动：实用主义之道》，高砚平译，商务印书馆2018年版，第41页。

在装饰”的指责，舒斯特曼教授不但有力地驳斥了人们对此的诸多偏见，而且纠正了人们的诸多认识误区，拓展和深化了人们对于身体美学的认识。难能可贵的是，在本书结尾，考虑到中国读者需求，加之中国传统美学非对象性主客二元对立之本性，舒斯特曼教授特意进行了实用主义身体美学与中国传统身体美学融通性的比较研究，指出二者之间在思想旨趣上暗通款曲、殊途同归之处，从而给我们进一步研究中国传统美学的身体问题，提供了有益的理论启示和方法镜鉴，也为中美之间思想交流沟通架起了桥梁。

总之，本书新见迭出，笔者择其要者略述一二，难免挂一漏万。读者若有兴趣，则可细读全书，开卷有益。特别值得一提的是，该书由中国社会科学院文学研究所梁砚平博士倾心翻译，也是舒斯特曼教授受邀复旦大学讲学期间的讲稿，因此，它没有传统哲学著作的佶屈聱牙之处，加之梁博士严谨精湛的翻译水准，全书文笔流畅、用词精准典雅，读来有行云流水、一气呵成之感，在时下汉译著作良莠不齐的情况下，该著出版堪称汉译著作的上乘之作。

附　录

附录一　中国中外文艺理论学会历届会议

时间	会议主题	主办单位	地点
1994 年 6 月	钱中文宣读民政部批准文件，宣布中国中外文艺理论学会正式成立	文学研究所和外国文学研究所联合开会	北京
1995 年 8 月	“走向 21 世纪：中外文化与中外文论国际学术研讨会暨中国中外文艺理论学会成立大会”第一届年会	学会和山东师范大学联合主办	山东济南
1996 年 10 月	“中国古代文论的现代转换”学术研讨会	学会与陕西师范大学中文系联合举办	陕西西安
1998 年 5 月	巴赫金学术思想国际学术研讨会	学会与北京外国语学院俄语系（现北京外国语大学）、河北教育出版社联合举办	北京
1998 年 10 月	“西方文论与中国文论建设”全国学术研讨会	学会联合四川大学中文系举办	四川成都
1999 年 5 月	1999 年世纪之交：文论、文化与社会暨中国中外文艺理论学会第二届年会	学会联合南京师范大学中文系举办	江苏南京
1999 年 10 月	“新中国文学理论 50 年”学术研讨会	学会与安徽大学中文系联合举办	安徽合肥
2000 年 8 月	与法国、英国、德国、澳大利亚等多国学者合作，成立“国际文学理论学会”，并召开“21 世纪中国文论建设国际学术讨论会”	学会与清华大学、北京师范大学等联合举办	北京
2001 年 4 月	全球化语境中的文学理论研究与教学研讨会	学会与扬州大学文学院联合举办	江苏扬州
2001 年 7 月	创造的多样性：21 世纪中国文论建设国际学术讨论会	学会与辽宁大学文学院联合召开	辽宁沈阳
2001 年 10 月	新理性精神与文学研究方法论研讨会	学会与厦门大学文学院联合举办	福建厦门
2002 年 5 月	“文艺学与文化研究”学术研讨会	学会与云南大学文学院联合举办	云南昆明
2003 年 12 月	全国美学、文学理论前沿问题学术研讨会	学会、中华美学学会与台州学院联合举办	浙江台州
2004 年 5 月	“中国文学理论的边界”研讨会	学会与北京师范大学文艺学研究中心联合举办	北京

续表

时间	会议主题	主办单位	地点
2004年6月	全国第二次巴赫金国际学术研讨会	学会与湘潭大学文学院联合召开	湖南湘潭
2004年6月	多元对话语境中的文学理论建构国际研讨会暨中国中外文艺理论学会第三届年会	学会与中国人民大学、北京师范大学文学院等联合举办	北京
2005年10月	2005：新时期文学理论的回顾与展望全国学术研讨会	学会与湖南师范大学文学院、北京师范大学文艺学研究中心联合召开	湖南长沙
2006年9月	“当前文艺学热点与教育改革”学术研讨会	学会与北京师范大学文艺学研究中心联合召开	河北北戴河
2007年6月	文学理论30年——从新时期到新世纪国际学术研讨会暨中国中外文艺理论学会第四届年会	学会与北京师范大学、华中师范大学文学院联合召开	湖北武昌
2007年10月	“跨文化视界中的巴赫金”国际学术研讨会	学会与北京师范大学外语学院联合召开	北京
2008年4月	中国现代美学、文论与梁启超全国学术研讨会	学会与中华美学学会、杭州师范大学中文系联合召开	浙江杭州
从2008年开始，学会每年主办的学术会议称为“年会”，并定期出版学会“年刊”			
2008年7月	理论创新时代：中国当代文论改革与审美文化转型研讨会暨中国中外文艺理论学会第五届年会	学会与北京师范大学、陕西师范大学、兰州大学、西北大学、青海民族学院中文系联合召开	青海西宁
2009年7月	新中国文论60年国际学术研讨会暨中国中外文艺理论学会第六届年会（换届）	学会与贵州大学、贵州师范大学、贵州民族学院联合召开	贵州贵阳
2010年4月	文学理论前沿问题研究学术研讨会暨中国中外文艺理论学会第七届年会	学会与扬州大学文学院联合召开	江苏扬州
2011年6月	国外马克思主义文论与中国当代文论建构国际会议暨中国中外文艺理论学会第八届年会	学会与四川大学文学院联合主办	四川成都
2012年8月	“21世纪的文艺理论：国际视域与中国问题”国际学术研讨会暨中国中外文艺理论学会第九届年会	学会与山东师范大学联合举办	山东济南
2013年8月	中国中外文艺理论学会第十届年会暨“文学理论研究与中国文化发展”学术研讨会	学会与湖南师范大学联合主办	湖南长沙
2014年8月	中国中外文艺理论学会第十一届年会暨“面向时代的文学理论与批评”国际学术研讨会	学会与河南大学联合主办	河南开封
2015年10月	中国中外文艺理论学会第十二届年会暨“当代中国文论的话语体系建构”学术研讨会	学会与湖北大学联合主办	湖北武汉

续表

时间	会议主题	主办单位	地点
2016 年 8 月	中国中外文艺理论学会第十三届年会暨“文艺理论：传统与现代”学术研讨会	学会与江苏师范大学联合主办	江苏徐州
2017 年 8 月	中国中外文艺理论学会第十四届年会暨“新时期以来我国文论发展的理论成就”学术研讨会	学会与辽宁大学联合主办	辽宁沈阳
2018 年 11 月	中国中外文艺理论学会第十五届年会暨“新时代文艺理论的创新”学术研讨会	学会与中国文学批评研究会、深圳大学联合主办	广东深圳
2019 年 10 月	中国中外文艺理论学会第十六届年会暨“中国文论 70 年经验总结与反思”学术研讨会	学会与湘潭大学联合主办	湖南湘潭
2020 年 12 月	中国中外文艺理论学会第十七届年会暨“文艺理论：新语境·新起点·新话语”学术研讨会	学会与广州大学联合主办	线上会议（疫情期间）

附录二 《中外文论》来稿须知及稿件体例

一 来稿须知

1.《中外文论》主要收录学会年会参会学者所提交的会议交流论文，也接受会员及从事文艺理论研究的国内外学者的平时投稿，学术论文、译文、评述、书评及有价值的研究资料等均可。

2.本刊已被《中国学术期刊网络出版总库》及CNKI系列数据库收录。与会学者或会员投稿必须是首发论文；论文要求完整，不能是提要、提纲。

3.来稿字数最长一般不要超过1万字，特殊稿件可略长一些，但最好控制在1.5万字以内。凡不同意编辑修改稿件者，请在来稿中注明。

4.由于编校人员有限，所提交论文务请符合年刊稿件体例格式。稿件请在文末注明作者详细联系地址、电话号码、电子邮箱等，以便联系。

5.《中外文论》辑刊出版时间为6月下旬出版第1期，12月下旬出版第2期。全年征稿，来稿请发至本刊专用邮箱：zgwenyililun@126.com。稿件入选后，将以邮件方式通知论文作者。

6.本刊出版后，我们将免费为作者提供样书一本；凡按时交纳学会会费的学会会员，可在学会年会召开期间免费领取样书一本。

7.《中外文论》期待专家学者惠赐稿件，也欢迎对本刊工作提出宝贵意见。

二 稿件体例

1.论文请用A4纸版式，文章标题为三号黑体，二级标题为小四号宋体加粗，正文一律用五号宋体，正文中以段落形式出现的引文内容为五号字仿宋体，并整体内缩2字符。注释一律采用自动脚注形式，每页重新编号。

2.论文请以标题名、作者名（标题下空一行，多位作者请用空格隔开）、作者单位（包括单位名称、所在省市名、邮政编码，各项内容用空格隔开，内容置于圆括号内，位于作者名下一行）、摘要内容（约200字，位置在作者单位下空一行）、关键词、正文（关键词下空两行）、参考文献（正文下空一行）顺序编排。

3. 文章请附作者简介与课题项目（若为课题项目成果），作者简介一般应包括姓名（含出生年份，出生年份请置于小括号内，后用连接号并后空一格，如：1970— ）、籍贯、工作单位、职称、学位等内容；课题项目请标明项目名称与编号。作者简介与课题项目两项内容，请以自动脚注形式，脚注序号位于作者名右上角。

4. 标题文字应简明扼要，文中二级标题序号一般用“一、二、三……”形式标出，文中出现数字顺序符号，要以“一”“（一）”“1.”“（1）”级别顺序排列。阿拉伯数字表示序号时，数字后使用下圆点。

5. 数字用法请严格执行《出版物上数字用法的规定》这一国家标准。数字作为名词、形容词或成语的组成部分时，一律用汉字，不用阿拉伯数字。整数一至十，如果不是出现在具体统计意义的一组数字中，可以用汉字，但要照顾到上下文，以保持局部体例上的一致。

6. 标点符号一律按国家公布的《标点符号使用方法》的规定准确地使用，外文字母符号应采用国际通用标准，必须用印刷体，分清正斜体、大小写和上下角码。连接线一般使用“一”字线，占一个汉字的位置。

7. 稿件所引资料、数据应准确、权威，应以原始文献和第一手资料为原则。凡引用他人观点、数据、资料、数据等，无论是否发表，无论纸质、电子版、网络资源或转引文献，均应详细注释。对已有学术成果的介绍、评论、引用，应力求客观、公允、准确。

8. 注释格式要求。

（1）所有经典著作引文必须使用最新版本。一般中文著作的标识次序是：著者姓名（多名著者间用顿号隔开，编者姓名应附“编”字）、篇名、出版物名、卷册序号（放入圆括号内）、出版单位、出版年、页码，顺序标出。

例如：孙中山：《三民主义》，《孙中山选集》（下卷），人民出版社 1956 年版，第 597、599 页。

（2）古籍的标识方式：可以先出书名、卷次，后出篇名；常用古籍可不注编撰者和版本，其他应标明编撰者和版本；卷次和页码应使用阿拉伯数字。

例如：例如：《史记》卷 25《李斯列传》。

《后汉书·董仲舒传》。

《温国文正司马公集》卷 32，四部丛刊本。

（3）期刊报纸的标识方式如下：

例如：朱光潜：《研究美学史的观点和方法》，《文学评论》1978 年第 4 期。

周扬：《三次伟大的思想解放运动》，《人民日报》1979 年 5 月 7 日。

（4）译著的标识方式：应在著者前用方括弧标明原著者国别，在著者后标明译者姓名。

例如：［匈］卢卡奇：《历史与阶级意识》，杜章智、任立、燕宏远译，商务印书馆

1992 年版，第 100—102 页。

（5）外文书刊的标识方式，请遵循国际通行标注格式。

编辑部地址：北京市建国门内大街 5 号 中国社会科学院文学研究所 739 室

邮政编码：100732

E-mail：zgwenyililun@126.com

本刊声明

为适应我国信息化建设，扩大本刊及作者知识信息交流渠道，本刊已被《中国学术期刊网络出版总库》及 CNKI 系列数据库收录，如作者不同意文章被收录，请在来稿时向本刊声明，本刊将做适当处理。